D1221649

Nelly Arcan est née en 1975, au Québec, à la lisière du Maine. Auteur de trois romans très remarqués, *Putain* (2001), *Folle* (2004) et *À ciel ouvert* (2007), elle s'est donné la mort le 24 septembre 2009, dans son appartement du Plateau Mont-Royal, à Montréal. Nelly Arcan se mettait en danger dans chaque texte. Le suicide était au cœur de son œuvre et de sa vie violente.

DU MÊME AUTEUR

Putain
Seuil, 2001
et « Points », n° P1020

Folle
Seuil, 2004
et « Points », n° P1381

L'Enfant dans le miroir
(illustrations de Pascale Bourguignon)
Marchand de feuilles, 2007

Nelly Arcan

À CIEL OUVERT

ROMAN

Éditions du Seuil

Nelly Arcan remercie le Conseil des Arts du Canada
pour son soutien à l'écriture de ce roman.

TEXTE INTÉGRAL

ISBN 978-2-7578-1750-6
(ISBN 978-2-02-096157-8, 1re publication)

www.editionsduseuil.fr

I

Le ciel à marée haute

C'est sous un soleil d'été que cette histoire avait commencé, l'an dernier, sur le toit de l'immeuble où vivait Julie O'Brien et où elle était allongée comme une écorchure, sans mentir, mot qu'elle s'était donné en respect pour sa peau formée de rousseur et de blondeur, une peau qui venait de l'Irlande si on la faisait remonter à la troisième génération paternelle et qui n'était pas armée, s'était-elle dit ce jour-là, contre l'acidité du soleil d'aujourd'hui, qui darde, qui pique vers la population mondiale ses rayons.

Le toit de l'immeuble où elle habitait la rapprochait du soleil et de ses aiguilles. Elle avait imaginé ce jour-là que ce rapprochement ne pouvait pas durer, que blondeur et rousseur étaient des gènes mortels qui ne tiendraient pas le coup dans le devenir désert du monde, et elle avait eu une autre pensée, que ce monde était une maison dont il fallait pouvoir sortir, si on voulait y rester.

Cet immeuble de huit étages était rempli de gens qui n'avaient pas voulu de cette histoire, non par manque de cœur mais justement à cause de ce qu'elle avait pensé sur le toit, le monde comme un four, tourné vers l'enfer, mais surtout comme des milliards d'existences à côtoyer en un voisinage planétaire, comme un harassement d'opinions et de réclamations, de différences et de dénonciations, avec ses bulletins de nouvelles et ses bilans de morts, sa pression à tenir à l'écart et son vacarme à fuir, ses incessantes manifestations à repousser si on tenait à la vie.

Julie venait d'avoir trente-trois ans l'an dernier, l'âge du Christ comme elle aimait à le répéter, mais cet âge est la seule chose qu'elle eût jamais partagée avec le Christ. Elle avait peu d'amis qu'elle ne voyait, en plus, que de loin en loin. Ce couple par exemple qui venait d'avoir un enfant, une petite fille dont elle ne cessait d'oublier le prénom, un couple jadis branché et délibérément sorti du centre-ville pour s'installer en banlieue et qui avait choisi d'envoyer un être de plus au bûcher, dans le brasier mondial. Puis cette autre copine Josée qui de son côté était partie vivre à New York pour les opportunités que cette ville lui offrait, comme mannequin en recherche de travail, partie du même coup rejoindre un New-Yorkais, un authentique Yankee de qui elle attendait la citoyenneté américaine par mariage, Josée qu'elle avait perdue de vue depuis et qui ne pouvait pas imaginer avoir un enfant à New York, ville marmite à effet de serre exposée au terrorisme.

Julie en était à un âge où la vie séparait les amis et où les enfants achevaient de séparer ceux qui étaient restés en lien, et ce n'était pas dramatique, et ce n'était même pas dommage, c'était juste comme ça, rien de plus, mesurait-elle sans ironie, quand elle y songeait.

Il était midi et Julie se faisait bronzer depuis une heure, s'efforçant de plonger dans ses pensées pour résister à la brûlure par laquelle elle souhaitait gagner en beauté. En ces jours où la réussite fait rage, s'était-elle dit en posant une seconde couche de crème sur sa peau déjà brûlante, en ces jours où la réussite se proclame à grands cris et où l'âge indique le degré d'accomplissement qu'il faut avoir atteint, c'est important de le dire autour. D'ailleurs elle ne manquait jamais une occasion de le partager avec les autres, son âge : j'ai trente-deux ans vers les trente-trois, l'âge du Christ, j'ai trente-trois ans vers les trente-quatre, avouait-elle par dépit, ne voulant pas lâcher le Christ. Julie donnait son âge comme on donne une carte d'affaires, c'était d'ailleurs la plus sûre des façons de se faire plaindre ou de se faire envier, dans son monde où l'âge était tout ou rien, c'était une bénédiction ou une fatalité, c'était de loin ce qui importait le plus.

Elle avait un âge, pensait-elle aussi, où les blessures d'amour faisaient partie du passé et où il était temps de penser aux bébés, de déterminer une fois pour toutes si oui ou non on est une mère, si oui ou non l'enfant aura un père. Non, Julie n'était pas une mère et si, par malheur, se disait-elle pour se faire peur en même temps que pour se rassurer, si un jour elle avait un enfant, si un jour son utérus trouvait les moyens de ne pas se voir arracher une fois de plus son dû dans une clinique d'avortement, il faudrait bien qu'il ait un père, pour qu'il le prenne en main.

À trente-trois ans elle avait déjà écrit plusieurs scénarios de documentaire dont quelques-uns avaient été portés à l'écran, dont l'un d'eux avait connu le succès en raison du titre qu'elle lui avait donné : *Enfants pour adultes seulement*. Le scénario mettait en vedette la pédophilie répandue mais non détectée des parents ordinaires qui ne veulent pas lâcher prise sur leurs enfants, qui les inspectent comme une possession que l'on peut retourner comme un gant, des enfants comme des sacs à main avec des parents qui les font vivre sous cloche de verre pour les retirer du monde, pour repousser les microbes et les vexations, tout cela pour leur bien, incapables de les laisser en paix une seconde. Julie avait laissé

ble à des parents indécents à force de craintes et cautions qui accusaient ensuite les médecins, les professeurs et même la surveillance opérée par leur technologie chérie, de négligence, d'abus, de violation des droits de l'enfant de rester intact au milieu de la vie. Le documentaire avait eu du succès mais rien n'avait changé dans le paysage social. Malgré la convergence des médias à sa sortie, le documentaire n'avait pas calmé la paranoïa des parents pédophiles et Julie n'avait pas non plus eu envie d'avoir un enfant pour mettre en pratique ses vues. Quand elle pensait qu'autour du noyau instable du monde se trouvait une aura indéfectible, immuable, quand elle pensait qu'au-delà des mutations inhumaines existait l'homogénéité de lois immenses, inaliénables, elle en était rassurée, elle en dormait en paix. Le monde avait la tête dure même dans les bouleversements, il ne se cassait jamais tout à fait, même s'il partait dans tous les sens.

De toute façon changer le monde ne la concernait plus à ce moment-là de sa vie, changer les choses ne l'intéressait plus depuis plusieurs années déjà, depuis qu'elle n'avait plus de cœur, ou d'âme si on préfère ; et elle s'en taperait encore plus, du sort de son monde qui prenait feu sur toute la surface de la planète, après avoir tué l'homme qui avait pourtant voulu lui redonner le jour et qu'elle avait cru aimer. Charles qu'elle prendrait à Rose par jeu d'abord, par besoin de se divertir, Charles qu'elle pousserait au délire sans le vouloir, Charles qu'elle tuerait également sans le vouloir ou presque, par accident ou presque, par un plan réalisé de façon imprévue, quasi coupable, en complicité avec Rose.

C'est enfin ce que Julie avait retenu de cette histoire, une fois bouclée, car les points de vue divergent. Le toit de l'immeuble est un point de départ mais il y en a d'autres, du côté de Rose Dubois par exemple pour qui ce point se situe bien avant, du côté de Charles Nadeau aussi qui n'aura jamais l'occasion de raconter sa propre mort. Il y a dans une histoire autant de points de départ que de gens qui la font, mais la pluralité des départs ne sert à rien quand elle aboutit au même résultat. Ce qui compte, au fond, c'est son écrasement, le lieu de sa défaite, le moment où le hasard ne peut plus jouer tant les mouvements qui lui ont donné corps finissent par la tenir en laisse, pour la forcer vers sa fin.

Ce départ coïncide avec l'apparition de Rose dans la vie de Julie ou mieux, celle de sa volonté, cette grande meneuse de leur destin à tous, que tous avaient sous-estimée. Rose aux nombreuses idées qui n'avait pas la parole facile, intelligente sans le verbe, sans moyens de langage, belle comme tout mais jamais à ses propres yeux, Rose la styliste de mode qui habillait avec ses mains, des épingles dans la bouche, des modèles qu'elle appelait parfois chiennes en secret, dans ses mauvais jours, faute de pouvoir les gifler.

Jamais le soleil n'avait paru plus près de la Terre qu'en ce jour-là. Il faisait même peur à voir, donnait l'impression de s'être agenouillé, prosterné sur le corps de Montréal en géant débile qui méconnaît sa force.

Depuis quelques années Julie était tourmentée par le climat, par la température qui n'était plus seulement un sujet de conversation mais une expérience quotidienne, inquiétante à la longue parce que derrière se profilait l'emballement, ce galop de destruction.

Un jour elle écrirait un scénario sur ce que les gens ont à dire de cette nature qui ne suit plus les mécaniques horizontales et solidement ancrées dans la lenteur de son évolution, cette nature qui, au contraire, a décroché de ses hauteurs pour aller dans le sens du bas, qui a rompu avec la distance et qui, sait-on jamais, finira par s'asseoir dans la vie des hommes et devenir le centre de leurs pensées en tant que clémence ou naufrage, se réappropriant le caractère divin qu'elle a déjà eu, et qu'on lui a ravi. C'est important de le dire tout haut, pensait Julie. C'est assise au milieu des hommes à les écraser que la nature redeviendra Dieu, en admettant que Dieu le Père puisse ne pas être un père mais un enfant tout-puissant dont les braillements recouvrent le bruit du monde, empêchant les hommes de couler leur vie dans le calme de leurs foyers.

Sa peau blanche et rousse, discrètement tachetée, devait pouvoir bronzer au même titre que les peaux brunes. Pour cela elle devait accepter que les bains de soleil ne soient pas, pour elle, une occasion de faire tremper son corps dans les caresses de l'été mais un combat, un duel entre elle et le monde, une période de temps à se concentrer ailleurs, à faire advenir la fraîcheur par imagination, un nombre toujours à repousser de minutes qu'il lui faudrait traverser, une plage horaire à laisser la brûlure se répandre sans trop de mal. Mutilation programmée de la peau rousse et appliquée par la force de l'esprit, fakir entamé par ses clous. Dans la chaleur de ce jour-là elle avait eu une pensée pour son four à micro-ondes, puis pour son dernier amour, Steve Grondin, la plus grande douleur de sa vie, celle qui lui avait été fatale.

Chaque détail ce jour-là, si petit soit-il, prenait dans la chaleur la proportion d'un événement. Julie était sur le toit, peinant à bronzer, quand un chant s'était élevé, encerclant l'immeuble de ses incantations. C'était un chant d'hommes qui invoquaient Allah, Allah, Allah, mot discordant dans son univers qui ne savait cultiver que les corps. Ces croyants d'Allah avaient dans la voix leur dieu qu'ils jetaient à la rue, en une procession qui les faisait entrer en transe, et le chant ne passait pas son chemin, il n'en finissait plus, il traînait, restait dans les parages comme le soleil. Ce chant était beau mais la beauté ce jour-là épuisait Julie parce qu'elle ne pouvait pas venir sans cette chaleur qui enrobait tout, pour en faire un fardeau. Aujourd'hui et à cette heure-ci, s'était-elle dit à brûle-pourpoint, la beauté est un mauvais calcul.

Depuis le toit Julie n'arrivait pas à voir les hommes qui chantaient parce qu'elle s'acharnait à les chercher parmi ses voisins, dans les rues adjacentes à la sienne, voisins qu'elle ne voyait pas non plus. De ne pas distinguer les chanteurs ajoutait un poids à celui de la journée, à celui du soleil clouté qui descendait sur elle et qui commençait à correspondre à Dieu lui-même, nulle part, nuisible, embuscade posée au bout de tous les horizons. Aucun de ses voisins n'était visible, pas même aux fenêtres dont la plupart montraient des rideaux tirés. Le chant continuait de circuler sans elle ni personne, une circulation sans autre contribution que celle des voix elles-mêmes, qui lui semblaient à ce moment vouloir se faire entendre à perpétuité, sentence éternelle rendue par l'acharnement des hommes à croire en Dieu, même en Occident, là où il existait le moins, là où l'on prétendait ne croire en rien, qu'à soi-même, qu'au reflet immédiat renvoyé par le miroir du présent.

Alors que Julie allait abandonner pour rentrer chez elle au troisième étage de l'immeuble, elle avait enfin repéré d'où le chant venait et quels étaient les hommes qui le chantaient. Le chant venait de l'ouest de Montréal, du boulevard Saint-Laurent qu'elle avait déjà parcouru mille fois à pied, et ce n'était pas celui des musulmans mais des adeptes de Krishna. De son toit elle avait une vue sur ce boulevard comme sur tous les points de repère de la ville : le mont Royal portant sa croix, le stade olympique, les ponts Jacques-Cartier et Champlain, les principaux gratte-ciel, sans compter les milliers de toits à perte de vue qui formaient, parce qu'ils recouvraient le quotidien des Montréalais, le vrai Montréal, son cœur caché prêt à sortir pour battre dans les rues, pour faire du bruit.

Que les chanteurs en procession soient des Krishna et non des musulmans l'avait rassurée, elle ne voulait surtout pas que les images de guerre vues à la télé prennent racine dans l'indolence de sa réalité. Le ridicule des Krishna les innocentait, leur mascarade les annulait en tant que force communautaire, ils n'étaient pas dans la ferveur mais dans la facétie, ils n'étaient pas dans la gravité mais dans le laisser-aller. Les Krishna ne marchaient pas pour porter à bout de bras et en hurlant les cercueils de leurs enfants explosés mais dans le respect des insectes qui pouvaient, qui sait, charrier l'âme de leurs ancêtres ou en être les futurs véhicules. Face aux Krishna personne n'était appelé à se prononcer ou à exercer un discernement, on pouvait en rire sur la vaste échelle des rires, du rire qui tape dans le dos au rire qui offense, qui ruine.

Julie regardait toujours la procession quand Rose s'était amenée. Elle était comme Julie en bikini, une paire de souliers à talons hauts dans une main mais, au lieu de s'allonger sur une chaise, elle était venue à Julie, la main libre tendue.

« Je m'appelle Rose. J'habite l'immeuble depuis la semaine dernière. En face de chez toi. »

L'histoire de Rose avait déjà commencé depuis des mois, à l'insu de Julie. Rose avait déjà vu et repéré Julie comme voisine, Julie était déjà quelqu'un pour Rose, elle était déjà une menace, un danger aux cheveux blonds platine et à peau rousse sur le seuil de sa nouvelle demeure. Sa main qui appelait celle de Julie était fine, manucurée et baguée, et la couleur de son vernis à ongles se mariait avec celui de son bikini. Julie avait regardé Rose avec attention parce qu'elle en jetait plein la vue. Cette femme était vraiment belle mais d'une façon commerciale, industrielle, avait-elle noté sans la juger puisqu'elle en faisait elle-même partie, de cette famille de femmes dédoublées, des affiches. Malgré sa jeune trentaine Rose était, comme Julie, passée plusieurs fois par la chirurgie plastique dont elle reconnaissait tous les signes, même les plus petits, qui indiquent souvent que quelque chose a disparu, que les saletés de la vieillesse ont été rayées de la surface du corps : le front statique, le contour de l'œil lisse, sans ridules même sous la pression de la lumière du jour ; l'arête du nez marquée mais si peu par la cassure de l'os rendu très droit et affûté, les lèvres comme enflées, arrondies, entrouvertes, des lèvres en fruit de magazine. Les seins se remarquaient davantage parce que c'était une partie de Rose qui n'avait pas été effacée, qui avait au contraire été emplie, sans démesure, d'une rondeur ferme, haut accrochée et qui donnait l'impression que ses seins étaient un sexe bandé.

De voir Rose avait mis le doigt sur quelque chose en elle, sur une cicatrice de cœur manquant. Physiquement elles se ressemblaient, c'est vrai, mais cette ressemblance en indiquait une autre, cachée derrière, celle de leur mode de vie consacré à se donner ce que la nature leur avait refusé ; Rose et Julie étaient belles de cette beauté construite dans les privations, elles s'en étaient arrogé les traits par la torsion du corps soumis à la musculation, à la sudation, à la violence de la chirurgie, coups de dé souvent irréversibles, abandons d'elles-mêmes mises en pièces par la technique médicale, par son talent de refonte. Elles étaient belles de cette volonté féroce de l'être.

Puis Rose avait enfin parlé :

« J'habite avec Charles Nadeau, que tu connais. »

Rose regardait Julie de ses yeux que le soleil rapetissait sans rider ; Rose se sentait vue en retour en un examen qui la déstabilisait, qui la déshabillait de cette façon pointilleuse avec laquelle elle habillait elle-même les modèles de photos de mode. Elle était plus courte que Julie mais les souliers qu'elle laissait pendre à ses doigts avaient des talons plus hauts que ceux que Julie avait l'habitude de porter, en compensation de sa petitesse, en une tentative d'élancement de sa personne.

Julie ne se souvenait d'aucun Charles mais elle l'aurait pourtant voulu, puisqu'il était la raison pour laquelle Rose venait d'installer son couple, d'une poignée de main, en face de sa porte.

« Je suis désolée, avait-elle répondu, mais Charles Nadeau ne me dit rien. »

Les yeux bleus de Rose qui n'étaient plus que fentes doutaient. Elle avait par gêne regardé au loin, en direction du boulevard Saint-Laurent d'où les Krishna faisaient toujours entendre leur chant. Peut-être que Julie lui mentait mais peu importait, les dés étaient jetés.

« Vous vous êtes déjà vus et parlé, un peu partout dans le coin. Au Nautilus par exemple. Souvent. Grand, blond. Il est photographe. Tu as aussi rencontré Bertrand, un ami à nous, sur la terrasse du Plan B. Tu lui as dit que tu voulais écrire un scénario sur le monde de la mode, sur les photographes de Montréal. C'était dans l'air de tes projets. »

Cette réplique de Rose avait été dite sur le ton d'une femme qui cherchait depuis longtemps à la donner, une réplique propulsée et lâchée dans la rapidité des mots pensés d'avance et répétés devant un miroir, ensuite suspendus dans l'attente d'une occasion de les faire entendre aux oreilles concernées. Cette réplique était à la fois une présentation et un avertissement, et chaque fois que Julie y avait repensé par la suite, elle avait été frappée qu'elle contienne en entier leur histoire, qu'elle porte en elle sa prophétie et sa réalisation, une bouteille à la mer jetée du haut d'un toit et tombée pile dans la vie de l'ennemie.

C'est vrai que peu de temps avant Julie avait été abordée dans la rue par un homme, ce Bertrand à qui elle avait parlé d'un projet de documentaire sur la mode montréalaise et ses photographes ; c'est vrai que ce Bertrand lui avait parlé d'un ami photographe en vue, en couple avec une styliste de mode.

Julie savait qui il était, ou plutôt elle venait de le découvrir. En regardant Rose elle le voyait successivement en divers endroits de la ville, au gym et au Java U, parfois seul ou accompagné d'une femme restée floue qui devait être Rose, femme vague gravitant autour d'un homme, Charles, à qui elle avait parlé sans l'avoir retenu.

C'était un homme qui avait eu sur elle, chaque fois qu'ils s'étaient croisés, un regard très doux, enrobant, comme dépourvu du sexe qui alourdissait si souvent celui des hommes qui s'attardaient sur son corps, comme si chaque fois il avait embrassé, par-delà elle, le décor où elle se trouvait prise. C'était un homme avec qui elle avait discuté de musculation et d'exercices d'hypertrophie, de protéines et de créatine, un homme qui avait voulu l'inviter, dans un élan d'audace, à prendre un verre dans le coin, sur une terrasse de préférence où les fumeurs avaient encore le droit d'exister, celle du Plan B justement. Mais avant l'intervention de Rose, il était pour Julie semblable à tous les autres passés avant lui, ces autres que l'ennui de sa vie sans amour avait recouverts, tous plongés dans une indétermination créée par des années de rencontres anodines où se confondaient visages et sexes, en des combinaisons infinies d'une loterie sans gagnant. Charles, dont elle n'avait jamais soupesé la beauté, avait à présent pris de l'épaisseur, Charles qui, par Rose, prenait les allures d'un enjeu alors qu'elle avait voulu l'éloigner.

Après qu'elle eut fini de parler Rose regardait toujours Julie, mais ses yeux en lutte avec le soleil n'avaient plus rien à dire, ils regrettaient. Julie sentait que Rose avait suivi le déroulement de ses pensées comme il arrive si souvent aux femmes qui connaissent par cœur le fond des choses qu'elles redoutent, à tel point que, malgré elles, elles les font advenir, simplement en intervenant comme elle venait de le faire. Peut-être Rose avait-elle compris que son erreur l'obligeait à continuer sur un autre ton, avec des mots qui délaissaient Charles d'un coup, pour en annuler la promotion.

« Il paraît qu'il n'y a jamais personne sur le toit. C'est la deuxième fois que je viens. Ce n'est pas possible cette chaleur-là. »

Puis un grand silence était tombé, une trêve bienvenue pour Julie mais pénible pour Rose. Elles ne se parlaient plus, ne se regardaient plus, restaient l'une à côté de l'autre, immobiles, Rose ne pouvant pas partir parce qu'elle venait d'arriver et Julie cherchant une façon d'en sortir. Julie la volubile, le moulin à paroles, ne trouvait rien à dire en même temps qu'un sentiment venait de naître en elle, tout petit, léger pincement qui l'absorbait, parce qu'il se faisait rare. Charles s'était installé dans sa pensée et déjà elle s'interrogeait sur lui, se demandait où il était en ce moment, s'ils finiraient par le prendre, ce verre, sur la terrasse du Plan B ; bribes de sentiments vite dissous dans la chaleur qui avait entre elles réaffirmé l'étendue de son royaume, ciel éponge qui avait atteint ses limites, qui semblait ne plus pouvoir se contenir, qui se purgeait, se transpirait, suant à grosses gouttes, qui coulait le long de ses propres parois. Des nuages s'étaient formés, commençaient d'empiéter les uns sur les autres, capturaient, piégeaient pour de bon la vie au-dessous, celle des Montréalais avides de festivités. Au même moment un vacarme de klaxons s'était fait entendre sur l'avenue Mont-Royal à travers lequel passaient des cris de victoire, du bonheur hurlé et gueulé, sans discours, une joie brute, un assaut.

Plusieurs voitures s'étaient arrêtées au feu rouge au coin de l'avenue Coloniale, remplies d'hommes accompagnés de leurs femelles, beuglant, faisant voler hors des fenêtres des drapeaux portugais aux trois couleurs avec autre chose à l'intérieur, du barbouillage, emblème indéfinissable depuis le toit de l'immeuble. D'autres voitures également remplies de cris et ornées de drapeaux passaient dans les deux sens sur l'avenue Mont-Royal, ayant croisé ou allant à la rencontre de la procession Krishna qu'elles allaient écarter de la conscience des Montréalais, tant elles les surpassaient en bruit.

Une joute de football venait de se terminer et une autre commençait, celle de la dispersion, à travers la ville, de la bonne nouvelle, opérée par l'esprit non de Dieu mais du Sport, bonne nouvelle jetée à la rue comme l'avaient fait les Krishna. La joute se prolongeait dans ses millions de fans, les clameurs de la Coupe du Monde commençaient de résonner dans toutes les grandes villes du monde. Les Portugais avaient vaincu les Anglais et tous les Portugais ainsi que tous les fans des Portugais allaient, le restant de la journée et pendant toute la soirée, assiéger la ville en parcourant sans arrêt ses grandes artères, imposer dans la brusquerie leurs drapeaux comme si c'était la fin du monde, leur droit de rouler par les rues leur joie ; et les Montréalais allaient accorder leur assentiment, admirer en eux le courage de la fierté nationale, leur audace de se proclamer les plus forts ; ils allaient saluer une attitude guerrière à laquelle ils n'avaient plus droit depuis longtemps, une façon de bomber le torse qui avait été remplacée par un éternel examen de conscience.

Julie constatait en elle les symptômes de cette mise en procès de sa nation, de l'entreprise sociale de fustigation de soi-même, dont celui de se tenir dans les gradins du monde, de le regarder comme un théâtre où passait la vie des autres, dont l'ennui et la torpeur, la fuite, la mort par dénigrement, rabaissement, affaissement des pères, cette mort de l'âme qui pouvait frapper à grande échelle un peuple en le laissant se reproduire dans son propre tombeau.

Mais Rose n'était pas ce jour-là dans la fadeur ni n'avait cette impression de distance avec les autres, elle était plutôt dans l'urgence et l'immédiat. Julie la désorientait, n'offrait pas de prise, en plus elle avait ces yeux que Rose voyait pour la première fois, des yeux inattendus d'un vert rare, des yeux émeraude, merveilles qui lui enlevaient ses moyens, alors que Julie avait de son côté repéré en Rose sa peur, l'avait sentie, soupesée, savait qu'elle s'était aventurée au-delà du point où elle avait voulu l'emmener. Rose était exposée au beau milieu d'un champ de tir, rien n'allait plus et il lui fallait pourtant continuer.

« Est-ce que tu as un copain en ce moment ? »

Rose ouvrait à Julie une porte, elle lui donnait un coup de main, pour se faire aider.

« Oui », avait menti Julie.

Julie cherchait une suite, un nom à donner qui ne lui venait pas, une situation, un peu de chair à son mensonge.

« On ne vit pas ensemble pour l'instant, mais ça va venir. Il est architecte. »

La chaleur, les klaxons, les beuglements, et la présence de Rose, l'insupportaient tout à coup, à tel point que sa vie n'était plus que protection contre la vie, contre le monde qui l'entourait avec tout son monde dedans.

Rose regardait Julie, elle souriait de la bouche mais pas des yeux, elle ne la croyait pas.

« J'espère que ça va bien se passer. Vivre ensemble est plein de rebondissements pour les couples. »

C'était tout ce qu'il y avait à dire.

Puis le ciel avait changé de couleur. Sans prévenir il avait viré au gris, il était descendu encore plus bas vers elles en se courbant, on aurait dit qu'il se déplaçait vers son propre centre. Le ciel se repliait sur lui-même, masse de colère grise qui charriait en eau l'équivalent d'un lac et qui, aidée d'un grand vent qui s'était levé, s'était vidée d'une traite sur Montréal dans une immense crevaison, laissant dériver à grande vitesse ses nuages que les éclairs et les coups de tonnerre achevaient d'égorger. Quelque chose là-haut les dépassait, une présence emportée par le gigantesque de son propre mouvement qui surplombait tout sans se soucier de rien, sans une pensée pour les hommes qu'elle oppressait.

Tout cela n'avait pris que quelques minutes pour se mettre en place, pour se mobiliser, pour générer un événement extraordinaire, flamboyant, le clou de la journée, là-haut, sur le toit, que les deux femmes n'oublieraient jamais, qui marquerait leur vie en immortalisant leur rencontre. Pour Julie il resterait un signe qui s'adressait au monde entier, c'était la puissance de la nature grandiose qui rejetait sur les hommes leur propre arrogance, Dieu l'enfant braillard. Pour Rose il s'imposerait comme un signe beaucoup plus personnel, c'était plutôt le monde entier qui s'adressait à elle, en destinataire de son erreur, en se tassant sur lui-même au-dessus de l'avenue Coloniale pour lui dire quelque chose de terrible, à cause de Julie, à cause de cette rencontre qu'elle avait initiée.

La foudre, partie du centre du ciel, s'était abattue à trois mètres d'elles, sur la rambarde de bois où elles étaient appuyées. Jamais elles n'avaient entendu un tel bruit, une telle détonation, qui venait avec cette pesanteur d'avion qui s'écrase, jamais elles n'avaient reçu, par tout le corps, un coup si dur d'une telle portée qui avait aussi un poids qui durait, qui s'obstinait dans l'air autour, qui emplissait l'espace comme une onde de plomb. Dans le bruit qui leur avait fermé les yeux ni Julie ni Rose n'avaient pu voir les éclats de bois voler dans tous les sens, mais elles avaient senti tanguer la rambarde sous leurs mains. Rose avait eu la sensation claire de ses souliers à talons hauts projetés vers l'avant, vers le vide de huit étages, alors que le chiffre cinq cents lui avait frappé l'esprit, le prix des souliers qu'elle avait lâchés et qui ne lui appartenaient pas, qu'elle avait soutirés à la collection d'un designer à la mode, le jour d'avant. Le choc avait fait bondir les femmes vers l'arrière, de façon synchronisée ; ces deux femmes en bikini nageuses dans la pluie battante avaient poussé un cri en chœur, synchronisé aussi, pareil et inutile dans tout ce chaos ; Rose en était tombée par terre, se protégeant de la chute avec la main qui venait de lâcher les souliers, et Julie, ayant aussitôt retrouvé son équilibre, avait quitté le toit en courant, laissant Rose derrière elle, livrée à l'orage, tombée par terre, non loin de la rambarde fendue par la foudre.

II

Naître du même sexe

Son prénom descendait de sa mère et de l'inattention de son père, c'est du moins ce qu'elle se répétait depuis toujours. Toute sa vie elle aurait à s'expliquer ce prénom dans lequel tout le monde, en dehors de sa mère et de son père, dans lequel tout être doté de raison et de bon goût voyait, malgré les images fleuries à fragrance qui l'accompagnaient, quelque chose qui clochait et qui venait de la mère, d'un abus quelconque, pire qu'une faute de frappe.

Elle s'appelait Rose et sa mère, Rosine, vous ne pouvez pas savoir, confiait-elle aux gens qu'elle rencontrait et en face desquels elle se posait en contestataire des mères et leurs choix de prénoms, de maris aussi.

Sa mère lui avait choisi ce prénom pour le faire entrer dans le sien, c'était une évidence, et son père qui n'avait pas vu le motif de Rose dans Rosine l'avait laissée faire, il l'avait sacrifiée par étourderie.

Sa mère avait donné naissance à cinq filles et un garçon : Lisa, Geneviève, Rose, Suzie, Marie-Claude, Stéphane.

Dès que sortie de sa mère son drame avait déjà commencé, Rose était coincée au milieu d'une succession de filles récompensée, au plus grand soulagement de la famille Dubois, d'un garçonnet qui deviendrait, bien malgré lui, la poupée de ses sœurs, la possession d'une pléthore de petites filles en robes de petites filles sautillant et piaillant qui avaient fini, par étouffement, à force de berceuses et de cajoleries, par en briser le sexe, le changer en son envers, un trou, une fille.

Rose avait grandi dans une famille typique du Saguenay-Lac-Saint-Jean, à Chicoutimi, au milieu d'un pullulement femelle répandu en long et en large de ce coin de pays reconnu pour n'engendrer que des filles. Mais ce pullulement avait chez elle déterminé une vision increvable du monde. Même en dehors de son Saguenay natal le surplus avait lieu, partout où se posait son regard se plaquait cette distribution haïssable des sexes au désavantage des femmes qui s'obstinaient à vivre, à rester dans le décor, si bien qu'elle avait choisi de les parer et d'en faire un métier, qui était aussi, c'est vrai, une abdication.

Julie avait replongé Rose dans la tourmente alors qu'elle venait d'avoir trente ans, alors que pour elle la question de l'attention, et de l'amour des hommes, avait enfin reçu une réponse en Charles, une réponse solide sur laquelle elle avait pu s'appuyer pendant de nombreuses années. Elle se disait que Julie n'était qu'une femme parmi d'autres et que c'était une justice, pour elle et pour les autres, elle se consolait en situant Julie dans le même contexte infernal de surpopulation de femmes, ces êtres en demande d'hommes qui n'étaient pas détestables en eux-mêmes, bien sûr que non, ces êtres qui n'étaient pas nuisibles en eux-mêmes non plus, bien entendu, mais qui l'étaient dans le surplus qu'ils représentaient, et par la guerre que ce surplus créait.

Les femmes ne voient rien, que ce que veulent les hommes, ne pensent rien, que ce que veulent les hommes, voilà quelles étaient les convictions de Rose. Les femmes ne se voyaient pas entre elles mais pour Rose c'était le contraire, elle les voyait trop, pour elle chaque existence de femme était à questionner, et elle était convaincue que toutes les femmes payaient, c'était forcé, empirique, non sujet à interprétations, d'être trop nombreuses par rapport aux hommes. Et une femme n'était pas nécessairement une femme. Une femme était tout être qui donnait son sexe aux hommes, qui cherchait à rencontrer celui des hommes, un homme pouvait donc aussi bien être une femme dans la définition de Rose, à condition que cet homme bande pour les hommes. Pour elle le genre ne se définissait pas par le sexe d'un être donné mais par celui de l'autre, celui dont on rêvait et sur qui on bavait, sur qui on laissait un peu de soi-même, avec un peu de chance. Les gens étaient peu nombreux à le penser, à le savoir, croyait Rose.

Elle avait des théories là-dessus qui ne portaient pas de gants blancs. Les théories se construisent sur des anomalies, se disait-elle, comme l'homosexualité, et les anomalies sont souvent naturelles, se disait-elle aussi, comme l'homosexualité. L'anomalie du côté des femmes selon Rose venait de la décision de la nature de les faire naître en plus grand nombre en certains endroits du monde comme au Saguenay-Lac-Saint-Jean, de les stocker en cas d'extinction de la race, en cas de perte massive de vies par épidémies, sans penser au bonheur de ces femmes partout en reste qui étaient sans moyens génétiques et hormonaux de prendre les armes pour rétablir l'équilibre. Elles étaient peu nombreuses à se satisfaire entre elles parce que l'homosexualité était avant tout une affaire d'hommes, et c'était facile à comprendre, croyait Rose, pour peu qu'on imagine le sexe d'où on est sorti.

Rose était styliste de mode, elle arrangeait des femmes pour les photographes, les vêtements qu'elle leur choisissait ne devaient pas les revêtir mais les déshabiller. Elle était une arrangeuse de chair à faire envier, ou bander. Le nombre des femmes augmentait dans la profusion des photos tirées et dans beaucoup d'entre elles, Rose y était un peu, sa présence était une trace, elle était dans l'arrangement des autres qui impliquait sa propre disparition. Dans sa vie elle avait rencontré des femmes si belles qu'elle avait dû en fermer les yeux, sous le choc. En silence elle avait nommé ce choc : le poignard. Poignard pour amputation infligée aux yeux, au cœur, pour suppression de sa propre existence devant la lumière trop vive.

Beaucoup de ces modèles étaient adorables, c'est vrai, Rose en avait apprécié de nombreuses pour leur gentillesse, pour leur bonté d'âme, mais elle les avait surtout regardées, rencontrant chaque fois le bouleversement, à ses dépens.

Charles Nadeau était un photographe pour qui elle avait travaillé pendant des années, dans ses yeux il y avait plus de douceur que dans ses photos. Les photos devaient être vendeuses et la vente était une chose qui devait frapper, vous prendre à la gorge, enfin c'est ce qu'on laissait entendre partout autour, dans son monde de femmes marchandées.

Mais Charles le photographe ne faisait pas grand cas des modèles, contre toute attente et au-delà des probabilités, il préférait Rose. Charles resterait pour Rose cet homme tombé du ciel qui lui avait donné naissance parmi les modèles, qui lui avait fait voir le jour au milieu des plus belles ; parmi la beauté il l'avait remarquée, graduellement, au fil des jours, elle invisible sur les photos mais toujours à ses côtés, dans le même studio à charrier des vêtements ou à les pendre sur des cintres, choisis selon le degré voulu de nudité des modèles.

Charles l'avait aimée pendant des années, Rose n'avait jamais pu le nier, même après qu'il l'eut quittée. D'ailleurs ses plus beaux souvenirs se voyaient sur des photos où c'était elle le centre. La vie est fabuleuse quand elle fait mentir les théories, et les théories se construisent sur le dépit, elles ne sont pas faites pour dire la vérité mais pour forcer la vérité à se montrer au grand jour et à les rejeter, déclarait-elle parfois, quand la vie lui était douce, quand un homme lui donnait un sens.

Leur histoire avait duré cinq ans ; de nos jours, pensait Rose, c'était respectable comme durée. Cette histoire aurait pu se prolonger mais Rose avait manqué d'adresse ; elle avait sans le vouloir arrangé Julie ainsi qu'elle avait l'habitude d'arranger les modèles, elle l'avait fait entrer dans l'objectif de Charles en la faisant passer de son côté, dans sa vie, dans son travail ; et Julie s'était laissé faire comme les modèles se laissaient faire, non par vanité, ni par méchanceté, mais par ennui. Aujourd'hui Rose pouvait le dire, Julie était une femme qui s'ennuyait parce que son corps avait survécu à la mort de son âme, c'est Julie elle-même qui le lui avait dit. Son corps ne contenait rien, c'était difficile à saisir si on n'était jamais mort soi-même, il était par contre sensible à la vie qui existait en dehors de lui et cette vie lui était pénible. Dans ce vide le mouvement n'existait plus ou si peu : l'amour et la haine, les sentiments de base, avaient été remplacés par deux monolithes, la somnolence et l'agacement.

Rose était avec Charles la première fois qu'ils l'avaient vue. C'était un après-midi au Nautilus, au coin des avenues Mont-Royal et Saint-Laurent. Peu de gens, la climatisation sur la peau, beaucoup d'hommes pour une fois, des appareils en marche qui déplaçaient plus d'air que les corps, des gémissements qui accompagnaient la montée des poids, et Julie parmi les hommes avec son attitude musclée juste assez, développée dans l'élégance, avec son corps qui, pour ceux qui ne le perçaient pas à jour, était rempli de vie comme celui des autres. Julie avait l'air d'avoir une âme.

Au Nautilus Charles avait regardé Julie comme les autres, un regard, deux regards, peut-être un troisième, à cause de son métier de photographe qui prolongeait son sens du repérage, du cadrage aussi, en dehors de son studio, mais aussi parce que Julie était à son goût, d'une grandeur moyenne, de rondeurs pleines et fermes. Mais ce n'était pas tout, elle avait un surplus de charme dans cette façon à elle de s'immobiliser soudain pour regarder par la fenêtre, dans la lune, au loin, dehors. Mais il y avait tant de femmes à Montréal qui étaient à son goût que cela jouait contre elles, contre lui aussi qui avait développé une résistance à ses propres penchants. Puis, Julie était venue à lui, comme ça, le plus simplement du monde, ou plutôt elle était venue vers les poids qu'il avait dans les mains parce qu'elle en avait besoin, deux poids de trente livres. Pouvait-il travailler en rotation avec elle ? Oui pour la rotation, pour les échanges de poids, oui pour les mains qui se touchent par la force des choses, un accord qui avait attiré l'attention de Julie sur le jamais vu que faisait Charles. Pouvait-il lui montrer des exercices ? Quels étaient les muscles sollicités ?

Rose les observait par routine de styliste, par réflexe d'assister de son œil le Charles photographe qui avait tant de fois approché tant de corps. Elle se tenait avec patience en retrait, discrète, se penchant sur ses propres poids qui ne pouvaient pas se mesurer à ceux de Julie, comme tant d'autres choses, avait-elle eu l'occasion de se dire par la suite. Elle les laissait un temps à leur travail d'équipe pour se concentrer sur ses exercices, pour ensuite recommencer à les observer, toujours en retrait, avec un angle différent.

D'autres rencontres avaient eu lieu au même endroit pendant les semaines suivantes, dans le même créneau, avec échange de prénoms et plus de regards, plus de mots, poussées verbales qui venaient d'une Julie éveillée, mais peu présente à Charles.

Ce n'étaient là que des détails mais Rose la styliste de mode les avait tous notés. Être styliste, déclarait-elle, c'est remarquer les détails sur les femmes qui détonnent, les bombes, celles qui ont de la gueule, une tête d'affiche, et toutes les autres aussi tant qu'à faire ; être styliste c'est être dans la rue et isoler chaque femme pour la centrer en photo.

La deuxième fois que Rose avait vu Julie, c'était dans la file du Meu Meu, sur Saint-Denis, toujours sous un soleil acide, gonflé d'eau, pesant sur les piétons qui s'aventuraient dehors, enfin sur tout ce qui bougeait ou dormait, toujours péniblement, comme les chiens. Julie était devant eux, cheveux courts d'un blond platine éclatant, blond blanc, blond bébé, épaules découpées sur taille fine, débardeur bleu et jupe en jeans, passant en revue le choix des parfums des crèmes glacées, des parfums de *glaces* disait parfois Rose pour être correcte devant la langue, pour sonner Française. Charles regardait Julie toujours à son goût parce qu'il ne savait pas, à cause des poids échangés et des conseils donnés, à cause de l'échange officiel des prénoms, s'il devait la saluer. Julie regardait les grands pots de *glaces* et Charles regardait Julie, parce qu'elle était toujours à son goût, oui, mais surtout pour expédier le salut, pour remplir la tâche d'être poli. Il fixait sa nuque où tombaient des mèches de cheveux en attente de rendre son salut quand Julie s'était retournée vers eux, les regardant dans les yeux l'un après l'autre, l'air tourmenté, indécise face au choix des parfums ou en lutte contre la tentation des calories à considérer sans toucher, pour ensuite partir en vitesse les mains vides, sans avoir salué Charles, sans même l'avoir reconnu. Rose aurait voulu que les choses en restent là, mais deux autres événements avaient eu lieu, dont le moins spectaculaire s'était passé sur la terrasse du Plan B.

Une terrasse bondée de femmes, agrémentée de quelques hommes, de fumeurs aussi à qui la loi interdisait depuis peu de fumer à l'intérieur des endroits publics, y compris les bars. Le soleil, l'humidité qui pesait, le ciel ballonné de nuages énormes qui distribuait l'air au compte-gouttes, un air trempé qui n'entrait dans les narines qu'avec peine, faisait respirer la bouche ouverte, comme ces chiens, toujours, qui se tenaient dans l'ombre, par terre, tapis. Rose avait regardé à la ronde les femmes et, dans un coin, se trouvait Julie qu'elle avait croisée au Nautilus et dans la file du Meu Meu, qu'elle avait vue des dizaines de fois marcher dans le quartier et qui était assise avec Bertrand, son ami à elle, et aussi à Charles. La vie a de ces grimaces, avait-elle pensé sur la terrasse en sentant le poignard arriver sur elle.

C'est ce jour-là que Rose s'était rendu compte que Julie était toujours seule quand elle la voyait, que partout elle était seule, et il fallait que ce soit son ami Bertrand qui lui fasse voir sa solitude, pourtant évidente, le Bertrand qu'elle avait eu dans son lit juste avant Charles, le Bertrand que Charles avait délogé. Il fallait qu'entre toutes les chances de rencontres d'hommes, se disait-elle, même si elles n'étaient pas si nombreuses, ce soit Bertrand qui brise sa solitude, qui fasse de Julie un être grégaire comme les autres.

Ce jour-là le couple était assis de telle façon que Charles ne les voyait pas, cela donnait du temps à Rose. Elle devait prendre les devants, figer la situation par un silence en souhaitant que rien ne bouge, ou bousculer les présentations, en souhaitant que rien ne bouge. Bertrand assis avec Julie risquait d'amener Julie devant Charles par relation en commun ; par Bertrand, Charles et Julie risquaient de trouver une connivence, un terrain d'entente.

Rose allait provoquer la rencontre quand Julie s'était levée en prenant son sac à main, avant de serrer la main de Bertrand et de sortir de la terrasse, sans les avoir vus. Quelques minutes plus tard Bertrand était venu vers eux, avait pris place à la table, sans parler de Julie. La tourmente de Rose, poignard, lame qui l'amputait d'elle-même, continuait de se presser à sa gorge. Se taire devant les hommes qui parlaient entre eux pour laisser Julie en dehors de leur triangle. Se concentrer sur les mots de Charles qui entretenait Bertrand de sa prochaine collaboration au *Elle Québec* et d'une autre collaboration à un hypothétique reportage photos en Afrique. Suivre vaguement une discussion amollie par la chaleur sur l'écart entre la mode et la misère de l'humanité. Se forcer à ironiser avec eux sur l'arrogance d'imposer une styliste aux mourants du sida en Afrique, lors de l'hypothétique reportage photos convoité par Médecins sans frontières. Du côté de Rose, la constatation muette de sa défaite à repousser Julie à l'extérieur, Rose qui, dans une volonté d'exorciser le poignard, avait fini par demander :

« Avec qui étais-tu assis, à l'instant ? »

La voix de Rose, comme coincée dans sa gorge, entravée par l'ennemie, était si étrange que Charles avait cru que la question provenait d'une table voisine. De son côté Bertrand avait réagi par agrandissement des yeux, par deux mains qui avaient fait mine de se prendre la tête, pour indiquer un oubli stupide et du même coup amener une Julie qui tombait à point, une deuxième fois, sur la terrasse du Plan B. Ce n'est pas à Rose, mais à Charles, que Bertrand avait donné sa réponse :

« C'est Julie O'Brien, une scénariste. Tu te souviens d'*Enfants pour adultes seulement* ? Tu te souviens de la réaction des parents ? Il y a cinq ou six ans ? Pour qu'on le retire des salles ? C'est elle qui l'a écrit. »

Charles fouillait sa mémoire affectée par la chaleur, plombée par le soleil. Tout cela lui disait quelque chose mais il n'arrivait pas à en être sûr, depuis les dernières années il n'avait vu que peu de films, presque rien du Québec.

« Je lui ai parlé de toi et de ton staff, avait continué Bertrand, en désignant Rose du menton. Elle veut écrire sur la mode et les photographes. Avec je ne sais quelle optique sur les corps déshabillés, ou la nudité qui habille, cache les femmes, quelque chose comme ça. L'optique Julie O'Brien en tout cas, traqueuse de vices. »

Charles s'était tourné vers Rose pour chercher sur son visage si la Julie scénariste pouvait être celle du Nautilus, celle des environs de leur vie. Rose venait d'apprendre que Julie était connue, qu'elle était l'auteur d'un film qui lui avait plu, elle venait d'apprendre que Charles lui avait été présenté comme un sujet potentiel de documentaire dans lequel elle, Rose, excroissance de Charles, ombre de son œil, nègre qui organisait, éclairait, mettait en scène la beauté des autres dont elle devait ensuite s'éloigner pour sortir du cadre, là où personne ne la voyait, elle, Rose, pourrait s'y faire valoir en tant que « staff ». Puis, pour la première fois, Julie était sortie de la bouche de Charles :

« Cheveux blonds très blonds ? Courts ? Yeux verts ? Verts vraiment verts ? »

Les mains de Bertrand s'étaient soulevées à hauteur de poitrine, ses mains avaient fait le geste qu'il fallait pour faire entendre que Julie avait bien plus que ses cheveux, ou que ses yeux, pour frapper les gens.

« Oui, avait-il répondu, en laissant tomber les seins de Julie mimés par ses mains. Célibataire, talentueuse, pleine d'avenir. »

Quatre femmes s'étaient levées de la table voisine, les obligeant à se déplacer, à se tasser devant les sacs à main soulevés et les cuisses qui devaient les enjamber pour passer. Dans ces femmes il y avait Pauline, une maquilleuse que Rose connaissait pour avoir travaillé avec elle, dans ses débuts, comme stagiaire. Rose ne lui avait pas rendu son sourire, elle n'était pas là pour Pauline, cette conversation entre Charles et Bertrand qui ne la regardait pas, où elle n'avait pas de place, la tirait vers elle. Rose ne connaissait pas encore les rituels pour dompter le poignard de Julie, elle n'avait pas encore les outils en main pour neutraliser cette menace qui amplifiait, qui occupait tout l'espace de la terrasse, grand comme le monde, qui empêchait Rose de bouger, de sortir de son néant, et qui n'allait pas disparaître, qui n'allait pas partir à la fin de la journée comme c'était le cas avec les modèles, après les shootings. Charles s'était détendu sur sa chaise, patron de la conversation.

« Je sais qui elle est. Je lui ai souvent parlé au gym. Elle me demande des conseils. On a discuté de tout et de rien mais bizarrement on n'a jamais abordé le travail comme sujet. Vous vous êtes connus comment ? »

Bertrand regardait déjà ailleurs, il y avait tant à voir sur la terrasse du Plan B qui égalait Julie, qui la battait en beauté, tant de femmes qui la *plantaient*, avait-il formulé en lui-même, l'esprit envahi d'images en chaleur.

« Je l'ai abordée dans la rue il y a une heure pour l'inviter à prendre un verre, avait-il répliqué en posant les yeux sur des jambes dénudées sous la table voisine où avaient pris place deux femmes. Ce genre d'audace ne fonctionne jamais, d'habitude.

– Et elle a accepté, comme ça ? »

Charles était vexé, comme si les refus essuyés dans sa vie devaient être compensés par les mêmes refus dans la vie de Bertrand, qui avait réagi par un geste imprécis, pour évacuer son mérite.

« Sous insistance, oui. Je la vois tout le temps dans le coin. C'est une femme froide, vue de loin. C'est aussi une femme qui reste froide, une fois assise sur une terrasse. Elle ne boit plus, qu'elle m'a dit. »

Là-dessus Bertrand s'était tu un temps, pour réprimer un bâillement.

« Avant elle buvait mais aujourd'hui seulement de l'eau gazeuse et du sirop de grenadine. Une belle madame. »

Puis un long silence, un air de fin de conversation, un Bertrand consultant sa montre d'un œil flou, un Charles dans la lune, une Rose guettant la suite, qu'elle sentait venir, comme on sent l'orage. Un enfant avait crié derrière la haie de cèdres qui délimitait la terrasse, le soleil n'en finissait pas de se pencher sur eux.

« Oh ! J'oubliais ! avait-il repris soudain comme dans un second souffle. Elle m'a laissé son numéro de téléphone. À cause de toi, Charles. »

En parlant il avait posé sur la table un bout de papier marqué du numéro de Julie, petit bout de Julie posé au milieu d'eux, comme un trophée ou un cadeau, un présent pour Charles le photographe qui n'avait qu'à l'empocher s'il le voulait, ce bout de papier marqué d'une autre sur la table et que Bertrand avait fini par reprendre, merci mon Dieu avait remercié Rose, merci d'écarter cette parcelle de chienne que Bertrand avait ensuite glissée Dieu merci dans la poche de sa chemise fleurie, hawaïenne, en frimeur. Et ils avaient continué d'en discuter, de sa froideur, de ce qui pouvait en être l'origine ; de la métamorphose, amenée par Bertrand qui l'avait suivie de loin depuis des années, qu'elle avait subie ; un amaigrissement causé par la drogue, une manière de fuir les regards, de boire trop et seule dans un coin, une réputation de charrue, une impression de saleté mentale, une aura de crasse, de déroute que reflétaient ses yeux, sa peau, puis une lente résurrection du corps, une blondeur encore plus blonde, une tête relevée montrant la santé, une stature plus solide, mieux ancrée, une retenue dans les lieux publics, la dignité retrouvée d'une femme qui avait mal tourné. Une femme tuée par l'amour, apprendrait plus tard Rose, qui avait réappris à marcher, à respirer.

Quelque chose du monde s'était affaissé pour Rose ce jour-là sur la terrasse du Plan B. Son règne commençait de prendre fin pour faire place à celui d'une autre qui prenait le chemin inverse en émergeant. Rose se tenait dans la position la plus inconfortable, celle de sa propre chute, traînante, alanguie, dans la vie de Charles, chute qui lui laissait tout le temps de voir en face qui arrivait, sans se presser, pour s'y installer. Rose le savait ce jour-là même sans recul, elle le savait quelque part comme on dit ; son petit doigt, ses antennes, son sixième sens, s'étaient mis au service de sa mise en échec.

Deux semaines après l'événement du Plan B avait eu lieu le déménagement du couple qui l'avait frappé comme un oracle. Rose et Charles avaient déménagé devant la porte de Julie, dans son immeuble, avenue Coloniale. Vous ne pouvez pas savoir, se plaignait Rose à tous les premiers venus, une fois le mal fait, une fois le fait établi, vous ne pouvez pas savoir comment la vie me possède, me joue, Rose dans Rosine et ensuite Rose dans Julie, en tant que voisine d'en face. Rose était absorbée, une seconde fois, par une autre dont elle ne voulait pas et dont elle ne pouvait pas sortir, à moins de déménager ailleurs et tout de suite. Julie se refermait sur sa vie, sous la forme matérielle, incontournable, fatale, du voisinage. Rose n'y était pour rien, souvent il lui était arrivé d'expliquer son malheur de l'intérieur, en passant par la substance qui la composait, un gène foutu en elle par sa mère qu'elle devait porter, qui la jetait dans la gueule du loup et qui était suffisamment fort pour faire advenir les loups dans sa vie, un gène comme un aimant qui appelait de loin l'écrasement, ou qui sortait de sa trajectoire pour s'y coller.

Mais Rose n'avait pas su tout de suite qu'elle avait déménagé chez Julie. Le jour qui avait suivi le déménagement, elle l'avait vue marcher vers elle dans le couloir de l'immeuble, en short et talons hauts, la main manucurée qui faisait cliqueter des clés. Le regard de Julie s'était posé sur Rose sans la voir. Sa présence ne pouvait que vouloir dire qu'elle cherchait Charles, qu'elle venait pour lui, que Bertrand lui avait téléphoné et qu'elle avait ensuite téléphoné à Charles en un enchaînement logique, pour rencontrer son sujet, sa matière d'écriture. Il y avait par contre un problème qui venait de l'absence de Charles, parti au studio où il tenait les shootings.

Rose avait mis du temps à comprendre que Julie habitait l'appartement en face du sien, à la portée de sa demeure envahie de cartons laissés en plan parce que le travail continuait.

Elle aussi devait partir. Après avoir vu Julie dans le couloir, il lui avait fallu faire les boutiques pour trouver des vêtements d'hommes, car c'était un modèle masculin, chanteur populaire, guitariste et compositeur, qui devait se faire shooter par Charles ce jour-là. Rose habillait mal les hommes parce qu'elle n'avait jamais appris à les étudier, elle avait cette théorie que les hommes n'étaient pas matière à érection pour les femmes, que c'était au contraire le sexe des hommes qui était une loupe qu'ils promenaient sur le corps des femmes pour en connaître le grain, et qu'ensuite seulement venait l'érection des femmes, au contact de la loupe, dans laquelle elles se contemplaient elles-mêmes.

Il ne lui restait que quelques heures pour trouver des blousons à franges destinés à s'entrouvrir sur la poitrine, des jeans, des bottes en cuir, des ceintures en cuir avec des boucles en acier, des lunettes de soleil et des bracelets, des chapeaux de cow-boy aussi qui maquilleraient les regards et qui feraient flotter une ambiance de duels dans les photos. Se trouvaient au centre-ville d'innombrables boutiques où elle était connue, et où elle devait aller, pour composer en accessoires de mode la jeunesse et la décontraction d'un chanteur populaire qui jouait de la guitare, dans la vie ordinaire. Rose avait choisi les vêtements en les prenant au hasard, organisant les couleurs sans égard pour les règles d'agencement, écarts de conduite dont elle n'avait pas l'habitude. Elle n'avait pas pris la peine de récupérer la contravention que le vent avait arrachée du pare-brise de sa voiture, rue Sainte-Catherine Ouest, elle avait brûlé un feu rouge sur le chemin du studio, manquant de faucher un piéton.

Le shooting s'était passé dans le studio de Charles, mais Rose était restée dans l'immeuble où elle venait de voir Julie, essayant de relier sa présence à une explication qu'elle ne trouvait pas. Le chanteur qu'elle devait arranger la renvoyait à Charles, qu'elle devait oublier, et Charles qu'elle devait écouter mais non regarder la renvoyait à Julie, qui ne cessait dans son esprit de traverser encore et encore le couloir de leur sanctuaire. Elle revoyait Julie en boucle, surgissant de l'ascenseur pour s'avancer, portant chaque fois des vêtements différents, en un défilé de mode, haute couture sur talons hauts, faisant cliqueter des clés comme des castagnettes dans sa main manucurée, aisance, froideur, maintien.

Le chanteur était gentil avec elle mais il avait des opinions sur les vêtements, qu'il ne voyait pas d'un bon œil. Ce n'était pas parce qu'il jouait de la guitare qu'il devait ressembler à un cow-boy. Ce n'était pas parce qu'il était populaire, ce n'était pas parce qu'il plaisait à tout le monde, qu'il devait faire la pute par ce travestissement. Malgré tout Rose s'en était bien sortie, elle se sentait, à l'intérieur du studio, protégée, à l'abri de Julie qui était peut-être, qui sait, s'inquiétait-elle, dans l'immeuble à hanter les couloirs de sa démarche assurée, cadencée, cliquetante.

En temps normal les shootings n'étaient pas une zone de danger. Les modèles qui avaient défilé devant Charles n'étaient pas la même chose que Julie. Leur minauderie était payée et même si, dans leur monde où il fallait être choisie parmi les autres, les hommes clés étaient souvent les photographes, Charles leur résistait, du moins à ce stade-ci de sa carrière.

Ce qui était dur devant les modèles ce n'était pas de voir Charles les photographier, c'était de s'habituer à la suffocation que provoquait leur beauté. Les modèles étaient écrasantes de façon unanime, unilatérale, sauf regroupées entre elles où elles trouvaient leur compte en complexes, où elles tombaient sur plus fortes, plus frappantes, où, bien souvent, elles se retrouvaient laides.

Être styliste c'est trouver un moyen de ne pas avoir mal devant la supériorité des autres. Être styliste c'est travailler dans le sens de la supériorité des autres, c'est ajouter de la beauté sur la beauté de base qui heurte déjà. Que Rose soit petite excluait dès le départ qu'elle se mesure à elles ; la transcendance n'y pouvait rien ; la grandeur d'âme était une connerie. Sa petitesse indiquait sa place, d'où ses yeux, quand elles étaient montées sur talons, visaient en face leurs seins, menus, encore verts.

Ça n'avait pas toujours été facile. Alors que Charles était un jour en retard, alors qu'elle agençait des vêtements pour gagner du temps sur une adolescente qui allait chaque fois dans une cabine d'essayage à proximité pour en ressortir vêtue des combinaisons choisies, Rose l'avait vue délaisser la cabine pour se déshabiller devant Charles, au beau milieu de la place, allant jusqu'à refuser la couverture que Rose traînait avec elle comme un paravent de fortune, dès qu'il était arrivé. Elle enlevait ses vêtements pour en revêtir d'autres, avec l'aide de Rose la styliste qui devait s'abstraire de la situation, se retrancher devant l'autre qui se dénudait dans cette lenteur qui permet de tout voir, dans le naturel de celle qui ne manque pas une occasion. Rose avait trouvé un nom pour désigner ce genre, ce style d'être, un nom qui coupe : chienne. Chienne pour rompre, passer du public au jury, pour répondre de son propre poignard et entrer en duel. Chienne pour rester intacte dans la distance d'une race étrangère. Une race de jeunes chiennes, prenait-elle plaisir à imaginer, jouant de la tension qu'elles créent, rêvant de sortir au plus vite du Montréal chiennes pour faire leurs chienneries ailleurs, dans un plus grand univers chiennes, comme à Milan.

Les modèles étaient ou non chiennes par intentions d'agression ; par commentaires qui voulaient Rose hors de la place ; par exhibition non requise ; par amour-propre poussé à bout d'où émanaient malaise, trouble, problème à déglutir ; par prostitution affichée et fierté retirée de ça ; par conscience d'écraser, de faire du mal, de torturer. Alors les corps, les gestes, les mots, le travail et les déplacements dans le studio se taxaient de chiennerie, devenaient chiennes ; chienne comme mot qui martèle, comme métronome qui rythme les shootings ; chienne comme retranchement devant la source de l'exclusion, de l'anéantissement ; chienne pour les épingles à épingler sur les vêtements souvent trop amples pour les corps filiformes ; chienne pour chaque coup de peigne donné, pour chaque retouche de maquillage faite par Laurent, maquilleur et coiffeur officiel de l'équipe, pour chaque coup de brosse poudrée de fond de teint sur les fronts, les joues parfaites ; chienne pour les poses tenues pendant des heures, pour l'éclairage et même pour tout ce que faisait, disait, Charles, aspiré lui aussi, et malgré lui, par la chiennerie centrale des modèles.

Une vérité nous sauve, pensait Rose, nous les autres femmes, une vérité très simple et prouvée par les statistiques : les modèles ne sont pas seulement belles pour les photographes mais pour tous les hommes, elles peuvent donc les choisir dans des domaines plus prestigieux comme le cinéma, la musique, le rock. Une autre vérité jouait en sa faveur, qui concernait l'absence d'attrait sexuel de Charles pour les modèles, à laquelle Rose n'avait jamais cru qu'à moitié parce que c'était inimaginable, parce qu'elle ne pouvait pas se l'expliquer, parce que ce manque éprouvé par Charles lui semblait n'être qu'une couverture, qu'un trompe-l'œil, mensonge blanc sur des désirs secrets, dangereux, que préservait son désaveu.

Après le déménagement il y avait aussi eu Julie sur le toit, le toit maudit où quelques locataires se faisaient parfois bronzer, en tant que Blancs en mal de couleurs.

Il est possible que Rose ait mal fait. Il est possible que, sur le toit ce jour-là, elle n'ait réussi qu'à réveiller Julie, qu'à créer un mouvement là où c'était mort. En cas de crainte devant une femme, s'était-elle répété par la suite, rester tranquille. En cas de crainte devant la possibilité qu'un homme sorte de votre vie, ne pas alerter les voisines.

Dans son désarroi ses théories parlaient vrai. Montréal comptait encore plus de femmes que d'habitude. Au Plan B on en était à trois femmes pour un homme, au Baraka et à l'Assommoir, le ratio pouvait aller plus loin. Dans le Mile-End et dans tous les restaurants du Plateau, toujours ce désavantage numérique chez les femmes en trop grand nombre où, en plus, elles battaient des records de jeunesse. Sortir demandait beaucoup d'abnégation, déplorait Rose, qui commençait en cette période à sentir une émotion nouvelle, pieuvre, venin, corrosion, sorcellerie, une réaction acide transmise par sa mère qui, un jour, n'en avait plus pu de n'avoir que des filles et qui, à partir de Rose, la troisième, les avait rejetées, dans son cas pendant presque un an, le plus long rejet de la fratrie. C'était une haine pour les fillettes, les bébés filles qui se multipliaient autour d'elle, c'est ce qu'il lui semblait, et qui bien souvent se regroupaient autour de leur mère en des promenades estivales, main dans la main les unes et les autres en une combinaison de malheur. Des grappes de petites filles dans lesquelles elle se voyait avec ses sœurs, dans lesquelles se reproduisait le fléau du manque d'hommes. Mais cette haine qu'elle éprouvait pour les jeunes générations de filles, qui allaient perpétuer la tension de leur disproportion numérique, tension de la compétition entre elles, n'était rien comparée à la pitié qu'elle s'inspirait elle-même, elle qui était incapable de s'accommoder de la réalité, de se donner la possibilité d'être heureuse puisqu'elle était là, dans cette réalité et pas ailleurs, bien vivante, petite mais encore jeune. Non, il fallait qu'elle laisse l'étau se refermer sur elle, il fallait qu'elle pose ses propres mains sur l'étau pour l'aider à se resserrer davantage, il fallait qu'elle donne un coup de main à ce qui l'étouffait, qu'elle reste à contempler, dans la vie de Charles, sa propre disparition.

Julie était visible sur le toit depuis l'avenue Mont-Royal, Rose la reconnaissait par ses cheveux courts, presque blancs à force. Ses épaules lui étaient devenues familières et prendre du soleil lui ressemblait, surtout debout, à regarder au loin. Rose l'avait d'abord vue de dos, fine charpente de muscles affaiblie par le soleil, courbée sur la rambarde en bois qui l'empêchait de tomber. Elles étaient toutes les deux en bikini comme de vraies Montréalaises, intéressées à exister en photos, à être cadrées à tout bout de champ. Même de dos, on voyait que Julie réfléchissait, qu'elle dialoguait avec le monde devant elle, qu'elle s'entretenait avec ses mots, toujours graciles, qui étonnaient, ses opinions qui en jetaient, que Charles écoutait, ses convictions élaborées en des tournures qui enveloppaient de lianes ce qu'elle disait. Julie était une femme de tête, même si elle s'acharnait sur ses muscles. Et ses muscles, osait penser Rose, étaient une façon d'épaissir la paroi qui la séparait de son vide.

En s'approchant Rose avait hésité, lui semblait-il à cause du soleil. Se pouvait-il que Julie ne l'entende pas, tellement il faisait chaud ? Mais il était trop tard, elle était déjà à ses côtés, avec ses raisons de l'être.

« Je m'appelle Rose. J'habite en face de chez toi depuis une semaine. »

Leurs mains s'étaient serrées, jumelles, deux mains menues, issues d'une même famille avait pensé Rose, malgré la supériorité de Julie en taille. Julie ne lui avait pas dit son prénom, se l'était peut-être gardé par économie, pour une occasion importante. Les yeux de Julie, vus de près, lui enlevaient ses moyens. Leur beauté ne venait ni du maquillage ni de la main d'un chirurgien. Son regard faisait entendre sa pensée, farandoles de mots ; il récoltait partout des signes là où il se posait, cherchait sur vous de l'information, pour vous lire. Julie avait passé Rose en revue, de la tête aux pieds, elle l'avait parcourue de bas en haut, découvert sur son visage les traces laissées par sa rhinoplastie, elle avait relevé la couleur de son vernis à ongles et celle des souliers qu'elle tenait à la main, qui valaient une fortune mais qu'elle n'avait pas payés. Julie mangeait Rose comme Rose mangeait les autres, les femmes de Charles mises par elle en particules avant qu'elles ne retrouvent leur unité sur la photo. Rose sentait sur elle son regard comme une compréhension de ce qu'elle était, de sa beauté semblable à la sienne mais aussi de son être global, en ce moment en quête de complicité. Cette femme avait déjà été capable d'amour, s'était dit Rose qui avait entendu parler de son histoire par Bertrand, ses yeux le laissaient voir, ils avaient envie des autres. Continuer, s'était-elle dit ensuite, pour la détourner de mon cas.

« J'habite avec Charles. »

Changement de nuances dans ses yeux verts qui se tournaient ailleurs, se protégeaient de la chaleur.

« Je ne connais pas de Charles.

– Vous vous êtes parlé au gym souvent. Tu lui as demandé des conseils. Un photographe. Bertrand du Plan B t'en a aussi parlé. Tu lui as dit que tu en cherchais, pour un documentaire que tu veux écrire. »

Puis les yeux de Julie étaient repartis dans l'intelligence : elle se souvenait. Rose avait été trop bavarde, mais peut-être pas. Il y avait sa porte en face de la sienne qui lui aurait donné Charles dans un futur proche, il y avait aussi Bertrand qui avait son numéro de téléphone : de toute façon elle était cernée.

La vérité était que les trois se croisaient partout dans le quartier sauf dans les couloirs de l'immeuble. Pendant des semaines Rose avait compté les pas de Charles vers l'ascenseur, l'oreille collée sur la porte de son loft, chaque fois qu'il partait seul. Ses pas n'avaient jamais été arrêtés. Quelquefois elle avait pu capter sa voix qui parlait au téléphone, d'autres fois c'était la sonnerie de son téléphone, musique énervante, appel du dehors à rebrousse-poil en un air de blues de synthèse, qui lui était parvenue. Mais jamais elle ne l'avait entendu parler avec Julie. Le voisinage, avait-elle conclu à tort, sait d'instinct comment avoir la paix. Le voisinage n'aime pas vraiment le voisinage, il s'en décharge par la connaissance des bruits intimes, des va-et-vient de la vie des immeubles.

Sur le toit rien n'avançait entre les deux femmes. Il y avait eu un silence pendant lequel Rose avait tenté d'apercevoir ce que Julie regardait au loin ; des choses avaient lieu dehors qui n'intéressaient pas Rose mais qui saisissaient Julie : le tapage des fans de football qui fêtaient la victoire de leur équipe à coups de klaxons ; des voitures en bas, remplies de fans ; un branle-bas de combat dans le ciel dont l'humeur tournait au gris. Rose n'arrivait pas à s'y attarder, son attention était tout occupée à chercher une suite pour lui donner une raison de réjouissance, pour sauver la mise.

« Tu as un copain, en ce moment ?

– Oui. On ne se voit pas souvent mais on veut habiter ensemble. C'est un architecte. »

C'était peut-être vrai mais Rose en doutait, son sixième sens. À cause de l'architecture comme profession qui semblait fabriquée de toutes pièces. À cause de l'œil de Bertrand qui n'avait jamais vu d'architecte dans le décor.

« Je te souhaite bonne chance », avait relancé Rose, soudain piquée par le poignard, petit, qui était sorti sans prévenir, comme un hoquet.

« Les déménagements sont durs pour les couples. »

Encore le silence entre elles ; Julie fatiguée d'y être et Rose gênée de se tenir à côté d'elle, à réclamer un droit sur Charles. Et, comme une grande claque sur sa volonté d'agir, d'avancer vers son bonheur, une pluie enragée les avait balayées, suivie de la foudre qui avait fait éclater la rambarde en bois à quelques mètres d'elles, fureur de bruit et de force descendue du ciel pour lui faire obstacle. Oui, c'était bien pour cela, lui faire entendre qu'il ne lui servait à rien de se débattre, qu'il n'y avait pas que la multitude des autres femmes pour lui ravir son trésor en Charles, mais le monde entier, sa puissance dévastatrice qui la tenait à l'œil, la suivait de près. Ses souliers étaient tombés dans le vide. Au même moment le chiffre cinq cents l'avait frappée comme le symbole de sa perte, avant qu'elle ne tombe par terre, d'un bond en arrière, se faisant mal au poignet.

Rose avait regardé Julie courir vers l'escalier qui menait à l'intérieur de l'immeuble, puis était restée sur le toit un moment, fouettée de tous les côtés par la pluie si drue qu'elle ne voyait plus rien, si opaque que le haut et le bas, le devant et le derrière, en avaient perdu leur place. Elle tenait à rester sur le toit pour se laver d'elle-même, pour en finir tout de suite, évacuer ce qui n'était pas encore arrivé. Une force venait de l'expulser de son projet, d'interdire la complicité, de la rappeler à l'ordre.

Au pied de la rambarde foudroyée, Rose n'avait même plus de poignard pour lui tenir compagnie. À partir de ce jour-là, avait-elle pressenti, ses jours ne seraient plus qu'une désertion, désormais elle ne serait plus rien.

III

Le trouble des débuts

Julie O'Brien était chez elle avenue Coloniale, allongée sur son divan en cuir brun, les yeux au plafond à penser à Steve Grondin, son dernier amour. En quatre ans elle ne l'avait aperçu que six fois, six fois où son âme avait réintégré son corps comme une gorgée chaude, gorgée de liquide suave, de poison suave, avait-elle pensé, toujours couchée sur le dos, parce que le croiser avait quelque chose de désagréable, du chaud désagréable qui l'éjectait d'elle-même. Six fois elle avait été prise d'une défaillance qui était partie de la poitrine comme une coulée de lave, qui était descendue dans les jambes, d'un instant à l'autre molles, du chiffon. De façon globale elle en avait perdu le sens de l'orientation, souvent elle avait feint de parler à quelqu'un dans son téléphone portable. Chaque fois elle avait gardé pendant des jours l'image de Steve vu de façon furtive, marchant de l'autre côté de la rue ou accoudé au comptoir d'un bar, toujours accompagné de femmes, jamais les mêmes, ignorant qu'elle était là à l'observer ou plus probablement penché sur ce qu'il ne devait pas faire, préoccupé à l'ignorer, à ne pas lui donner signe de vie, ou encore indifférent, l'ayant vue mais aussitôt oubliée. L'indifférence était un état qui l'avait longtemps consternée parce qu'elle en était incapable, étant ce vide qui la laissait seule, ce vertige pour elle qui le voyait de l'extérieur, ce ni chaud ni froid du sentiment qui était son envers, le degré zéro de la réaction qui lui faisait si mal, réduite à ce zéro, même pas digne de mépris. L'indifférence des uns ne manquait jamais de remuer les autres, concluait-elle quand elle y pensait, les autres qui, face au trou, passaient par toute la gamme des émotions, éprouvaient à revendre.

Ces six fois où elle l'avait aperçu étaient bien peu pour le Plateau où tout le monde se croisait sans cesse. Puis, toujours couchée sur son divan brun, elle avait soudain compris pourquoi : Steve avait une voiture. Cette réponse s'était imposée à ce moment et pas avant et elle s'en étonnait, elle qui avait déjà fait mille fois le tour des routes qu'il avait pu emprunter. C'était une évidence, Steve avait aujourd'hui une voiture parce qu'il était professionnellement en pente montante, pourquoi ne le serait-il pas, roulant en Mini Cooper comme elle, elle en rêvait ; Steve avait, pourquoi pas, réussi dans son domaine, là où Julie ne risquait pas de s'aventurer. Il était monteur en tous genres, de films, de reportages et de documentaires, un métier qui le préserverait à jamais de la reconnaissance publique et de la célébrité. Julie était heureuse qu'il ne soit pas connu comme l'étaient certains de ses ex, contente de ne pas tomber sur lui chaque fois qu'elle ouvrait les journaux, fort aise qu'il n'existe pas pour ces mass-media qu'il contribuait pourtant à créer. Mais une fois la voiture établie venait la possibilité qu'il ait changé de métier et que son métier soit plus en vue, il était aussi possible qu'il soit marié et qu'il soit père d'un enfant, pourquoi ne le serait-il pas, un père montant et roulant en Mini Cooper, une femme à ses côtés.

Toutes ces hypothèses de changements, d'avancements, de promotions, de passions amoureuses, troublaient Julie au point qu'elle avait bu dans le passé, de la vodka et du vin blanc, pour renverser son bouleversement. Elle avait bu aussi pour casser cet automatisme par lequel elle le faisait vivre dans d'innombrables scénarios, et aussi pour tuer le dépit de le voir, même si ce n'était qu'en rêve, continuer sa route sans elle. Elle avait bu en gros pour freiner les incessants récits de ce qu'il avait pu devenir et les oublier au moment de sombrer, de toucher la perte de conscience. Elle avait perdu conscience plus d'une centaine de fois pendant les dernières années, la plupart du temps chez elle mais ailleurs aussi, quelquefois par terre, dans les parcs, les ruelles ou dans le couloir de l'immeuble, devant sa porte, et elle soupçonnait que c'étaient ces pertes de conscience qui avaient détruit son âme. C'était dans la perte de conscience qu'elle s'était le mieux maltraitée, qu'elle s'était le plus reniée, au point que rien, pas même la honte, n'avait pu la ramener.

Elle avait bu presque sans relâche pendant trois ans au bout desquels elle avait arrêté peu à peu, avait peu à peu cessé de s'oublier ; mais elle ne s'était relevée que pour constater qu'elle n'était plus capable de désir, amoureux ou sexuel. Son sexe qui s'était pourtant frotté à tant d'autres pendant ces trois années ne répondait plus à rien, même à ses fantasmes les plus pervers. Ce bout d'elle entre ses jambes qui avait pourtant eu dans le passé de grandes exigences n'exigeait plus rien, et Julie n'éprouvait rien non plus devant cet état de fait, rien sinon une sorte de soulagement face à la mort de son sexe par laquelle toutes les autres étaient plus faciles à vivre. Était survenue avec la disparition du désir une extraordinaire intolérance au mouvement, au bruit, aux autres. Presque toutes les manifestations du monde extérieur l'insupportaient, la température, les sonneries de téléphone, le trafic, les travaux routiers du quartier, les immeubles en construction, les automobilistes et les piétons, et même son travail de scénariste pour lequel elle ne ressentait plus que de la lassitude.

Pour faire aboutir un projet elle avait besoin de plus de temps qu'avant, pendant lequel elle devait souvent s'arrêter, par manque d'élan. La vie avait désormais un cœur poussif qui la tenait loin de l'avancement, des bonds de carrière, comme de tout le reste. Seul l'exercice physique la sortait du mouvement minimum que requérait le fait d'être en vie, du moindre effort à faire devant le quotidien, elle en aimait la douleur qui ne la défigurait pas comme l'alcool et elle en appréciait les résultats. Elle était parvenue à cet exploit rare chez les Blanches d'avoir un cul de Black.

Mais avec les années Steve s'était amoindri, il avait perdu son épaisseur. Il était toujours présent mais difficile à saisir, il lui glissait des mains non pas parce qu'il refusait son étreinte mais parce qu'elle n'arrivait plus à vouloir l'étreindre. Souvent elle le ramenait à sa mémoire mais jamais longtemps et sans grande émotion. Couchée sur le divan elle tentait d'imaginer sa voiture mais déjà celle-ci ne l'intéressait plus, Mini Cooper ou pas. Avant même de prendre forme elle s'éloignait, reculait dans la distance de quatre années d'absence, quatre ans sans une parole échangée, sans une seule nouvelle de lui.

Puis Charles Nadeau était venu le remplacer dans ses pensées qu'elle faisait toujours défiler sur le béton gris de son plafond. Pendant le dernier mois Charles avait fait son chemin en elle, comme au début d'une histoire d'amour. Un homme l'habitait, lui et son sexe qui allait bientôt, peut-être, se pousser dans le sien, en épouser la forme en creux.

Charles et elle s'étaient croisés en bas de l'immeuble quelques jours auparavant, ils avaient convenu d'un verre pour discuter du projet de documentaire dont Charles avait déjà été mis au courant. Elle voulait lui parler de son approche si loin du journalisme, très intimiste, des sujets qu'elle abordait dans ses scénarios.

Il y avait peu de gens sur la terrasse du Plan B, la chaleur était supportable, le soleil était sec, haut placé dans le ciel. Des enfants jouaient derrière la haie de cèdres, leur présence était comme une mise en garde contre les débordements des clients, comme autant de petits juges qui rappelaient à Julie sa déchéance passée, où il lui était arrivé de s'affaler dans ce même terrain de jeu en voulant rentrer chez elle, après avoir trop bu, pour ensuite être forcée hors du coma par des policiers que le voisinage avait alertés.

Elle était reconnaissante au monde qui ne l'oppressait pas en ce moment où elle devait se montrer alerte, attentive à Charles ; reconnaissante aussi que ce monde qui lui présentait un visage avenant lui laisse la chance de profiter d'un homme auquel elle plaisait. Elle se sentait bien même si la présence de l'alcool jetait sur elle son ombre, sa menace d'écorchure. Il fallait commencer quelque part, d'une tirade pour briser la glace :

« Je n'aborde pas des sujets mais des gens », avait-elle commencé en palpant de la main, de façon inconsciente, l'un de ces biceps qu'elle bandait effrontément, comme en démonstration.

« Les sujets doivent émaner des gens. Ils ne doivent pas être plaqués. Plutôt sortir d'eux et non être le point de départ. Et je ne sais jamais, quand je commence un projet, ce dont j'ai envie de parler. Ce qui veut dire qu'en abordant la mode je peux glisser vers un autre sujet en apparence sans lien. Les résultats sont toujours très baroques. »

Charles regardait le biceps de Julie qu'elle interrogeait toujours de la main, comme pour en mesurer la force, attirant l'attention de quelques femmes autour, commères à l'eau minérale. Charles ne comprenait rien aux sujets qui devaient émaner des gens ni au caractère baroque des résultats. Le baroque n'évoquait rien du tout sinon des objets et des défauts. Baroque comme gargouilles, démons, hideur, bizarrerie et mauvais goût, baroque comme gothique, comme les adolescents vêtus de noir sur peau blanche, pesants et dramatiques, qui hantaient le Plateau Mont-Royal.

« Baroques ?

– Oui, baroques. »

Charles attendait une précision qui ne venait pas. Son attention s'était déplacée sur les seins de Julie qui installaient en lui une envie de toucher qui urgeait. Rien de ce qu'il avait entendu ne lui plaisait mais quelque chose dans le corps de Julie, sa fermeté sans doute, allait le chercher. Ayant envie de le posséder il était hors de question qu'il se laisse démonter.

« Je suis photographe depuis six ans », avait-il lancé en guise de réponse, en croisant ses mains sur ses genoux, en une position d'interview.

« Avant j'étais assistant. J'aime ça mais au début c'était dur. Montréal n'est pas très grand et il y a pas mal de photographes. La plupart des modèles s'en vont ailleurs, pour l'argent. Je travaille pour le *Elle Québec*, *Loulou*, *Summum*, rarement pour *Vogue* ou *Vanity Fair*. Je shoote pour des magazines de mode mais aussi pour des événements… des contrats à l'étranger… »

Charles continuait à faire défiler des informations qui s'éparpillaient dans tous les sens, en prenant conscience qu'il avait bien peu à dire. Il en était navré, d'autant plus qu'il avait du mal à ne pas laisser tomber ses yeux sur les seins de Julie. D'ailleurs elle ne l'écoutait que d'une oreille, sachant qu'elle allait craquer et boire, sachant en plus que pour devenir intéressant Charles devrait d'abord faire la liste des choses qui n'allaient pas leur servir. Elle aurait voulu franchir cette étape fastidieuse du pedigree.

« Tu aimes ton loft ? avait-elle demandé pour l'arrêter. Qu'est-ce que tu vois de ta fenêtre ? Le mur de briques d'en face, je suppose. »

En parlant elle regardait le paquet de cigarettes qui dépassait de la poche de la chemise de Charles, en sentant dans son ventre le pincement qui précédait toujours les moments où elle buvait, le malaise avant la dissolution, la résistance du corps avant la joie de partir en morceaux. D'un mouvement rapide elle avait pris le paquet, l'avait ouvert pour en tirer une cigarette avant de considérer Charles, attendant qu'il lui offre du feu.

« Je ne suis pas sûr encore. C'est achalandé. »

Julie, concentrée sur sa cigarette, la première en six mois, avait cru mal entendre.

« Quoi ? Pas sûr de quoi ?

– Le loft.

– Oui, pardon.

– Le mur de briques, il n'y en a pas dans ma fenêtre. Je ne vois rien de spécial à travers.

– Tu habitais avec Rose avant ? Depuis combien de temps êtes-vous ensemble ?

– Quatre ou cinq ans ou quelque chose comme ça. On n'habitait pas ensemble avant mais à côté, presque sur la même rue. Dans la Petite Italie.

– C'est pas mal là-bas. Tranquille. Ici il y a tellement de bruit. »

Puis, alors qu'un silence s'installait entre les deux et que Julie remarquait pour la première fois un sexe au fond des yeux de Charles, sexe comme une lueur qu'il posait sur elle, un enfant derrière la haie avait poussé un cri de surprise avant de se mettre à pleurer avec cette intensité de fin du monde que Julie ne supportait pas, tant l'intensité était une faute grave devant l'existence inconsidérée des autres, tant la fin du monde devait selon elle être accueillie dans le sentiment de la mission accomplie, et non dans la révolte.

« On devrait boire un peu avant de parler, avait-elle suggéré à travers une bouffée de cigarette.

– À part mon travail ma vie n'a rien d'exaltant », avait avoué Charles, dépité de ne pas être inspiré, de se sentir mauvais sujet.

Mais Julie qui s'attendait à ce genre de réplique n'était pas de cet avis.

« Ce qui est exaltant ne m'intéresse pas. Je travaille avec le malaise et la culpabilité. »

Charles n'aimait pas le malaise ni la culpabilité. Le malaise et la culpabilité ne lui seyaient pas, et il ne voyait pas en quoi ils pouvaient constituer un angle de travail.

« On devrait prendre une bouteille de blanc, avait-elle proposé. Au fond c'est l'heure de l'apéro. Aimes-tu le vin ? À moins que tu préfères la sangria ? »

Pendant les heures qui avaient suivi ils avaient bu trois bouteilles de chardonnay. Après plusieurs verres il n'avait plus été question de projets de documentaire, de mode ou de shootings. Leur laisser-aller permettait à Julie de récolter ici et là ce qu'elle voulait de Charles, et c'est dans l'ivresse qui commençait à la prendre qu'elle

cherie, qui arrivaient par camions. Une fois les tâches finies le père et le fils amorçaient la routine du soir, à la fin de laquelle le fils se retrouvait, la plupart du temps, dans la chambrette. Cette routine suivait son cours : Charles n'avait pas faim devant les assiettes préparées par le père ; il aurait tout donné pour manger les pommes de terre et la viande tirée de la boucherie mais il en était incapable ; cette viande était trop proche de lui, elle faisait partie de la famille, se composait de la même matière saignante que la sienne, elle était aussi rouge, et douloureuse, que sa matière à lui ; et Charles en était de moins en moins capable à mesure que son père s'énervait, commençait à discourir par raccourcis, par bonds, sur des sujets sans lien avec ce qui se trouvait dans les assiettes, comme la traîtrise des femmes, puis les Amazones, qui avaient un œil à l'entrée du sexe, racontait le père à travers la maison, sans plus se soucier du fils ; et lui, le père, à qui l'on voulait du mal, qui devait se protéger des Amazones, ennemies jurées des hommes, se protéger d'elles mais aussi de tous les autres, de tout le monde, des gens du Gouvernement surtout, de mèche avec les Amazones, surhumaines en leur vision, troisième œil par le sexe qui voyait tout venir de loin, lui en particulier.

Le père liait entre eux les éléments les plus lointains, les plus fantastiques, il se perdait dans son système en croyant s'y retrouver, comprendre de mieux en mieux les dangers planétaires qui menaçaient l'humanité ; et immanquablement Charles commençait à gémir, à pleurer, ne tenait plus en place, ne se sentait bien nulle part, pas même dans sa chambre d'où lui parvenaient toujours les déjections du père. Le père réagissait alors, Charles existait enfin, ce fils qu'il lui fallait écarter, cette existence qui, à présent, hurlait. Il le traînait jusqu'à la chambrette, un ancien réfrigérateur qui ne s'ouvrait pas de l'intérieur. Il faisait disparaître le fils en l'y enfermant, à moitié pour ne plus avoir à subir sa présence dans le déploiement de son délire, à moitié pour l'en protéger, de ce délire au milieu duquel il percevait, par éclaircies, l'angoisse de Charles témoin de sa folie, qu'il voulait guérir. Il allait presque toujours le chercher une heure plus tard, deux heures tout au plus, mais parfois il l'oubliait tout à fait, se réveillait au milieu de la nuit en se rappelant qu'il l'avait oublié. Alors il courait jusqu'à la chambrette, pardon, pardon, il faisait sortir son fils en boule qui grelottait, toujours gémissant, pour le couvrir de sa tendresse rugueuse, le serrant trop fort, pleurant sur lui, l'étouffant, pardon, pardon, tendresse qui était, pour Charles, pire que ses heures de détention.

Pendant l'isolement dans l'obscurité et le froid de la chambrette, commençait pour lui une autre guerre, celle qu'il devait mener non plus contre son père mais contre ses propres pensées, qui déboulaient. Les morceaux de viande qu'il ne pouvait pas voir lui apparaissaient de façon photographique, détaillée, leur présence se pressait sur la porte de la chambrette, il y avait des bruits aussi, ceux que font des pas dans une flaque d'eau. Il entendait les sons de la viscosité en mouvement qui se tendait vers lui en une étreinte mortelle. Charles se faisait alors petit dans un coin, essayait de respirer le moins possible, de disparaître aux yeux de la boucherie.

Ce cauchemar avait duré plus d'un an, après quoi Diane avait repris sa garde, elle l'avait emmené vivre avec elle et sa sœur à Magog, non loin de Montréal. Si la mère était intervenue ne serait-ce qu'un mois plus tard, il aurait été trop tard, Charles en était convaincu, il serait lui-même devenu fou, il aurait sombré avec son père en le suivant dans ses croyances, dans ses vues d'Amazones et de traîtrise planétaire. Il l'aurait fait par survie, par adaptation de l'esprit face à l'intolérable, face à la cassure des choses attendues, face aux jours en ruine, qui se déployaient dans une logique infernale dont seul son père avait la clé.

Charles ne pouvait plus s'arrêter de parler et au fur et à mesure de son récit Julie posait des questions, se prononçait, elle lui avait même servi un petit chef-d'œuvre d'explication, elle lui avait expliqué pourquoi il était devenu photographe et pourquoi il ne désirait pas ses modèles, pourquoi il aimait l'unité lisse des corps de femmes sur les photos, leur intégrité sécurisée par les images mêmes, glacis de la photo qui rendait leurs corps étanches, inaltérables, sans odeur et par le fait même sans sexe, sublimes mais non bandants. Eh bien, avait élaboré Julie, c'était justement parce que son père était boucher. Cette explication pouvait être entendue comme un raccourci odieux mais elle avait captivé Charles parce qu'elle lui avait fait revivre son enfance, avec comme guide cette femme qu'il connaissait à peine et qui avait tiré l'essentiel de sa vie, en sa voyance, avec deux cartes, celle de la boucherie, qui ouvre, et de la photographie, qui scelle.

À la troisième bouteille de chardonnay le récit de Charles s'étiolait, prenait des tournures comiques et Julie, qui n'en finissait pas non plus d'interpréter son métier de photographe, touchait compulsivement l'épaule de Charles, sentant grandir en elle un manque d'homme, puissant appétit qui lui bandait le bout des seins, signe de santé. Toutes les cinq minutes ils faisaient s'entrechoquer leurs verres, cheers, à la tienne, en blaguant sur les fans de la Coupe du Monde qu'ils appelaient les *Radicaux Libres*.

Ils entamaient une quatrième bouteille de chardonnay quand Rose était apparue, ou plutôt quand ils avaient fini par remarquer qu'elle se tenait à côté d'eux, immobile, pâle, presque fondue dans la haie de cèdres qui avait la même couleur que sa robe safari. Elle se tenait debout, à côté de leur table, ne regardait ni l'un ni l'autre mais un point vague entre les deux, entre Julie et Charles qui l'avaient oubliée, Charles encore plus que Julie. Ses traits statufiés, traversés çà et là par une détresse mal contenue, avaient ramené d'un coup la réalité extérieure du monde sur Julie, comme un accident entre son être en vase clos et le grand obstacle des autres existences, ces autres qui aimaient de tout leur cœur et qui lui imposaient leur souffrance comme un renvoi à son passé. Rose était sur la terrasse depuis une heure, ils l'apprendraient plus tard, elle les observait depuis la table voisine en buvant le même chardonnay, comme pour être des leurs.

Elle avait entendu la dernière heure de confession de Charles qui s'était approché de Julie en parlant au point de la toucher du coude, alors qu'elle lui palpait l'épaule. Le monde de Rose venait de s'écrouler pour une deuxième fois, sur cette même terrasse, en prenant conscience que jamais Charles ne s'était aventuré en paroles avec elle sur ce terrain, bien qu'elle ait tenté d'en savoir plus sur son père. Jamais il ne lui avait parlé de la chambrette, toujours il avait prétendu que la folie de Pierre n'avait été qu'une dépression jamais guérie due au surmenage. Il lui avait même affirmé qu'ils s'entendaient plutôt bien et que c'était à regret qu'il l'avait laissé pour vivre avec Diane et Marie-Claude.

« Eh ! Rose ! Comment va ?! »

Julie, consciente de l'embarras qu'amenait la situation, mais trop égayée pour s'y soumettre, avait levé le bras au-dessus d'elle en un salut approximatif que le jour tombant rehaussait.

« J'ai la même robe dans ma garde-robe, avait-elle gueulé, en beige ! Viens donc t'asseoir ! »

En cherchant une chaise des yeux Julie avait remarqué qu'on la regardait de ce regard en hauteur où elle se voyait dégradée, et qu'elle avait rencontré tant de fois, dans le passé.

Toujours debout et immobile, Rose n'arrivait pas à saluer Julie ni à s'en aller. Il lui semblait que jamais elle ne s'était sentie si mal, à la fois concernée par l'oubli où se jouait sa personne et poussée par eux à s'oublier aussi. Le souci de faire bonne figure ne lui était plus accessible, tant le poignard lui travaillait la gorge ; et c'est ce jour-là, dans son éjection du monde où elle voyait le monde comme une image à la fois crue et lointaine, qu'elle avait senti pour la première fois à quel point l'amour pouvait être proche de la haine.

Charles avait honte de l'intrusion de Rose qui jetait sur lui une autre honte, pire que la première, celle de s'être emporté si loin dans ce qu'il avait de moins avouable, sous la direction de cette Julie dont le magnétisme l'avait rendu imprudent, encore plus que le vin, que d'ailleurs il n'avait pas l'habitude de boire, du moins pas autant, et pas aussi tôt dans la soirée. Il s'était levé, étourdi et contrarié, pour prendre congé de Julie en l'embrassant sur les deux joues, bec-bec, en évitant d'aborder le sujet de la bouteille pleine qu'il lui laissait, en prenant soin de ne pas faire allusion à une prochaine rencontre.

Julie était saoule, elle avait commencé de se dissoudre. Son bonheur était tombé d'un coup. Il était trop tôt pour se coucher, trop tard pour arrêter de boire. Elle était rentrée chez elle sans la bouteille de chardonnay, avait bu un verre d'eau en avalant deux comprimés de Xanax devant la télévision pour s'assurer qu'elle ne boirait pas plus loin, que son corps frappé de sommeil empêcherait le dérapage, qu'il accomplirait pour elle, par empoisonnement, un refus de l'alcool dont sa volonté était incapable. Puis, elle s'était réveillée huit heures plus tard sur le divan, au milieu de la nuit, devant l'écran de neige de la télévision toujours allumée, elle n'avait plus le souvenir d'avoir quitté la terrasse du Plan B. Sous le jet tiède de sa douche elle avait au moins l'assurance qu'elle n'avait pas fait de bêtises. Elle se détestait pour sa lâcheté sans cesse sur le point de la faire tomber, de la jeter dans ce néant qui ne la recrachait jamais sans l'avoir mordue, sans garder une part d'elle. Et, comme elle en avait l'habitude dans ce genre de situation, elle avait marqué d'une croix sa rechute dans son agenda, la première en six mois, et s'était désintoxiquée les jours suivants en redoublant d'efforts au gym et se faisant suer, plus que nécessaire, dans un sauna.

Il était encore tôt. Le soleil commençait à monter sur l'est de la ville, à diffuser ses rayons de rouille à travers les fenêtres de Julie. Ce n'est pas bien grave, se disait-elle cette matinée-là en se rappelant son écart de conduite, elle en avait vu d'autres. Dans son divan elle pensait toujours à Charles, qu'elle croyait aimer. Elle s'était rappelé son regard sur la terrasse qui n'avait plus eu l'enrobement des premiers temps, un regard qui l'avait détaillée, morceau par morceau. L'alcool l'avait empêchée d'en sentir les effets mais là, sur le divan, elle les sentait à rebours, cette chaleur, cet engorgement de son être qui lui durcissait les mamelons, prenait d'assaut son sexe qui tout à coup existait, comme un mort sorti du tombeau.

Elle avait peur que le trouble ne dure pas. D'autres avaient pris le même chemin au cours des dernières années et aucun n'était resté. Ils avaient tous rencontré sa dureté, sa froideur, sa réaction polaire face aux tentatives qu'ils faisaient pour l'approcher, qui s'enclenchait dès les premiers rendez-vous, après quelques semaines, voire quelques jours. La vie avait de ces tours de force, de ces façons de truquer chaque occasion, elle avait ses tendances à la désynchronisation, ses manières de ne pas tomber pile : jamais Julie ne s'était sentie si aimée des hommes que depuis qu'elle n'avait plus les moyens de leur rendre leur amour.

Sa famille, ses proches, ses collègues, et même André le Géant Tombeur, son seul ami qui ne tenait jamais le langage de l'amour, lui avaient affirmé que c'était par peur de rencontrer chez les hommes le même abandon qu'elle ne pouvait pas les aimer. En chœur ils lui avaient servi la psychologie des magazines de mode qui fait des gens qui n'aiment personne des gens plus sensibles que les autres, de terribles amoureux changés en pierre dans l'adversité, des gens au cœur si gros au fond qu'ils en deviennent parcimonieux, pingres. Les gens se racontent des histoires en croyant que c'est la peur qui m'empêche d'aimer, se disait Julie, la peur de l'abandon comme si j'en avais quelque chose à foutre, des autres et de leur abandon, ils se rassemblent autour de cette idée alors qu'il s'agit d'une incapacité matérielle, de circuits brûlés, alors que c'est la chair même d'où émane l'amour qui est atteinte.

Et la chair blessée se cache pour se panser, se disait-elle aussi. Julie vivait dans un décor duveteux, fleuri, un cocon qui embarrassait toujours les hommes qui osaient y mettre le pied, tant tout y était confort, coussins et couvertures, tant son atmosphère tamisée envahie de plantes vertes, où trois chats siamois dormaient en permanence, décourageait le mouvement. C'était un décor pour réfléchir ou contempler le passé, ou encore se retirer, à contre-courant du monde, de ses poussées vers l'efficacité, vers les résultats. Dans le loft de Julie il y avait peu d'efforts et peu de résultats, mais il y avait beaucoup de récompenses, de celles dont on profite assis, ou couchés. Elle habitait une unique et vaste pièce où elle pouvait tenir à l'œil les casseroles sur la cuisinière, depuis son lit, et où l'immobilité, parfois dérangée par ses chats qui se déplaçaient toujours en même temps, par effet de groupe, était vérifiable de partout, dans un rayon de trois à dix mètres.

La salle de bain était immense, aussi grande que la chambre à coucher qui n'était pas une chambre d'ailleurs, mais une aire du loft que deux commodes, une lampe et quelques plantes, un bureau et le divan en cuir brun, circonscrivaient. La baignoire était profonde et large, faisait face à un mur de tuiles blanches où de grands panneaux en verre amovibles permettaient à Julie de regarder la télévision, le corps immergé sous la mousse.

Le surlendemain de leur rencontre, Charles et Julie s'étaient croisés sur l'avenue Mont-Royal. Charles lui avait souri dès qu'il l'avait aperçue, alors qu'ils marchaient tous les deux du même côté du trottoir. Il lui avait souri comme si elle faisait partie de sa vie depuis toujours, comme s'il l'avait attendue, à ce moment précis, alors qu'il sortait d'un supermarché. La façon dont il souriait effaçait la honte de s'être confessé, puis celle de s'être laissé surprendre par Rose. Ils s'étaient arrêtés de marcher pour parler, tous les deux atteints par cette pudeur qui suit les grandes déclarations, les gestes épiques, de la façon dont ils pourraient se voir sans être dérangés, à l'avenir. Le bar Les Folies, non loin du Plan B, paraissait idéal comme endroit parce que ni l'un ni l'autre n'y étaient jamais allés, et puisque Rose irait les chercher, de façon spontanée, dans les endroits déjà connus et fréquentés, comme l'Assommoir, le Baraka ou le Bily Kun.

Julie avait pour Rose une espèce de compassion intellectuelle. Elle savait avoir été cela pour Steve, une chienne flairant la trace de ses pas en redoutant d'être repérée, un être courbé qu'il fallait épargner et dont il fallait s'accommoder. Comme Rose elle avait vu la saloperie d'une autre raser sa vie. Il lui semblait que les histoires étaient destinées à se répéter en voyageant d'une existence à l'autre, que chaque femme était fatalement la salope d'une autre femme. Elle aurait aimé jouir d'être la plus forte autant qu'elle avait souffert d'être écrasée, sentir le triomphe se prolonger, la tenailler, et pouvoir comparer sa régularité avec celle de la tristesse qui la prenait au réveil. Eh bien non, la souffrance était de mèche avec la durée, elle n'avait rien de fugace, elle était au contraire une toile de fond sur laquelle se plaquaient çà et là des fous rires, des éclairs, des mouches à feu.

Sur son lit Chafouin, l'un de ses chats, avait levé une paupière sur un œil bleu, s'était déplacé vers la gauche de quelques pas en s'étirant pour se recoucher aussitôt, dans son propre ronronnement, identique à ce qu'il était. Il s'était installé dans la même position par un effort qui semblait inutile de l'extérieur mais qui était nécessaire pour renouveler son bonheur de s'endormir, de sentir à nouveau la nuit recouvrir sa conscience, duveteux dans le duveteux traversé de rêves sans conflits.

Souvent Julie se demandait si ses chats avaient remarqué combien elle avait changé au cours des dernières années, s'ils avaient compris qu'elle avait copié leur mode d'être, un mode de poses recroquevillées, ensommeillées, qui ne connaissait pas vraiment le désir, qui se contentait d'être, de préparer le sol pour l'accueil. Parfois le duveteux de son intérieur à elle commençait à l'écœurer, à exercer sur elle la même pression que le dehors. Son immobilité se chargeait alors d'hostilité et de menaces, d'injures qui lui étaient adressées au nom de la vie qui se passait ailleurs, qui continuait sans elle. Le confort commençait à réveiller une urgence d'en sortir, le principe du plaisir à se laisser aller devenait un terrain miné, une boîte de Pandore. À ces moments elle se rappelait pourquoi elle était morte. Elle était morte par excès de volonté, de sa trop grande persévérance, elle était morte dans l'acharnement alors que la vie lui commandait de renoncer, de se replier hors de vue. Elle était morte du refus de prendre son trou.

Alors à ces moments où le confort l'expulsait et où elle pensait à sa mort, elle faisait comme ses chats, elle se déplaçait un peu, se réinstallait plus loin, s'asseyait par exemple dans son fauteuil vert où elle lisait ses journaux, ses livres, faisant ainsi débouler ses idées et sujets d'écriture dont la plupart ne prenaient jamais forme.

Elle sentait justement un début d'inconfort quand le téléphone avait sonné.

« Allô, c'est Rose, la voisine. »

Une voix derrière Rose, qui était celle de Charles, et qui s'adressait à quelqu'un qui n'était pas Rose, avait ému Julie en se superposant au sourire de l'autre fois.

« Oui ? Tout va bien ?

– Je me demandais si tu étais libre, pour parler. Entre voisines. J'ai un sujet de documentaire. »

La voix de Rose était légèrement affectée par l'alcool, elle avait ce rien de traînant que Julie savait reconnaître à tout coup.

« Attends… là tout de suite ? Je ne suis pas sûre de…

– Je n'en ai pas pour longtemps, avait coupé Rose. Je te le dis, c'est inédit. »

IV

Sortir en famille

Les deux femmes se faisaient face sur le toit de l'immeuble. Elles étaient assises à une table de pique-nique en bois repeint dont la couleur orange poussée à bloc allait chercher le bleu très bleu d'un ciel sans nuage. Rose avait apporté un seau de glace, une bouteille de vin blanc et deux grands verres à vin. C'était le même chardonnay qu'au Plan B, au désespoir de Julie qui sentait naître l'envie de boire. Julie n'avait pas d'armes contre l'alcool qui semblait être redevenu, en un rien de temps, le temps de croiser Charles dans la rue et de lui parler, cette force aspirante, noire, de la gaieté soudaine, du soulagement induit et cher payé. La bouteille ramenait tout à elle, boule de cristal où elle entrevoyait d'avance les étapes de sa chute, le déroulement de cette nouvelle morsure pourtant connue par cœur, au cœur d'un après-midi bleuté.

Curieusement la rambarde n'avait pas été réparée, elle offrait, éventrée, son danger de mort, sa promesse d'écrasement à tout venant. À cinq mètres de la table elle était toujours cette gueule ouverte, noircie par la foudre. C'était presque beau à voir dans ce monde obsédé par les règlements, observait Julie, cette vie nordique mortifiée par le risque, cette modernité qui ne ratait aucune occasion d'amener en scénarios divers, par anticipation, le danger, faute de le rencontrer en vrai. Rose l'observait avec un sourire triste, derrière des lunettes de soleil roses aussi criardes que l'orange de la table et la grandeur bleue du ciel où un nuage était apparu *out of the blue*.

Et dans la fébrilité qui commençait à la prendre, elle avait quand même remarqué et étudié les lèvres de Rose qui venaient d'être retouchées : des lèvres légèrement enflées, définies en une forme parfaite, avec expertise, recouvertes d'un fard beige naturel, chair de bouche, amande sucrée.

« Qui t'a refait les lèvres ? Elles sont magnifiques. »

Rose qui déposait la bouteille dans le seau à glace avait regardé Julie en serrant involontairement les lèvres, qu'à présent elle voulait cacher.

« Je connais pas mal de chirurgiens à Montréal », avait renchéri Julie, qui détaillait le reste du corps de Rose, comme pour s'y mettre à jour.

Rose était heurtée. Jamais on ne l'avait ramassée de front sur ses lèvres qu'elle faisait retoucher deux fois l'an, jamais personne ne lui avait renvoyé au visage, même dans le milieu de la mode où la chirurgie esthétique était de l'ordinaire des choses, les interventions qui lui donnaient corps. Passer chez le chirurgien était du même ordre que se faire avorter, les parties enlevées ou insérées n'étaient qu'à soi et ne regardaient personne d'autre, cela relevait du choix personnel, du corps propre devant lequel on devait pouvoir s'accorder une entière liberté sans justification ni négociation. Que les résultats soient destinés à être vus ne voulait pas dire qu'ils puissent se discuter, que ses lèvres s'offrent à tous ne voulait pas dire qu'elles doivent faire parler, cela ne voulait pas dire que ses lèvres qu'elle espérait remarquables entre toutes ne lui soient pas intimes, comme une brosse à dents, un tampon hygiénique au fond du sac à main.

« Mes lèvres, oui… Gagnon, Dr Marc Gagnon.

– J'ai aussi remarqué tes seins, très réussis aussi. Un peu hauts peut-être ? Au fond non, ils vont tomber avec l'âge. »

Oui, Rose était gênée, stupéfaite de ce qu'elle venait d'entendre et contrariée d'avoir perdu le contrôle de la conversation avant même qu'elle ne démarre. Elle recevait la louvoyante effronterie que Julie dispensait mine de rien autour d'elle comme une arme de séduction qu'elle n'avait pas, elle ; et Julie, que la gêne de Rose ne gênait pas du tout, attendait la suite en observant son verre tenu haut, au bout de ses doigts, transparence remplie de liqueur d'amour sur fond de ciel bleu, en pensant à la cigarette qu'elle n'avait pas dont le goût aurait si bien pu se marier au vin.

« Il y a une chose que les gens ne voient pas et que je vois, moi, avait commencé Rose. Qui concerne la misère en amour. Qui n'a rien à voir avec la psychologie des hommes et des femmes soi-disant incompatibles.

– C'est l'effondrement de la morale, ou de la religion, d'une autorité qui transcende la durée du sentiment amoureux, non ? La disparition de toutes les valeurs pouvant supplanter celle du désir sexuel ? »

Rose qui ne s'attendait pas à cette réplique et qui n'était pas sûre de la comprendre, avait fait tourner le vin dans son verre par petits ronds saccadés sur la table jusqu'à ce que du vin en sorte en une éclaboussure que Julie avait relevée malgré elle comme du gaspillage, une perte de joie.

« Non, non, ce n'est pas ça… Rien à voir. Rien à voir avec la religion ni la disparition… de quoi que ce soit.

Ni avec les sentiments masculins moins intenses. Ni avec le féminisme. C'est beaucoup plus simple, c'est statistique. C'est aberrant, on n'y peut rien. Pas encore. Pas pour aujourd'hui, et pas pour demain. »

Julie allait passer un mauvais quart d'heure, elle en était maintenant convaincue. Ce n'était pas d'un sujet de documentaire que Rose voulait lui parler, mais d'elle et de Charles. Elle voulait aborder sa situation à elle, le cahin-caha de leur petit trio par l'intermédiaire d'une vision globale de cette misère amoureuse ayant une cause unique que tous cherchaient depuis toujours, comme si la misère n'était pas, justement, et depuis toujours, le fondement de l'amour.

Le soleil commençait à cuire comme une punition les deux femmes exposées. Dans le bleu du ciel un groupe de nuages blancs s'était formé à partir de rien, de lui-même, engendrement rendu possible par son seul potentiel.

Pendant que Rose remplissait de nouveau son verre, Julie vérifiait l'intérieur de son sac à main pour trouver une cigarette qu'elle savait ne pas avoir. Le sac à main était souvent fouillé par les femmes, avait-elle remarqué, comme un objet magique et prolifique, générateur d'effets perdus ou inexistants, accueillant argent, cartes de crédit, cigarettes ou médicaments venus d'un néant voisin de la réalité où se retrouvaient tous les objets perdus du monde, où s'entassaient toutes les choses envolées et ensuite transmutées dans les sacs à main des femmes, à l'intérieur de leurs petites poches à fermetures Éclair.

Elle fouillait toujours son sac quand Rose avait sorti un paquet de cigarettes inentamé, encore enrobé de plastique, de son propre sac à main, des Benson & Hedges ultra light king size, la marque que Julie fumait, quand elle était une vraie fumeuse. Faisant cela elle était parvenue à ébranler Julie, qui comprenait que Rose avait déjà entrepris de la connaître dans ses goûts et ses habitudes, qu'elle savait lire ses gestes, qu'elle la devançait dans ses envies, qu'elle la prévoyait là où elle était seule, là où elle se tripotait à l'abri des autres. Mais où avait-elle pris cette information ? Sans doute sur la terrasse du Plan B quand Rose les écoutait, Charles et elle.

Mais ce n'est pas l'espionnage de sa vie opéré par Rose qui la troublait le plus. Le paquet doré qui brillait sur la table orange avait ramené le souvenir d'un soir d'horreur où elle avait offert, à l'Assommoir, une fleur à une jeune femme, une blonde, que Steve fréquentait après l'avoir quittée. Ayant trop bu il lui était apparu, comme en révélation, qu'il fallait poser un geste symbolique de soumission et d'honneur, entrer dans le code animal que tous les êtres grégaires se donnaient pour se repérer dans le monde, elle devait respecter la hiérarchie mouvante des forts et des faibles, des grands et des petits, suivre les rituels de la survie en groupe. Il était clair pour elle à l'Assommoir qu'il fallait changer son impuissance en un rôle actif, actif comme garder la tête haute, mais elle ne s'était qu'humiliée davantage, la salope en la jeune femme qu'en secret elle avait surnommée la chouette s'en était trouvée gênée, Steve encore plus, la fleur avait renforcé une pitié pour elle qu'ils avaient déjà parce qu'elle leur avait été présentée comme une porte ouverte à des initiatives pires, plus basses encore. Une fleur ou un paquet de cigarettes comme façon de rester dans le décor, comme preuve d'existence face aux autres mais aussi comme rupture avec le langage commun, le point final à toute communication entre les vaincus et les vainqueurs.

Après l'Assommoir Steve avait compris qu'il valait mieux ne plus encourager Julie en lui adressant la parole, il avait même cessé de la saluer quand il la voyait, par peur d'enclencher le mouvement d'une autre parade, de provoquer d'autres pitreries. Son retrait définitif de la reconnaissance mutuelle, du consensus sur un passé commun, avait été la dernière preuve d'amour offerte à Julie. Il ne voulait pas la laisser se salir, s'était-elle du moins persuadée, par le souvenir de s'être traînée devant lui de cette façon, lui qui l'avait connue si fière.

Devant Rose qui gardait le silence, Julie s'était dit que la compassion avait un fond d'égoïsme, qui ne survient qu'au moment où l'on se voit dans l'autre ; que plus son propre reflet dans l'autre était pénible à voir et plus la compassion était grande, et que c'était au cœur de l'horreur vue en soi et perçue à la surface de l'autre que l'égalité était possible. C'était dans la conscience d'être descendu aussi bas que l'autre, au moins une fois dans sa vie, que la paix pouvait régner, et la paix correspondait donc aux moments d'accolade dans la reconnaissance mutuelle de la bassesse.

Rose, qui s'était tue en observant Julie déballer avec une lenteur exaspérante le paquet de cigarettes, avait repris :

« Voilà : l'amour est plus difficile à vivre pour les femmes parce qu'elles sont plus nombreuses que les hommes. Les femmes en reste créent une tension chez les autres femmes en voulant se tailler une place auprès des hommes. Étant trop nombreuses elles doivent jouer des coudes pour être en couple. Jouer des coudes devient leur destin en amour. C'est aussi simple que ça. »

Julie entendait Rose mais restait à contempler son propre cauchemar le soir de l'Assommoir à travers le paquet de cigarettes qu'elle avait fini par ouvrir pour y prendre une cigarette avant de l'allumer. En fumant elle tenait à l'œil des bouquets de nuages blancs qui apparaissaient çà et là dans le ciel, qui se formaient à une vitesse inquiétante au-dessus du grand Montréal, capitale nord-américaine du réchauffement de la planète.

« Au Québec il y a à peu près un million de femmes en trop par rapport aux hommes. La population est mouvante, on se déplace, on bouge, c'est difficile à voir clairement dans la foule. On ne le remarque pas. On ne s'y attarde pas. Jamais on y pense en termes de problème social. Ce million ou presque de femmes en trop crée aussi une pression sur les hommes, étourdis de tant de femmes. Ils sont bien sûr les derniers à se plaindre. Mais de plus savoir où donner de la tête les déstabilise. »

Rose ne montrait plus aucun signe d'ivresse alors que Julie commençait à la ressentir. Rose avait regardé un temps la rambarde fendue, comme pour se débarrasser du poids de toutes ces femmes en trop en les y faisant tomber, avant de reprendre :

« Ils ne deviennent pas polygames par nature mais pour répondre à la pression que les femmes font peser sur eux. Contrairement à ce qu'on pense les hommes sont beaucoup plus sollicités que les femmes. Tu noteras que le célibat chez les femmes est beaucoup plus élevé que chez les hommes.

– Impossible, avait coupé Julie. S'il y avait au Québec un million de femmes de plus que d'hommes, on en entendrait parler tous les jours. On est d'accord là-dessus ?

– Pourquoi on en entendrait parler ? Ni les hommes ni les femmes n'y voient un problème. Les hommes sont gagnants, leur choix est grand. Les hommes ne dénoncent pas les réalités favorables. C'est l'instinct. »

En parlant Rose avait pris la bouteille de chardonnay dans le seau à glace et l'y avait replacée de façon mécanique, sans rien en faire, sans même la regarder.

« Et les femmes sont incapables de faire le lien entre cette réalité et les problèmes de leur vie de couple. Le fait qu'elles se retrouvent célibataires plus souvent qu'à leur tour, qu'on les abandonne toujours pour d'autres, des femmes ou d'autres hommes aussi. Et c'est discriminatoire que d'en parler ! C'est sexiste que d'en faire un problème de société ! De le dire est dangereux dans notre monde. À cause du passé de domination, à cause de l'Histoire.

– Ok, ok, avait dit Julie qui avait repris la bouteille pour remplir son propre verre de ce qui restait de vin.

« Présenté de cette façon, c'est un gros problème. Mais je m'étonne que cette disproportion ne fasse pas plus de bruit. Aujourd'hui on est tellement à l'affût de la moindre chose qui cloche.

– Ce qui est bizarre, c'est que les gens ont l'impression que c'est le contraire, que sur la Terre il n'y a que des hommes. Parce que c'est le cas à la télé, dans les journaux, en politique, partout. Tous les livres d'histoire, la guerre au Moyen-Orient, les pays arabes, les guerres en Afrique, ceux qu'on voit et qu'on entend, partout ce sont des hommes. L'histoire du monde est saturée d'hommes. Les femmes sont invisibles sauf dans la publicité et les vidéo-clips. Ou sur Internet qui en déborde.

– D'accord, je te suis, mais ce que tu dis est scandaleux. En Chine et en Inde on tue en masse les petites filles par avortement ou meurtre. Tu le sais, ça ?

– Oui. Il y a des pays comme la Chine et l'Inde où il manque des millions de femmes. 100 millions en tout. À cause des fœticides et infanticides pratiqués à grande échelle. Mais le massacre des petites filles donne l'impression que les femmes manquent ailleurs dans le monde. C'est le contraire. »

Rose commençait à intéresser Julie ; elle devenait belle dans l'emballement, d'une beauté non pas figée mais vivante, elle se transformait en vrai personnage, chatoyant et baroque, comme elle les aimait. Et il y avait du vrai dans ce qu'elle disait, Julie en était convaincue, du vrai annoncé dans une sorte d'enflure, une façon d'étaler le drame en exagérant cette distribution malhonnête des sexes qui lui plaisait, qui lui rappelait, par la bande, les Amazones à l'œil-sexe du père de Charles.

« Je veux bien mais tu me parles de quoi, au juste ? D'une étude ? D'un reportage télé ?

– La population du Québec et celle de l'Occident comptent 52 % de femmes. Tout le monde peut vérifier. Ce sont des statistiques officielles de l'ONU. Sur 7 millions de gens, ça fait 280 000 femmes en trop par rapport aux hommes. Ça paraît peu mais il y a autre chose qui fait toute la différence. Chez les hommes il y en a 15 % qui sont gays. Je dis au moins parce que je suis optimiste. Il est possible que ce soit plus. Des études démontrent qu'ils le sont jusqu'à 20 %. Mais restons optimistes : 15 % de gays chez les hommes font 504 000 gays au Québec. Si on soustrait ces hommes qui ne s'intéressent pas aux femmes du total des hommes, on n'a plus que 2 856 000 hommes qui aiment les femmes, qui vont donc former des couples avec elles. Résultat : 784 000 hommes sont manquants. Donc 784 000 femmes sont en trop. Presque un million. »

Que Rose connaisse ces statistiques par cœur épatait Julie, elle qui ne comprenait rien aux chiffres parce qu'ils ne s'enchaînaient pas selon un principe esthétique et qu'ils figeaient les esprits en se gonflant aux proportions de la catastrophe. La démesure de toutes ces statistiques et pourcentages empêchait de garder la tête froide face à une réalité qu'elle tentait de préciser, mais qu'elle rendait à la fois menaçante et floue : Julie était perdue. La seule chose qu'elle pouvait comprendre était sa propre impression de possible, de probable même, du discours que Rose mettait en place.

Elle savait déjà qu'on comptait plus de femmes que d'hommes en Occident, en Afrique surtout où elles représentaient 60 % de la population, selon ce qu'elle avait entendu à la télévision. Elle avait aussi le sentiment que l'homosexualité grimpait chez les hommes, elle avait souvent constaté que plus les femmes dans une société donnée se déshabillaient, que plus elles affichaient haut et fort leur sexe, plus les hommes se détournaient d'elles pour se désirer entre eux ; que plus elles donnaient à voir d'elles-mêmes et plus ils refusaient ce qu'elles offraient pourtant à corps perdu et comme jamais. Mais à ce point-là ? Se pouvait-il que la misère des couples à perdurer fût liée à un écart numérique entre les hommes et les femmes, écart agrandi par le taux d'homosexualité chez les hommes ?

« Qu'est-ce que tu fais des lesbiennes ?

– Il y en a trop peu, c'est négligeable. Moins de 1 % des femmes sont gaies.

– Les lesbiennes sont en aussi grand nombre que les gays. On croit qu'il y en a moins parce qu'elles sont moins visibles. Elles se montrent moins, sortent moins, parlent moins. C'est ce qu'on dit. C'est ce que j'entends dire. C'est ce que tout le monde dit. »

Rose, soudain piquée, s'était levée d'une traite sur ses talons hauts, bousculant la table et son verre à vin qui s'était déversé d'une petite flaque tombée sur le sol dans un tintement de verre. Sa tête se découpait sur le ciel changeant qui de plus en plus rappelait à Julie celui qui avait fait jaillir de son centre la foudre tombée sur la rambarde.

« Il y en a moins parce qu'il y en a moins ! Je me fous de ce que tout le monde dit !! »

Tout du visage de Rose, tout de son corps, était pris dans la tourmente, et transformait ses paroles en sentences. Tout de son être engagé exigeait l'attention et la soumission, et l'écouter n'était pas un choix mais le prix à payer pour être à ses côtés.

« Il y en a énormément moins », avait-elle poursuivi en se rasseyant, sans redresser son verre que Julie ne pouvait s'empêcher de tenir à l'œil.

« C'est tout. En homosexualité il y a pas d'équivalence entre les hommes et les femmes. Penses-y. On rencontre des gays tous les jours, dans les rues, les boutiques, les salons de coiffure, à la télé, tous les jours tous les jours ! Je suis sûre que tu en connais, que tu en as connu dans ta vie, par dizaines et dizaines et même centaines. Dans les parades gaies que des hommes gays ! Dans les villages gays que des hommes gays ! Va ! Vas-y et constate ! »

Rose désignait de son index le ciel comme si les parades et les villages en question s'y trouvaient, avec leurs débordements de chair et de couleurs, leurs déhanchements à plumes et à paillettes, de chars allégoriques surmontés de muscles et de queues. Mais il n'y avait que des nuages blanc et gris cotonneux qui semblaient descendre sur le toit et qui chargeaient l'air d'une humidité qui se collait aux choses, comme une lèpre.

« Ok, Rose. C'est vrai, je le concède, ça crève d'évidence. Irréfutable. De nos jours on est si obsédé par l'égalité entre les sexes qu'on la plaque là où elle existe pas. On pense l'égalité en termes de symétrie, ce qui est très bête. »

Mais Rose n'écoutait pas Julie. Rose ne s'adressait même plus à Julie : c'est au-delà de Julie que Rose réglait ses comptes, c'est devant le plus large de l'existence qu'elle déclarait son opposition, son refus de l'ordre établi.

« Tu en connais beaucoup, toi, des lesbiennes ? En as-tu parmi tes amies ? En as-tu déjà eu dans ta vie ? Des vraies lesbiennes, pas de celles qui embrassent saoules leurs copines dans les bars pour flasher. Pour faire sexy. Pas de celles qui se croient bisexuelles parce qu'elles ont tripoté, ou voulu tripoter, un jour, une autre femme. Pas de celles qui couchent désœuvrées avec des femmes sans mouiller ni jouir pour le plaisir d'en parler ensuite. Pour épater la galerie. Pour le plaisir de le dire, tu comprends ? »

Dans le lointain s'était fait entendre un grondement de tonnerre, un seul, comme un égarement du ciel qui ne savait plus sur quel pied danser, qui descendait dans les basses, comme sur un clavier. À ce stade-ci personne ne pouvait savoir quelle direction il allait prendre.

« Et depuis quand les femmes se montreraient moins, parleraient moins que les hommes ? Les femmes font que ça, se montrer et parler d'elles-mêmes, de leur dedans, de leurs émotions. Les femmes et leur vérité sentimentale ! Les femmes et leurs manies de tout dire, tout montrer ! Chiennes ! Chiennerie !! »

À ces mots Julie s'était réveillée tout à fait, et d'un coup : c'était du sérieux. Rose avait cessé de tourner autour du pot, venait de toucher le cœur du sujet : la manigance. Rose, qui avait rarement autant parlé, avait du même coup pris conscience qu'elle devait s'arrêter là. Elle avait confessé plus qu'elle ne l'aurait voulu, comme l'avait fait Charles quelques jours auparavant. Elle avait répandu sur le toit devant Julie qui plaisait tant à Charles, elle ne pouvait plus l'ignorer, le plus creux, le plus douloureux d'elle-même ; elle avait découvert le sol accidenté sur quoi se fondait sa vision du monde. Mais elle l'avait au moins fait, s'était-elle consolée, avec le souci de soustraire son père à Julie, ce père du grand amour dont seuls les enfants sont capables, père de la déception aussi, auquel elle n'avait cessé de penser pendant qu'elle parlait.

Julie se taisait par peur d'attiser Rose dont l'agitation semblait vouloir diminuer. Puis, Rose s'était assise à la table, avait croisé les jambes et posé une main sur une hanche. Elle avait ensuite tiré pour une seconde fois la bouteille du seau à glace et, voyant qu'elle était vide, l'avait violemment relâchée dans le seau. Julie, public de Rose, faisait un lien entre la dégradation du ciel et sa férocité, et ne souhaitait plus qu'un retour au calme ; elle s'était allumé une autre cigarette.

« Il y a aucune, aucune raison que les femmes soient pudiques en ne sortant pas du placard, avait recommencé Rose. Il n'y a aucune raison qu'aujourd'hui, dans notre société, elles se cachent si elles le sont. Elles se cachent pas parce que la vérité, c'est qu'elles ne le sont pas !

– Non, Rose. Aucune raison. »

Rose s'était relevée et, sentant venir un second souffle, avait commencé à faire les cent pas autour de la table.

« C'est qu'elles le sont tellement moins que c'est une injustice pour toutes les femmes ! Si au moins elles avaient l'alternative d'être lesbiennes !! Mais non, c'est aux hommes et à eux seulement qu'elles sont !! »

Rose, qui continuait de marteler le toit de ses talons, était murée dans son discours où elle ne trouvait pas la porte de sortie. Elle ne pouvait s'arrêter en même temps qu'elle ne pouvait aller plus loin. Elle offrait en pâture et sans espoir de guérison sa douleur d'être dans le monde, dans sa réalité tissée de failles, d'existences malvenues acharnées dans la même plate-bande, sur le même terrain, condamnées à s'en congédier ou pire, à la partager. C'était une douleur longtemps contenue dans l'obscurité d'années passées à mijoter les explications du malheur, des années de résistance, d'entêtement en des explications gangrenées qui crevaient maintenant au grand jour.

« C'est la tension créée entre les femmes ! C'est ça le problème ! La tension de devoir se battre de manière chienne pour se donner les hommes !! »

Rose s'était rassise pour ensuite regarder Julie en face et enfin lui rendre sa présence, là, devant elle. La tension était un problème, Rose avait bien raison, avait convenu Julie. La tension comme dynamique de la douleur et du mouvement pour la soulager, la tension qu'elle-même avait entrepris de réduire, de prévenir par tous les moyens dans sa vie endormie, la tension comme point de départ du mal, comme signal qu'il faut bouger, lever les poings pour combattre, concéder à une panique qui, au fond, ne visait qu'à faire baisser cette même tension source de panique, qu'à retrouver le niveau plat et lent de la quiétude, du Nirvana où la vie, immobile, nivelée par le bas, ressemblait à la mort. La tension à l'origine de la vie était aussi, de la vie, ce qu'il fallait dompter. Rose, le regard dans celui de Julie, avait laissé tomber :

« Charles est à moi. »

Charles… Qu'elle le garde donc, son Charles, avait pensé Julie, heureuse de sentir que Rose, en le nommant enfin, était venue au bout d'elle-même. Elle avait fouillé son sac à main pour en sortir un crayon feutre violet et un bout de papier sur lequel elle avait écrit quelque chose, avant de le tendre à Rose.

« Envoie-moi des données, des chiffres, des statistiques comparatives sur les naissances de garçons et de filles. La natalité selon le sexe et l'homosexualité aussi. À cette adresse électronique. Je veux les voir de plus près. Ce que tu racontes me paraît incroyable. Mais pour l'instant on n'a plus de vin. »

Le ciel était couvert de nuages en dérive. Une ambulance hurlait du côté du boulevard Saint-Joseph et semblait se diriger vers l'ouest. Rose souriait, apaisée, avec sa bouche comme un bonbon qu'un baume faisait reluire.

« On va au Plan B ? »

C'est le pelage chamoisé où se mêlaient le beige et le brun de Chafouin, le plus gros de ses chats et aussi le plus paresseux, que Julie O'Brien avait d'abord vu en ouvrant ses yeux brûlés par les excès, le lendemain midi. Il dormait près d'elle en boule, roulé dans ses six kilos, le museau sur ses pattes arrière ramenées vers l'avant en cette pose classique de tous les chats du monde, bâtards ou non. Sentant Julie bouger il avait aussi ouvert les yeux avant de les refermer dans un soupir. Pour lui rien de spécial ne s'était produit, son monde était resté le même, la vie suivait son cours, sans passé ni avenir, une vie de chien, sans les coups.

Pendant les quelques secondes qui avaient suivi son réveil, Julie ne s'était rien rappelé de la veille et sentait que c'était mieux. La mémoire avait ses raisons d'oublier certaines choses qui concernaient la paix d'esprit et l'amour-propre, l'oubli était un cadeau du ciel qui cadenassait la saleté pour ensuite en jeter la clé.

Sa tête qui ne produisait aucune pensée claire n'était qu'un lieu de douleur et d'assèchement qui lui brouillaient la vue. De se savoir chez elle était la seule chose qui comptait, au fond, être chez elle et n'être pas nue, enfin pas complètement. Elle était allongée sur le ventre, sur les couvertures de son lit non défait, les pieds sur les oreillers. Ses jeans étaient restés en place, fixés à la taille par une large ceinture en cuir noir, mais son T-shirt était relevé au-dessus de ses seins. Puis, aussi sûrement que le soleil se lève au petit matin pour jeter sa lumière sur la Création, les souvenirs de la veille avaient commencé à affluer.

« Oh non. Merde ! Merde merde merde ! »

Les événements d'abord conviviaux étaient allés trop loin. Comme d'habitude, comme d'habitude, s'était-elle dit en se levant sur les coudes et en parcourant des yeux son loft pour s'assurer que tout était bien en place, que la stabilité matérielle de sa vie en ses meubles et ses appareils électroniques, en son foisonnement de plantes vertes et ses murs couverts de photos et de tableaux, n'était allée nulle part, ne s'était pas, comme elle, oubliée en se lâchant dans toutes les directions. Julie ne s'en faisait pas pour elle-même, blindée par tant d'autres soirées bien pires parce qu'elles s'étaient déroulées aux bras d'étrangers chez qui elle s'était écroulée, pour se réveiller parfois en dehors de la ville, dans une flaque d'urine.

Il lui fallait se lever. Redressée sur les coudes, elle avait tout de suite repéré sur le plancher de bois verni, près du lit, le soutien-gorge en satin blanc qu'elle portait la veille et dont les bretelles avaient été dégrafées. Un peu plus loin se trouvait son sac à main en cuir doré, ouvert sur le côté qui rejetait de sa gueule du maquillage, de la monnaie, des mouchoirs en boule et des cartes d'affaires qu'elle avait ramassées pendant la soirée. Puis, près du désordre autour du sac à main, elle avait reconnu une ceinture, elle aussi en cuir noir, celle de Charles.

« Merde de merde. Il l'a oubliée. »

D'autres souvenirs s'étaient bousculés, en lien avec la ceinture laissée sur le plancher et son T-shirt relevé qu'elle avait rabattu sec en maugréant, geste tout de suite suivi d'un élancement aigu dans sa tête où il y avait un grésillement, qui rendait sans doute le bruit des circuits de la pensée qui tentaient de se remettre en marche. Comme pour éviter de se laisser aller à des images qui auraient pu être excitantes si elles n'avaient pas défilé dans l'assourdissement de son mal de tête, si elle n'avait pas eu une gueule de bois, et si ces images n'avaient pas eu Rose pour témoin, Julie était sortie du lit pour entrer dans la douche, ouvrant à fond et par accident l'eau froide sous laquelle elle avait poussé un cri de rage. Ses trois chats s'étaient redressés sur leurs pattes comme un seul homme, les oreilles tournées dans sa direction pour ne rien manquer de la fureur qui leur parvenait de la douche.

Au Plan B Rose et Julie avaient continué à boire du vin blanc, ce même chardonnay que ni Julie ni Rose ne boiraient plus après la mort de Charles, que ni l'une ni l'autre ne verraient plus, sur les rayons des SAQ[1], sans un mouvement de recul.

1. Société des alcools du Québec.

Assise à une table de la terrasse toujours bondée, Julie avait été stupéfaite de rencontrer pour la première fois le paysage décrit par Rose vingt minutes auparavant, sur le toit de l'immeuble : sur les trente-neuf clients assis dehors se trouvaient vingt-huit femmes, et sur la soixantaine qui étaient à l'intérieur du bar, dont Rose et Julie avaient fait un décompte approximatif, sans cesse dérangées par le déplacement des gens et se faisant grandement remarquer, se trouvaient une quarantaine de femmes. Pour Julie qui avait toujours pensé la présence masculine comme une dominance qui passait par la force physique et par le nombre, dominance qui passait aussi par le rassemblement colossal dont ils étaient capables en temps de guerre et lors de soulèvements populaires, pour Julie qui n'avait jamais manqué de bras autour d'elle, c'était difficile à croire. Julie voyait pour la première fois ce qui était pourtant là avant, et elle en avait été troublée au point d'aborder plusieurs femmes au cours de la soirée pour leur demander si elles avaient déjà remarqué le phénomène, si elles s'en trouvaient gênées, inquiétées ou écœurées. La plupart, comme Julie, regardaient et voyaient pour la première fois. La plupart ne savaient qu'en penser, croyaient à une coïncidence, à un hasard qui avait fait se rassembler plus de femmes qu'en temps normal, en même temps qu'elles reconnaissaient avoir déjà pressenti cette réalité de façon obscure, sans avoir cherché à la relever, ou à y réfléchir. Julie avait été stupéfaite de se rendre compte, alors qu'elle avait trente-trois ans, que jamais elle n'avait fait attention à la répartition des sexes dans les endroits qu'elle fréquentait et que jamais, jamais elle n'avait fait intervenir la base mathématique de cette répartition dans son regard sur la misère amoureuse, sur le cliché des femmes en attente d'hommes partis à la chasse, dehors, ailleurs.

« C'est toujours comme ça, lui avait envoyé Rose, ravie de l'avoir ébranlée. Il y a tellement d'années que je le remarque que maintenant je n'arrive plus à en sortir. À Montréal le Plateau est le quartier où la concentration de femmes est la plus forte. Mais tu devrais voir au Saguenay-Lac-Saint-Jean. Les statistiques se contredisent mais selon les plus sombres on compte sept femmes pour un homme.

– C'est vrai cette histoire ? Je croyais à un mythe.

– Vraiment vrai. J'ai jamais su pourquoi. Mais les endroits les pires sont les restaurants, à Montréal comme ailleurs. Les femmes sortent en groupes dans les restaurants, c'est frappant. La pire fois c'était chez Bu, un bar à tapas. J'ai compté tout le monde plusieurs fois. Que des femmes, quarante-trois, et un seul homme. Un seul ! »

Et puisque les tapas de chez Bu venaient d'être évoquées, les deux femmes avaient convenu qu'il leur fallait manger si elles voulaient continuer à boire ; et elles avaient mangé des terrines de toutes sortes sur des croûtons de pain, des olives noires et de la mousse de crevettes, des noix et du fromage de chèvre, et encore du pain, en laissant le vin de côté, le temps de reprendre des forces ; et elles avaient parlé de choses et d'autres, de l'été torride de leur pays de neige, de la Coupe du Monde dont elles se foutaient en dehors des hommes qu'elle rassemblait en masse, et de leur expérience commune de l'obsession esthétique que Julie avait longuement associée à une burqa occidentale. L'acharnement esthétique, soutenait Julie, recouvrait le corps d'un voile de contraintes tissé par des dépenses extraordinaires d'argent et de temps, d'espoirs et de désillusions toujours surmontées par de nouveaux produits, de nouvelles techniques, retouches, interventions, qui se déposaient sur le corps en couches superposées, jusqu'à l'occulter. C'était un voile à la fois transparent et mensonger qui niait une vérité physique qu'il prétendait pourtant exposer à tout vent, qui mettait à la place de la vraie peau une peau sans failles, étanche, inaltérable, une cage.

« Ce sont les Femmes-Vulves, répétait-elle, expression trouvée sur le vif qui la faisait rire. Les Femmes-Vulves sont entièrement recouvertes de leur propre sexe, elles disparaissent derrière. »

Rose ne suivait pas toujours Julie, et Julie, qui n'arrêtait pas de complimenter Rose pour tout et rien et même pour son silence, qui lui prenait les mains et qui s'adressait à elle par des éloges empâtés par l'ivresse, s'était vidée de son récent passé en racontant les détails de sa déception amoureuse, de son émiettement dont elle devait reconnaître qu'il n'était pas tout à fait fini, puisqu'elle était encore là à boire, puisqu'elle ne serait plus jamais la même face à l'alcool mais aussi face aux hommes, puisqu'elle avait retrouvé l'envie de vivre sans vraiment retrouver la vie. Puis Bertrand était apparu sur la terrasse, s'était assis et avait bu avec elles, avait tenté sur Julie puis sur Rose des manœuvres qu'elles avaient toutes les deux repoussées, complices, allumeuses.

Le reste de la soirée se perdait dans un flou dominé par certaines images qui se détachaient du fond, mais qui étaient elles-mêmes frappées d'ambiguïté. Julie se voyait simultanément en deux bars différents de la ville, l'Assommoir et le Tap Room, sans trop savoir lequel venait avant l'autre. Elle se voyait dans un désordre de temps et d'espace, de collision d'images, prendre Rose par la main et marcher avec elle, embrasser Rose sur la bouche devant un Bertrand ébahi. Puis elle voyait Charles arriver parmi eux et Rose se détacher d'elle, elle se voyait chercher de la cocaïne, en trouver, ne pas avoir d'argent pour la payer puis en trouver, se rendre dans les toilettes avec Rose puis ensuite avec Charles, mais beaucoup plus tard, embrasser Charles sur la bouche, dans un cabinet de toilette, soulever son T-shirt, chez elle, sentir les mains de Charles sur ses seins, sans savoir si c'était dans un bar ou chez elle, puis sentir sa bouche, tenter de toucher de la main son sexe sous ses pantalons, sa ceinture détachée. Elle revoyait ses chats sur le lit dérangés par l'échauffement mécanique du plaisir, la purée des attouchements qui se mêlaient aux attouchements passés, avec d'autres hommes. Elle se rappelait aussi l'apparition de Rose à côté du lit, de la même nature que celle de la terrasse du Plan B, en robe safari devant la haie de cèdres : une apparition terrible qui avait pris du temps à se faire remarquer, où ils avaient été vus, bien plus qu'ils ne l'avaient vue.

Julie se voyait aussi marcher dans la rue accompagnée de la troupe en remarquant que Rose se tenait à l'écart et ne regardait personne, à cause de Charles emballé sur elle, Julie, qui n'arrêtait pas de parler, parler, parler. Elle se souvenait de Rose disparue avec Bertrand une fois la troupe à l'intérieur de l'immeuble avenue Coloniale, de Charles qui était resté avec elle pour parler et parler, boire encore et sniffer un peu, pendant un temps incertain, qui paraissait à la fois très long et très court.

Et il y avait toutes ces choses dont elle ne se souvenait pas et qui l'inquiétaient davantage, comme le contact sexuel qui avait laissé une impression de froideur et d'étrangeté, corps à corps court-circuité par tout ce qui lui empoisonnait le sang. Curieusement le sexe de Charles semblait ne pas être au rendez-vous, peut-être parce que Charles n'avait pas laissé Julie le toucher, peut-être parce qu'il ne bandait pas. Elle n'avait aucun souvenir du moment où Charles et Rose étaient partis de chez elle, elle ne se souvenait pas non plus de la réaction de Charles, quand ils avaient été surpris par Rose, ni de celle de Rose.

Elle avait oublié comment elle avait fini par payer la cocaïne et en quelle quantité elle en avait acheté, mais elle avait gardé cette image d'elle-même en train de lécher le fond d'un sac en plastique. Elle se souvenait de Rose et d'elle-même traînant main dans la main dans tous les coins du Tap Room pour contempler le miracle de sa majorité d'hommes, afflux au cœur de la nuit qui les avait réjouies et qui avait engendré chez elles une comédie lesbienne de longs baisers sur la bouche, mais elle ne se souvenait pas de la façon dont elles s'étaient rendues dans ce bar. Elle se souvenait de l'irruption tardive d'un producteur avec qui elle avait travaillé mais elle avait oublié pourquoi il lui avait dit ne plus jamais vouloir travailler avec elle, ni pourquoi elle avait gardé plusieurs de ses cartes d'affaires.

Julie était sortie de la douche, avait enfilé une serviette propre avant de tirer les rideaux et de s'installer dans son lit, sous les couvertures. Elle avait mal d'une honte profonde, globale, qui la visait en même temps qu'elle lui parlait des autres, elle et les autres qui finissaient tous par lui ressembler. Elle avait honte d'elle-même et de ce monde où tout était permis, où la permission faisait basculer la vie dans l'infection, la frappait de puanteur. Honte de son adolescence qui envahissait l'âge adulte, cette fleur de l'âge où elle devrait être ailleurs, dans la discipline et le travail, la volonté de faire son chemin en choisissant la bonne direction, celle de l'accomplissement et de la quête de reconnaissance, celle de l'avancement dans un esprit tourné vers le marquage de l'Histoire, la nécessité de laisser une trace. Honte de ce laisser-aller qui grandissait dans l'espace du vieillissement comme un géant insouciant, une bête pataude inconsciente des ravages laissés sur son passage. Elle avait aussi honte de la vénération de son époque devant les plaisirs qui rendaient tout faisable et acceptable, du moment que c'était léger et frivole, que ça partait du cœur et que ça sortait des tripes, du moment que ça pouvait se tourner en farce autour d'une table pendant un souper entre amis. Honte de l'alcool qui l'avariait, qui la faisait muter vers autre chose, une vache, une truie, un état sauvage où elle s'ébrouait, où elle s'exhibait sans retenue. Elle avait honte de sa vulgarité où la vulgarité ambiante de son époque se reflétait, elle avait honte de tous ces moments où elle ne connaissait plus la honte. Dans son lit, elle avait conclu que la honte arrivait toujours trop tard, le lendemain seulement, et qu'elle venait surtout de son défaut, des moments où elle était requise, où elle devait accourir pour empêcher le pire et où elle n'intervenait pas, enfin pas à temps. Puis elle s'était dit que ces moments où elle était truie étaient les seuls où elle faisait corps avec le monde. La honte était une séparation et la cochonnerie une union, qui consistait à chier au grand jour.

Mais Julie qui était sous les couvertures à contempler, comme toujours, comme d'habitude, le plafond, sentait que son désir pour Charles était resté intact. Elle le sentait dans cette peur de l'avoir déçu ou effrayé avec son bavardage, avec cet enthousiasme induit par la cocaïne, bonheur synaptique, ses manières à outrance et ses déclamations sur le monde, son manque de vergogne qui la défonçait comme une porte. Son désir était intact parce qu'elle avait envie de voir Charles pour s'assurer que malgré tout il la trouvait toujours belle.

Les hommes, avait-elle constaté, restent frères devant la vulgarité des hommes mais sont pris de nausées devant celle des femmes, ces femmes qui d'après son père ne pouvaient pas boire leur bière à même la bouteille, ne pouvaient ni jurer ni fumer, ces femmes qui devaient se montrer discrètes à tous les niveaux, surtout à hauteur de bouche. C'était une question d'habitude et de temps, pensait Julie. Il fallait laisser au monde le temps de s'habituer, il fallait du temps pour que l'égalité entre les hommes et les femmes, dans la cochonnerie, s'impose aux yeux de tous comme relevant d'une même nature.

Julie savait que sa tête n'arrêterait pas, ne connaissant ni l'épuisement ni la pitié, mais s'était tout de même rendormie, sur des images de Charles.

Elle s'était réveillée huit heures plus tard, chatouillée par le museau de Chafouin dans son cou.

V

L'effort de guerre

Rose Dubois était assise dans une salle d'attente, rue Beaubien, où des publicités passaient sur l'écran d'une télévision placée haut, mise en évidence, comme un professeur monté en chaire. La chiennerie avait envahi sa vie depuis plusieurs jours, depuis qu'elle avait surpris Charles et Julie sur la terrasse du Plan B, et elle semblait vouloir s'y installer durablement. C'était un *feeling* qui voulait tout dire, qui, en soi, relevait du fait accompli. Son univers était désormais pris dans cette chiennerie, le Plateau Mont-Royal et son travail encore plus, et même cette salle d'attente remplie de clientes feuilletant des revues de mode en attente des efface-rides en aiguilles, se penchant sur des dépliants promotionnels de Botox, Restylane, Dermadeep, Artecoll, et d'autres produits nouveaux aux multiples avantages que Rose ne connaissait pas encore.

Comme les autres, elle attendait dans cette salle décorée dans les tons fruités et complémentaires de vert et de jaune, remplie de tout ce qui existait comme mieux-être, plus-value, surplus de confiance en soi par injections, cadeaux faits à soi-même et pour soi-même et non pas pour les autres, pouvait-on lire sur les réclames publicitaires dont l'un des slogans les plus populaires était *Pour moi, moi, moi*. La chirurgie plastique a quelque chose de centripète, d'autarcique, se disait Rose, qui attendait comme les autres la même chose que les autres, assise dans l'antichambre de toutes les blessures exigées par la beauté, douleurs en migration vers le merveilleux comme autant de chenilles garanties, après gestation, en papillons colorés, qui avaient cependant besoin de se faire booster tous les six mois pour garder leurs couleurs, pour ne pas battre de l'aile.

Rose avait réussi à se faire remplacer au travail et Charles en avait compris la raison, qu'il respectait, lui proposant même, une première dans leurs relations de travail, de prendre une semaine de congé. Il s'était montré gentil parce qu'il raffolait de l'enflure qui lui durcissait les lèvres quand elle sortait de la clinique de chirurgie ; gentil pour ses lèvres qu'il mordillait avec précaution pendant les jours qui suivaient l'intervention, sa main allant et venant sur son sexe jusqu'au foutre qu'il lui envoyait sur les lèvres, avant de l'étendre avec son gland, comme dans les films de cul. Gentil par émoi incontrôlable, par érection tenace, mais surtout, croyait Rose qui avait reçu l'offre de cette semaine de congé comme une façon de l'écarter, comme une mise à pied, parce qu'il voulait l'habituer à l'indépendance et soulager sa souffrance de le sentir s'éloigner d'elle. Qu'il ait du cœur dans la distance qu'il prenait la faisait souffrir davantage et elle n'en comprenait pas la raison, peut-être parce que la délicatesse allongeait la sauce, prolongeait la torture, lavait le coupable. Elle avait des pensées contradictoires : rien n'était encore joué entre Charles et Julie parce que tout était encore ambigu mais tout était joué en raison même de cette ambiguïté, d'autant plus présente qu'elle flottait en longueur au lieu de se consumer et d'en finir au sol, flottement suffisant selon elle pour établir une vérité, à plus forte raison celle du cœur. Rose sentait devoir partir pour éviter l'humiliation en même temps qu'elle pensait devoir rester et résister, vivre l'humiliation pour la leur imposer, s'humilier pour emmerder, faire tache, pour garder actif le malaise, rester comme un vice caché dans leurs projets et, peut-être, les détruire. Rester non pour voir, mais pour leur en faire voir.

Rose regardait autour les femmes qui attendaient comme elle, des femmes de tous les âges le nez plongé dans des magazines conçus pour elles, regorgeant de produits qui leur étaient destinés. Que des femmes, encore une fois. Puis, un homme en voie de devenir autre chose qu'un homme, un dérivé d'homme mutant vers la femme, était entré dans la salle d'attente, les yeux légèrement fermés par une enflure qui guérissait, montrant des restes d'ecchymoses aux pommettes où se mêlaient des nuances de jaunes et de violets. Il portait un masque médical sur la bouche qui indiquait que quelque chose venait d'avoir lieu à cette hauteur, qui ne méritait pas d'être vu. L'homme, qui avait des seins faits de prothèses, avait aussi une carrure d'épaules qui ne cadrait pas avec ce qu'il voulait être, le pauvre, sans compter sa grandeur trop grande, sa robustesse de visage qu'il était impossible de faire disparaître, ses hanches trop étroites sous une jupe au-dessus des genoux qui laissait voir des jambes trop musclées et des mollets trop gros, jambes et mollets qui, eux, n'avaient pas trouvé, enfin pas encore, leur moyen chirurgical de rapetisser, d'avancer vers le raffinement, le gracile.

Rose s'était demandé s'il avait encore une queue et n'avait pu s'empêcher de penser : une femme de trop. Puis, se ravisant, elle avait eu cette autre pensée : tant pis pour cet être-entre-deux-chaises que je plains de vouloir être une femme en sachant que c'est impossible ;

ni les hommes ni les femmes, et encore moins les homosexuels d'un sexe ou de l'autre, ne voudront de cette créature de synthèse qui n'a déjà plus ou n'aura bientôt plus son sexe, mais qui en portera la marque jusqu'à la fin de ses jours sur le reste du corps, malgré le travail de toute une vie.

Puis l'image d'Isabelle, svelte mannequin d'origine italienne, devenue bonne copine de Rose pendant un temps, quelques années, s'était imposée à elle, comme pour réfuter tout ce qu'elle venait de penser, sans toutefois la dissuader. Dans ses théories Rose avait la tête dure, ce qui ne s'imposait pas en masse et à la vue de tous ne comptait pas, pour elle la vérité n'avait aucune nuance et elle était toujours en béton, elle n'atteignait pas les gens de façon aérienne, elle n'illuminait pas mais tombait sur les têtes, sa nature était d'écrasement.

Isabelle lui avait raconté le détail de sa vie à Madrid où elle allait, de loin en loin, faire du modeling mais surtout se prostituer, comme elle avait l'habitude de le faire à Montréal, Londres ou Paris. Elle lui racontait des histoires qui en valaient toujours la peine. Par exemple elle avait fréquenté, sur le marché des putes, des transsexuels qui, chose étonnante pour Rose qui n'avait jamais voulu le croire, gagnaient plus que les vraies femmes, même les plus jeunes, pourtant hautement cotées partout dans le monde. Les transsexuels pour qui la transformation était une réussite, et qui se ressemblaient les uns les autres parce que refondus par les mêmes chirurgiens de Madrid, les uns les autres avec ces mêmes sourcils placés haut en oblique sur le front qui plaquaient sur eux cet éternel regard par-dessous, la bouche ampoulée comme un sexe au milieu du visage, les mêmes seins énormes dépassant le double D, du E, du F, eh bien, lui avait affirmé Isabelle, ils faisaient fortune avec des clients qui n'étaient pas homosexuels, des hommes qui non seulement étaient capables de bander pour la farce en quoi leur sexe avait tourné, mais préféraient ce sexe au vrai. Isabelle lui avait décrit les résultats ambigus des transformations qu'elle avait eu l'occasion de voir : des replis de chair travaillés à même la peau des testicules, des replis qui ressemblaient à un paquet, une bourse, avait-elle dit en faisant un geste de la main en creux, résultats qui ressemblaient à des tentatives de chattes qui n'en avaient ni les proportions ni les couleurs et encore moins les textures. Les transsexuels avaient un sexe mitigé, ironisait Isabelle, quand elle se sentait d'humeur. Dans la variété infinie des chattes du monde entier et de leurs particularités, le repli transsexuel de la queue à l'intérieur du corps n'arrivait même pas à s'y inscrire. Le trou aride, sec, qui souvent ne faisait pas plus de quinze centimètres, n'arrivait pas à la cheville d'un vrai trou, et pourtant des hommes bandaient et payaient gros pour le tirer.

C'est dire à quel point le naturel est superflu face aux érections, pensait Rose en écoutant Isabelle qui, aux dernières nouvelles, s'était mise en couple avec un photographe anglais, Isabelle qui, chaque année, lui envoyait une carte électronique qui dansait et faisait de la musique en boucle, pour souligner son anniversaire.

Rose ne quittait pas des yeux le transsexuel, elle le plombait de sa curiosité sans pitié, odieuse tant elle y mettait du cœur. Elle le regardait toujours quand le Dr Gagnon était apparu à l'entrée de la salle d'attente, en homme unique du troupeau demandeur, pour faire signe à Rose de le suivre dans son bureau. Il s'était habitué à Rose qu'il voyait sur une base régulière et pour qui il avait des débuts d'effusions. Il avait remarqué que plus ses clientes étaient jeunes, plus elles venaient le voir souvent, peut-être par habitude d'écouter leurs mères qui leur répétaient à longueur de journée qu'il valait mieux prévenir que guérir. Prendre de l'avance sur la vieillesse, avait-il souvent constaté, lui rapportait plus que les pansements qui tentaient de la faire disparaître.

Le Dr Gagnon était un bel homme de quarante-cinq ans au sourire toujours large, qui aimait Rose plus que ses autres patientes pour des raisons qu'il s'expliquait mal. Il était ému qu'elle soit si frêle, elle qui était petite à en faire ce qu'on voulait, prenait-il plaisir à imaginer, à la prendre à bout de bras pour la ramener à soi par des baisers violents ou la faire voler par une fenêtre, la jeter contre un mur ou encore la secouer, les pieds dans les airs, jusqu'à lui arracher des suppliques : le Dr Gagnon ne savait pas laquelle de ces brutalités il préférait.

Rose était assise face à lui, derrière un bureau massif et sérieux de médecin.

« Ça fait longtemps que je ne vous ai pas vue, Rose. Ça va bien, chez vous ? »

Le Dr Gagnon, conscient que son trouble se voyait, consultait les fiches des dernières visites, se rappelant avec embarras que, depuis les derniers mois, elle était venue un nombre inquiétant de fois, et qu'il l'avait vue à peine trois semaines plus tôt pour figer au Botox les muscles du front et du contour de l'œil.

« Ça va de ce côté-là, avait répondu Rose en pointant un index vers son front.

« Je suis venue à l'improviste parce que j'ai envie d'avoir un petit peu plus de… pour la bouche… pour la mettre en évidence, en valeur.

– Oui oui oui, oui. Faites voir de plus près », avait-il demandé en tendant ses mains ouvertes vers elle, obligeant Rose à se lever et à se pencher sur son bureau.

Le Dr Gagnon avait examiné ses lèvres en les tâtant de ses deux pouces. Elles étaient à son goût à tous niveaux, donnaient envie de s'y enfourner, déjà pleines. Mais les lèvres parfaites que Rose lui présentait étaient perçues par elle, en femme typique qu'elle était, non comme un atout dont elle devait jouir mais une matière à pétrir indéfiniment, à pousser sans fin vers l'amélioration.

« Je suppose qu'on peut aller chercher un peu plus de volume en haut et en bas, en piquant au milieu, par petites touches, pour épaissir. Une seule seringue, je vous déconseille plus.

– J'ai envie que mes lèvres frappent, avait-elle insisté en se rasseyant, posant une main devant sa bouche, comme pour les lui soustraire.

– Elles vont frapper, elles vont frapper. Mais en harmonie, toujours.

– Je vous fais confiance pour le coup de poing en douce, docteur. »

La réplique avait fait rire le Dr Gagnon mais d'un rire aigu et trop enthousiaste qui s'était fait entendre dans toute la clinique, où ses assistantes, ennuyées, avaient levé les yeux au plafond. Puis, le rire était tombé d'un coup, les laissant tous les deux gênés en vis-à-vis. Rose savait que son chirurgien avait pour elle des penchants, elle savait qu'elle en retirait des privilèges, mais c'était la première fois qu'elle avait envie de le laisser s'approcher, de le lier à ce qui lui arrivait, au vide qu'elle entrevoyait devant elle.

« Je crois que mon copain va me quitter. Pour une voisine », avait-elle lâché en sentant avec horreur des larmes lui monter aux yeux.

En temps normal et face à une autre que Rose, le Dr Gagnon aurait esquivé la confidence par un sourire convenu, par une attitude courtoise mais sans appel : il n'était pas là pour discuter de vie privée. Trop de femmes s'ouvraient trop aisément dans son bureau, croyant à une intimité d'office entre elles et lui parce qu'elles avaient été par lui ouvertes, fouillées et découpées. Mais il s'agissait de Rose et ce qu'il venait d'entendre avait le goût du miel : c'était la première bribe de vie intime qu'elle partageait.

« Il est fou de vouloir faire ça, avait-il laissé tomber.

– On vient d'emménager ensemble. Et on travaille ensemble. C'est l'autre qui… »

Rose sur le point de fondre en larmes, de s'avachir devant son chirurgien, avait voulu faire cesser cette montée de chienne éplorée en parcourant des yeux la pièce pour s'attarder sur un mur de diplômes qu'elle n'arrivait pas à lire, puis sur des portraits en noir et blanc de femmes sorties des années folles, qu'elle remarquait pour la première fois. Ces portraits montraient des visages blancs percés de regards immenses, des cheveux gondolés, où se reflétait la lumière, belles enfants silencieuses aux battements de paupières pour tout discours.

« Vous savez que la chirurgie esthétique ne peut s'employer pour retenir un homme. Même si on laisse entendre le contraire, elle n'a pas d'effet sur les amours perdues. Plus d'une en a fait l'expérience.

– Sur le mien, oui, elle a de l'effet, lui avait répondu Rose du tac au tac, sur un ton qui se voulait assuré.

« Mais je comprends ce que vous voulez dire. L'autre, la voisine en question, est aussi de mon genre, sur ce plan-là. Je ne serais pas étonnée qu'elle soit comme moi votre patiente. »

Rose ne savait pas où elle s'en allait avec Julie dont elle ne pouvait s'empêcher de parler, à qui elle ne pouvait s'arrêter de penser. Étant entrée dans sa vie par la porte de Charles, Julie devenait incontournable, indissociable de son destin à elle. Mais fallait-il qu'elle la ramène partout, même dans le bureau d'un chirurgien, là où c'était son corps qui se jouait ?

Le Dr Gagnon avait envie de poursuivre la conversation mais le temps passait, il devait agir. Il avait demandé à Rose de s'étendre sur la table d'opération, comme à son habitude, et lui avait injecté par le bras une dose de morphine, comme à son habitude, jusqu'à la mener au bord de l'endormissement, là où en général il fait bon vivre, même pour les malheureux et les malades. Le silence s'était répandu partout dans la clinique, il avait Rose quasi endormie sous ses yeux et pouvait se permettre de la détailler sans gêne, la trouvant plus désirable que jamais, Rose la Belle au bois dormant en mal d'une bouche à baiser. Il avait sorti une seringue mais, avant de commencer les points d'injection, il lui avait pris la main et s'était penché sur elle, jusqu'à lui frôler l'oreille de ses propres lèvres :

« Vous serez toujours la bienvenue chez moi si vous avez besoin d'être consolée. Même si c'est du mal que vous fait l'homme que vous aimez. »

Rose, calée au fond d'une profonde paix qui lui parcourait les veines, lui avait souri sans savoir si son sourire existait réellement ou s'il n'était resté qu'une intention, qu'une pensée de sourire. Puis, avec cette maladresse touchante des grands timides, le Dr Gagnon s'était penché encore plus sur elle pour l'embrasser sur les lèvres avant de les lui opérer. Il l'avait fait avec mille précautions en évitant de lui injecter toute la seringue, pour lui donner ce qu'elle voulait, sans détruire ce qu'elle avait déjà.

Quand Rose s'était sentie capable de se relever et de marcher sans tomber contre les murs, elle était sortie de la petite salle de réveil réservée aux interventions mineures, la bouche couverte d'un masque médical, pour se présenter à l'accueil. Derrière son comptoir une secrétaire lui avait fait savoir, d'un ton plein de morgue, la bouche prise dans un retroussement hautain, que, cette fois-ci, elle n'avait rien à payer.

Dans le taxi elle ne pouvait s'empêcher de toucher du bout des doigts ses lèvres dont l'enflure ne cessait de grossir, en pensant à Charles et à l'énigme de son désir pour ça, la boursouflure. Son chirurgien l'avait embrassée sur la table d'opération. Il avait brisé la glace entre eux dans ce moment de soumission volontaire où elle attendait de lui ce qui ferait bander Charles, alors qu'elle était piégée, livrée à son doigté. Elle en avait eu conscience et elle ne savait qu'en penser. C'était d'ailleurs le dernier de ses soucis.

Mais une idée se formulait quand même en elle, que son chirurgien était avant tout un médecin capable, si elle le travaillait bien, de l'opérer gratuitement comme il le faisait déjà parfois et de lui donner, qui sait, de l'argent, comme ça, parce qu'il en avait en masse, sans compter qu'il pourrait lui prescrire toutes sortes de choses difficiles à obtenir, des anti-douleurs et pourquoi pas des cachets coups de poing contre l'anxiété qui font dormir sans équivoque, qui guérissent les gens malades de leur conscience où grandit la pourriture.

Entre elle et Charles il n'y avait jamais eu de grandes discussions, ni aucune remise en question. Ils étaient tous les deux secrets et peu curieux des autres, ou plutôt leur curiosité reposait sur le regard, des deux côtés fort développé par leur métier. Elle sentait Charles plus qu'elle ne le comprenait, par intuitions qu'il lui était impossible d'ordonner en mots, elle le devinait, réagissait à ses humeurs et changements comme les animaux domestiques, les chats et les chiens qui entrent en panique, qui se terrent sous les meubles en couinant à l'approche de l'orage, ou encore qui ronronnent ou agitent la queue. Elle savait des choses depuis toujours mais elle n'en prenait conscience qu'à ce moment de son existence, justement parce que ces choses lui échappaient.

Rose savait que c'était dans le calme que Charles avait aimé les femmes de sa vie, y compris elle-même, et que c'était aussi en prenant son temps, en les abordant par la bande ou en les laissant venir à lui, attentif, et patient. Rose savait aussi que jamais Charles n'avait connu la dévoration de la passion, qu'il avait toujours refusé le côté animal de l'amour dans lequel on se perd en aimant au niveau de la bête, en lâchant ses instincts sur l'autre, en se livrant entier à l'élu qui vous dévore.

Aucun homme au monde n'aimait plus les femmes que Charles, elle le savait pour avoir vécu et travaillé avec lui pendant des années, mais il y avait des degrés dans l'amour qu'il ne pouvait pas franchir, des émois qui lui restaient inaccessibles, comme les tourments et les brûlures de la jalousie, la violence de la possession. Jamais il n'avait vécu la disparition du monde provoquée par l'absence de l'autre, ni la perte du goût des choses que cet autre n'avait pas touchées. Rose savait avoir été aimée de cet amour confiant, solide, profond, des vieux couples.

Mais par-delà ce qu'elle savait de Charles, Rose croyait aussi que Julie O'Brien serait pour lui une exception ; elle sentait en lui le début d'une passion qu'il n'avait jamais connue, parce qu'il s'était montré distrait, maladroit, confus, dans les derniers temps. Depuis quelques semaines elle l'avait senti prêt à suivre Julie n'importe où et au moindre signe, prêt à toutes les bêtises pour elle. Elle voyait dans Julie l'être idéal qu'elle n'était pas et qu'il lui aurait fallu être, face à Charles bien sûr mais aussi face aux autres hommes qui tendaient tous selon elle vers la Femelle Fondamentale, vers une sorte de modèle inscrit depuis le début des Temps dans leur sexe et vers lequel ils marchaient, patron à même ADN qu'ils suivaient de leurs érections, comme un seul homme.

Mais de Charles Rose avait une clé que Julie n'avait pas encore : celle de son sexe, justement. Il avait des goûts, des préférences qui l'horrifiaient lui-même et sur lesquelles il ne s'était jamais ouvert, et surtout pas à Rose qui consentait à tout en silence, il ne s'ouvrait pas à elle là-dessus en bon garçon plein d'égards qu'il était. Ces goûts étaient le contraire des égards et de la délicatesse et même, pensait-il, de la nature, si toutefois la nature prévalait en ce domaine. Il avait la conviction que son appétit était contraire à toute logique de reproduction et à tout ce qui le constituait en tant qu'être, à tout ce qu'il voulait, opposé à tout ce qu'il souhaitait pour lui et aussi pour les autres. Mais les appétits n'avaient-ils pas tous à voir avec l'anéantissement de ce qui fait ouvrir la bouche ? La faim n'était-elle pas la négation de la nourriture ? Et la nature n'était-elle pas en grande partie dirigée contre elle-même en contrôlant son infâme expansion par des mécanismes de résorption ? Parfois Charles se disait que la perversion sauvait les hommes en entravant leur reproduction par détournement du sperme sur des objets stériles, non producteurs d'ovules, comme les cadavres, la merde et les pieds.

Mais Charles souffrait toujours de son désir cuisant, de sa queue dure à en avoir mal, pour les femmes ayant des prothèses mammaires et pour tous les corps ayant d'autres corps en eux qui ne leur appartenaient pas, pour l'enflure des lèvres gonflées avec des substances de remplissage, que l'on pouvait sentir avec ses doigts, ses lèvres, avec son sexe. Pour les cicatrices aussi laissées comme des signes d'ouverture, comme un appel à la fièvre, et pour les implants, les substances injectées, le durcissement, les blessures, ces injures de la beauté enfoncée dans le corps qui généraient chez lui une telle excitation qu'il avait mis du temps, des semaines, à pouvoir se retenir, à ne pas décharger au premier contact du corps nu de Rose sur lequel il préférait les seins au sexe, les lèvres aux fesses. Ce n'était que pour plaire à Rose qu'il l'avait ici et là pénétrée, et pendant la première année seulement, après quoi il ne l'avait plus fait, voyant que Rose se plaçait d'elle-même en état de pur fétiche fait pour le sexe sans sexe, et prenant son silence comme la confirmation qu'elle n'en avait pas vraiment besoin, de cette pénétration universellement pratiquée depuis le fond de la préhistoire.

Mais cette passion, parce que c'en était une, était la seule que Charles eût jamais vécue, et elle n'avait rien à voir avec l'amour, Rose en savait quelque chose. Le moment d'engloutissement où le plaisir le menait avait une durée, qui était courte, il avait aussi une fin abrupte qui le laissait désemparé, barbouillé, Rose aussi d'ailleurs qui voyait le regard de Charles, quand il était pris de cette fièvre, passer sans prévenir de la douceur et de l'enveloppement à l'abandon de son être global, au profit d'une partie de son corps qui, en plus, ne pouvait pas la faire jouir, à moins qu'elle ne se caresse elle-même.

C'était une partie toujours précise qui ne variait presque jamais, qu'il accaparait pour la contrôler, la manier, souhaitant que le reste disparaisse ou du moins se tienne tranquille. À l'occasion de ses fièvres Charles mettait Rose de côté pour manipuler cette partie, ce mamelon par exemple au sommet de la dureté suspecte que créait l'implant, preuve d'une intervention humaine dictée par un désir humain, par un refus de n'être que cela, qu'un A sur une échelle de grandeur, une fermeté comme le résultat d'un forçage vers un mieux, vers un plus, selon les points de vue.

C'est lors d'un shooting que Rose avait vu Charles pour la première fois. S'y trouvaient trois mannequins vedettes qui devaient servir à la publicité d'un bar techno pour laquelle elles devaient poser en chattes livrées aux ferveurs lesbiennes, deux d'entre elles s'embrassant l'une l'autre et la troisième posant ici la main au creux de l'entrecuisse, et la bouche sur un sein.

Rose était l'assistante d'une styliste et Charles était l'assistant d'un photographe. Déjà petite par rapport à tout le monde, elle avait en plus cette propension qu'ont certaines gens à libérer le chemin des autres, à se déplacer pour faire profil bas devant le standing à l'œuvre, présence en creux qui sait tenir sa place dans l'action, en périphérie. Mais dans son abaissement ce jour-là elle avait fait preuve de solidité, de fierté même, d'une sorte de robustesse rendue possible parce qu'elle ne souffrait pas, parce qu'elle refusait l'humiliation devant les caprices des trois modèles qui profitaient de l'effet de groupe pour se plaindre des coiffures, du maquillage, des vêtements, en long et en large du studio.

Rose avait plus d'une fois surpris Charles à l'observer. Chaque fois il avait réagi par un sourire d'excuse, la main dans le sac, un sourire comme une timidité des lèvres qui voulait dire je n'y peux rien. Charles suivait distraitement le déroulement des opérations, se promenait entre le poste de maquillage et le plateau où se trouvaient les modèles, inspectant le matériel du photographe, les torches, flashs, réflecteurs et diffuseurs de lumière, grilles nids-d'abeilles, girafes et parapluies, les deux assistants se taisaient en gardant un œil sur les trois femmes qui ressemblaient à une portée de chattes voilées de froufrous roses que Rose et la styliste officielle devaient disposer pli par pli pour faire croire qu'ils avaient été jetés là, dans l'emportement sexuel, en une négligence organisée.

Une fois le shooting terminé ils s'étaient retrouvés côte à côte dans la rue. Rose toujours au service de tout le monde avait offert à Charles de le ramener chez lui en voiture. Pendant le trajet il y avait eu peu de mots mais Rose avait senti, ses deux petites mains agrippées au volant, que Charles la détaillait de près. Malgré les efforts de Charles pour en garder une vision d'ensemble il ne pouvait pas détacher son regard du gonflement de ses lèvres qui était comme une petite hémorragie interne, bouche obstinée, acharnée, chair joliment retroussée qui lui donnait envie de la pincer entre ses doigts, pour en faire jaillir la douleur. Il cherchait des mots pour l'inviter à boire un verre mais plus ils approchaient de chez lui plus l'idée commençait à perdre son sens. De toute façon cela ne lui ressemblait pas, faire tomber les femmes n'était pas sa tasse de thé. Une fois arrivé devant chez lui, il avait déjà oublié son prénom, il était sorti de la voiture en lui disant au revoir, en emportant avec lui l'image de sa bouche qui appelait l'offense, la morsure.

Deux ans allaient se passer avant qu'ils ne se revoient, deux ans où Charles était devenu un photographe efficace, apprécié, et pendant lesquels Rose était devenue styliste, parfois aidée d'assistantes mais le plus souvent travaillant seule avec Laurent, son coiffeur et maquilleur préféré, qu'elle aimait beaucoup parce qu'il était, selon son expression, une vraie soie.

Puis un jour Charles avait engagé Rose sans l'avoir prémédité, sans savoir que c'était elle, sous la recommandation d'un ami photographe parti faire carrière à l'étranger. Il l'avait totalement oubliée. Mais quand elle était entrée dans le studio, accompagnée par un homme en qui il avait vu son copain, il l'avait tout de suite reconnue. Elle n'avait pas changé d'un pouce, petite et à croquer, avec, en plus, de nouvelles rondeurs sous son T-shirt, montées sans exagération, juste comme il faut. Il avait fait un bon choix, c'est enfin ce qu'il s'était dit en la voyant, sentant le mouvement chaud de la reconnaissance pour son ami photographe se répandre en lui, et Bertrand le copain en règle ne faisait que rendre Rose plus désirable. Rien ne pressait, s'était-il dit aussi. Il devait rester prudent et prendre son temps, laisser leurs rapports se hiérarchiser, s'installer dans une dynamique, une routine, s'approcher d'elle dans la douceur, avant de lui faire mal.

Rien dans la vie ne lui avait été aussi facile que prendre Rose. Aucune femme, parmi celles qu'il avait aimées, ne lui avait rendu les choses aussi aisées ; Rose avait très tôt compris que Charles était le leader avec les femmes, celui qui posait les limites, qui encadrait les unions dans son contrôle, sa stratégie sentimentale, dans sa pratique raisonnable de l'amour. Il était le leader non par volonté mais par tiédeur, en agissant en modérateur, en barrage du torrent qui sortait des femmes ; et le petit animal Rose qui aimait de tous ces viscères s'y sentait souvent à l'étroit, comme forcé de se déplacer en chaise roulante, mais Rose n'avait pas le cœur d'en sortir. Dans cette histoire elle avait dû comme les autres se conformer, entrer dans ses limites et renoncer à l'amour qu'elle attendait de lui, par amour pour lui.

Après deux ans de vie commune l'amour de Charles n'avait pas bougé d'un pouce, toujours un peu tiède, sans effusion, constant, une émotion simple qui économisait les disputes, garantissait la paix. Rose pouvait s'accommoder de cet amour stable qu'on rencontre entre cousins d'une même famille, mais elle ne pouvait se cacher que le désir de Charles pour elle s'était endormi peu à peu, après avoir touché un sommet jamais atteint. Ce désir s'était épuisé comme tous les désirs du monde finissent par le faire, à force de rencontrer la même chose, le même paysage, du côté de Charles le même petit corps, ses lèvres et ses seins qui, au fil des années, se relâchaient un peu, fléchissaient, gagnaient en souplesse, se rapprochaient des normes, du naturel, si par naturel on entend ce qui se fond dans le décor, ce qui ne brise pas la belle continuité des formes, des couleurs, des saveurs déjà rencontrées, et attendues, de la vie.

Rose s'en était parfois inquiétée mais elle ne lui en voulait pas, ayant elle-même peu de goût pour la chose, cette chose dont on faisait mondialement tout un plat et qu'elle avait toujours vécue de l'extérieur, en comédienne. Même au plus fort de la fièvre de Charles, elle se sentait dépourvue des atouts pour faire bander. Pour elle toutes les érections étaient touchées par le doute, avaient une saveur d'imposture, ne pouvaient pas la concerner, devaient de façon souterraine s'adresser à ce qu'elle n'avait pas.

Charles avait retrouvé ses habitudes de vieux garçon. Elle savait que, dans son studio, après son travail de sélection et de retouches de photos, il passait du temps sur Internet à la recherche de tous ces morceaux qui le faisaient haleter, qui lui faisaient ouvrir la bouche pour chercher son air. Elle savait qu'il passait du temps à traquer toutes ces parties de filles qu'il pouvait ensuite cibler de son curseur pour les grossir, pour s'en approcher jusqu'à en sortir la langue et effleurer les parcelles fétiches qui le mettaient hors de lui.

Il n'avait pas à chercher longtemps. Les milliers de sites, la plupart sadomasochistes, étaient une mine d'or. Les seins et les lèvres étaient presque toujours retouchés par la chirurgie, évoquaient l'intervention, montraient les traces de la maltraitance, des meurtrissures volontaires. Quand elle était seule dans le studio, elle fouillait le système informatique de Charles pour trouver les images qui venaient souvent sous forme de séquences vidéo qu'il avait stockées, semblables, des sœurs. Ces segments de corps la troublaient par leur étrangeté et lui rappelaient, par bouts, le dictionnaire médical qui traînait chez ses parents et qui l'avait marquée étant enfant, un gros livre blanc et rouge que son père aimait consulter.

Aux yeux de Rose les images ne se distinguaient de celles du dictionnaire que par les sous-vêtements criards, cuir, latex, les perruques et les fards, qui les mettaient en relief. Les lèvres venaient sans les visages, les seins sans les bras, les fesses sans les jambes. Beaucoup d'images ne représentaient même pas des régions sexuelles, mais des ecchymoses, des bleus sur peau blanche comme une fragilité qui montre ses couleurs, des cicatrices, des bouts accidentés non rattachables au plaisir.

Mais elle ne connaissait rien du désenchantement de Charles face à ses travers ; elle ne savait pas que les images collectionnées avaient une durée, qui variait peu de l'une à l'autre, de quelques jours ; que l'effet des images ne persistait pas au-delà de cette espérance de vie ; elle ne savait pas qu'il sortait chaque fois écœuré de ses branlettes et que le désir le reprenait le lendemain, harassant, toujours le même ; elle ignorait qu'il ne voyait pas d'un bon œil les images au départ irrésistibles tomber en désuétude, qu'il n'aimait pas non plus que la chasse aux nouvelles images soit sans cesse relancée par son désir qui ne s'en allait pas, qui allait sûrement diminuer avec l'âge mais qui, en attendant, le poussait à traquer sa viande là où elle se faisait disponible.

Dès que Charles s'était libéré de ses démons, les images cordées sur son écran se montraient sous un angle différent, prenaient une autre dimension, l'invitation se changeait en expulsion : les formes quasi identiques, les morceaux choisis par lui pour leur discordance, lui laissaient un arrière-goût de chiotte dans la bouche, et le sentiment d'autrefois que tout cela allait se mettre en mouvement pour réclamer justice le reprenait. Il réalisait que la boucherie ne l'avait pas quitté, loin de là, qu'elle avait ouvert ses comptoirs à même le corps des femmes qui le faisaient bander. Parfois l'horreur le saisissait devant les femmes sans tête, détachées, meurtries, sans esprit, il rentrait alors chez lui à la rencontre des bras de Rose, il se consolait en s'enveloppant de sa servitude comme d'une doudou, une couverture posée sur sa journée, et sur sa honte.

Rose roulait maintenant avenue Coloniale, à deux pas de son immeuble. Le paysage avait repris l'allure de sa vie, la masse des marcheurs était rentrée dans une cadence où les femmes dominaient en nombre. Rose avait enlevé son masque pour le mettre dans son sac à main, avait ensuite relevé sur sa bouche le col de son chandail choisi ce jour-là en conséquence, avant de tendre vers le chauffeur l'argent de la course et de sortir dans la rue.

L'entrée et les couloirs de son immeuble étaient déserts mais la porte du loft de Julie était entrouverte, comme si elle attendait quelqu'un ou qu'elle l'avait mal refermée, ou, pire encore, comme si elle voulait se faire remarquer des voisins. C'est précisément ce qu'avait pensé Rose tandis que le poignard lui entravait la gorge. Manipulant ses clés avec mille précautions pour s'éviter l'humiliation d'être découverte à cacher sa bouche sous le col d'un chandail, Rose n'avait pu s'empêcher d'entendre Julie qui parlait à quelqu'un, au téléphone, avait-elle deviné, et de saisir au vol des mots qui concernaient les charmes d'un homme qu'elle vantait, précipitation de mots traversés par ses rires, coquetterie en émoi devant l'émergence de l'amour.

Devant le miroir encadré de pin mexicain et accroché au mur de l'entrée, Rose avait rabaissé son chandail, découvrant ses lèvres démesurées, des lèvres de viande, qui emporteraient Charles, le temps, du moins, de quelques explosions de foutre.

Elle s'était ensuite couchée dans son lit, encore pleine de magie qui lui courait les veines ; elle ne souhaitait rien, sinon être là, étendue, calée sous la couette. Elle voulait se laisser couler dans la ouate en elle injectée, la meilleure jamais sentie, merci Dr Gagnon d'avoir forcé la dose, pensait-elle en immobilisant, d'une main, une serviette humide qui tenait ensemble des glaçons, posée sur son enflure. Charles venait de lui téléphoner pour lui dire que le shooting d'une actrice, une jeune première qui s'était fait remarquer dans un film où elle était danseuse nue, se prolongerait tard, mais sachant que Julie O'Brien ne pouvait pas être avec lui, cela lui importait peu.

Ce n'était pas son rôle de découvrir le pot aux roses du passé de Charles, mais tout de même elle était dérangée d'être si « dure de comprenure », comme lui avait si souvent répété sa mère Rosine, femme aux multiples grossesses très rapprochées les unes des autres et désespérée de n'expulser d'elle que des filles.

Rosine avait été une mère aimante mais très malheureuse qui avait jeté son dévolu sur Rose, après l'avoir abandonnée pendant un an, sans doute pour réparer sa faute. Elle avait fait de Rose un double d'elle-même, lui avait indiqué le chemin de la mode en l'incitant à faire comme elle de la couture, en lui montrant les rudiments du métier. Rose était collée à sa mère par son prénom mais aussi par le corps ; comme sa mère, elle était faite en poire, petite et sans poitrine, étroite d'épaules au bassin large, une poire qu'elle était parvenue à cacher en ne se laissant jamais aller mais qui ne demandait qu'un relâchement d'attention pour faire surface, mûrir, prendre le dessus ; elle savait que pour la contrer elle devrait se tenir en alerte par des régimes, la chirurgie, de l'exercice et éviter les grossesses, un conseil diffusé, de façon détournée, à pleines pages mais entre les lignes, dans les magazines de mode. Rosine la cernait nominalement et génétiquement, comme un miroir rivé sur elle, une greffe, qui la tirait vers le bas.

Rose ne voulait plus être une « dure de comprenure », elle qui n'avait pas vu l'homosexualité de son père qui avait pourtant fait des enfants à sa mère, son père dont les érections prodiguées de loin en loin sur elle avaient quand même tenu la route dans sa chatte jusqu'à y répandre leur jus et atteindre ses œufs. Elle avait aimé son père comme un grand amour ; il ne pouvait être différent des autres parce que c'était lui le Normal, parce que ses goûts et manières, ses réflexions et idées sur le monde, étaient agrandis dans les yeux de Rose aux proportions de l'univers ; il ne pouvait se tromper ni faire le mal, il était hors d'atteinte et au-dessus de tout comme tous les pères du monde, dans le cœur de leurs fillettes.

Son père s'appelait Renald Dubois, il était natif d'Arvida, une petite ville qui deviendrait plus tard Jonquière, près de Chicoutimi où son propre père et son grand-père étaient nés. Par-delà son grand-père il ne savait plus, il avait perdu la trace de ses aïeux dont il se foutait de toute façon. Ce qui lui tenait à cœur avant tout était de ne jamais s'y reproduire, question de s'éloigner à jamais des alumineries où les hommes de sa famille avaient épuisé leurs vies en mouvements lourds, en *jobs de bras*, où ils avaient sacrifié leurs corps aux émissions acides, aux poussières toxiques lâchées dans l'air et dans l'eau pour mourir ensuite d'un assortiment de cancers, en brochettes, poumon, vessie, intestin.

Renald Dubois avait été pour Rose le plus grand, le plus fort des pères, bien plus que pour ses sœurs, pour lesquelles seule la mère comptait, ses sœurs qui étaient restées proches les unes des autres en vieillissant, vivant toujours plus ou moins en famille – Rose en moins, qui supportait mal l'oppression de la fratrie. Son unique lien avec la famille était le temps des fêtes, et encore, depuis deux ans elle n'avait vu personne, pas même sa mère.

Renald avait rencontré Rosine à l'école secondaire de Chicoutimi et y avait fait ses enfants coup sur coup, ayant ici et là des aventures avec des hommes, souterraines, enivrantes. Ce n'avait été que dans les dernières années de sa vie que Rose avait trouvé le courage de lui poser des questions, dont les réponses avaient été autant de gifles, de portes claquées au nez : pourquoi s'être marié à une femme et comment avait-il pu lui faire des enfants ?

« Quand on est comme moi on doit avoir ses enfants jeunes. Parce qu'à partir d'un certain âge, ça lève plus pour les femmes. Il faut les faire quand on bande à rien. »

Rose, enfoncée dans son lit, se rappelait les paroles de son père qui devaient avoir eu des conséquences pour elle, avaient peut-être fait des ravages, qui sait, mais elle préférait se laisser glisser dans le sommeil, loin de lui et du reste de la famille.

Le ciel était bleu. Rose observait Julie assise devant elle à une table en bois orange pétant, orange pétasse, s'était dit Rose par réflexe, pétasse comme chienne, chienne comme Julie. Elle passait en revue, mine de rien, du coin de l'œil, Julie qui regardait son verre, l'air découragé, comme si son verre lui causait grand souci, un calice devant quoi elle pesait le pour et le contre, tourment liquide dans un jour d'été.

Elles étaient sur le toit de l'immeuble, affectées par la chaleur, déjà un peu enivrées de vin blanc qu'elles commençaient à peine à boire. Le ciel était bleu et immense, un champ ouvert aux changements de toutes sortes, de formations de nuages à toute allure, d'accidents de la température qui pouvaient aussi bien faire tomber une pluie torrentielle d'un instant à l'autre et pourquoi pas lâcher un second éclair comme un coup de grâce sur la rambarde toujours éventrée, rappel que Rose et Julie étaient ennemies et non amies, que d'être ensemble sur le toit de l'immeuble ne passait pas inaperçu aux yeux de Dieu, que c'était un outrage à Sa face.

Le mouvement du monde est un mouvement de pétrissage, de déchirure même. La vie prise à l'intérieur est vouée à se tordre sous son poids et à saigner, s'imaginait Rose qui avait la tête encore pleine du foudroiement de la rambarde où elle avait lâché ses souliers en bas de l'immeuble, dispendieuses pantoufles retrouvées au milieu de l'avenue Coloniale, écrasées par les roues d'une voiture.

Rose devait trouver une façon d'aborder son sujet des femmes en surnombre, de sa théorie démographique de la misère amoureuse, qu'elle avait toujours gardée pour elle, connaissant obscurément la part d'exagération qu'elle y mettait, pour impressionner. À un moment elle avait sorti de son sac à main un paquet de cigarettes acheté exprès pour Julie, une heure auparavant, des cigarettes de filles, de fifilles, s'était-elle moquée en les payant devant un caissier vietnamien qui ne rendait jamais les coupons de caisse, de fausses cigarettes longues et super-légères, dorées et sans goût, au point de n'être rien, une parure de cigarettes, le mouvement vide d'une clope portée aux lèvres. Julie en avait été sonnée, de voir le paquet doré sur la table orange, et cela s'était vu, et cela avait été beau. Mais les yeux verts de Julie qui étaient des aimants auxquels elle ne pouvait échapper changeaient la donne parce que c'était dans ces yeux-là que le trouble se voyait, et que ce trouble ne faisait qu'en rehausser le vert, les verdir jusqu'à lui donner le vertige, des yeux comme un abîme. Rose la haïssait au point d'en avoir du mal à respirer mais en même temps elle souhaitait la conquérir, la mettre dans sa poche pour s'assurer la garde de Charles à travers le pacte de l'amitié, et puis mon œil, et puis bull shit, avait décidé Rose, pacte mon cul, pour une histoire de cul.

Rose s'était levée ce matin-là pour constater que ses lèvres avaient complètement désenflé. Un record de vitesse, s'était-elle inquiétée, pensant à la déception de Charles qui en perdrait sa fougue, qui peut-être ne la toucherait plus. Malgré l'habitude qu'elle avait de cette opération, qui donnait toujours le même résultat, celle-ci avait été différente, menée avec encore plus de doigté. La forme de ses lèvres et leur grosseur étaient à ravir. Elle avait des lèvres spectaculaires comme l'étaient les yeux de Julie. Si ces lèvres et ces yeux existaient sur un même visage, le monde en serait perdu, forcé à genoux, avait-elle rêvé. Nulle bouche au monde ne pouvait la dépasser en perfection, nulle bouche n'était plus invitante ; saisies à ce moment matinal, ses lèvres étaient telles qu'elle les aurait voulues pour toujours, mais elle savait que cet état n'allait pas durer, que sa bouche allait bouger comme l'en prévenait toujours le Dr Gagnon quand elle le questionnait sur son espérance de vie ; elle savait qu'elle allait s'atrophier, tendre vers la fine ligne qui lui tenait lieu de bouche en premier lieu, cette fente foutue sur elle par sa mère Rosine, l'inverse du charnel, un repoussoir.

Rose observait Julie qui fumait, grave, le visage supplicié devant son verre de blanc. Julie et ses yeux magnétiques, verts de rouquine aux cheveux courts et platine, aux reflets argentés ; Julie et son corps ferme, sa grandeur grande de quatre pouces de plus que la sienne ; Julie et sa parlure, ses tournures, ses manières au-dessus des autres, son blindage. Cette femme se bat contre quelque chose, l'alcool peut-être, avait compris Rose en se rappelant le récit de Bertrand sur elle, plusieurs semaines auparavant, sur la terrasse du Plan B. Cette femme se bat contre la tentation de se détruire, avait-elle pensé, de rabattre son corps dans la mort, là où se trouve déjà son âme.

« Qui t'a retouché les lèvres ? »

Rose, qui ne s'attendait pas à cette question, s'était sentie trahie, déjouée. Ce qu'elle avait voulu admirable venait de chuter ; on venait de la démasquer ; la perfection vue dans le miroir ne révélait plus que l'endroit d'où elle venait, le degré zéro des lèvres d'avant, la fente de Rosine, le mauvais sexe face au père ; ses lèvres fraîches sorties de l'enflure ne montraient plus que celles qui se cachaient au-dessous, sa beauté était un doigt pointé vers la disgrâce qu'elle avait voulu corriger. Puis Julie avait enchaîné sur ses seins, arrogance sur arrogance, cisaille, en sadique.

« Je ne sais pas qui t'a refait les seins, mais je suis certaine que c'est le même que les lèvres. Ton corps porte une signature, le travail vient d'une même main. Ça se voit. »

En effet tout se voyait, c'était le grand paradoxe de la coquetterie féminine, de la mascarade, toujours pareille, inlassable, vendue en masse sur le marché et achetée par les femmes, des femmes qui se vendaient ensuite aux hommes, pour acheter de nouveaux corps, plus bandants. À quoi d'autre pouvait-elle s'attendre ?

Sur le toit la suite était restée confuse. Elle avait eu cette vague sensation du ciel en mouvement, de sa menace en plongée sur elle, qui accompagnait son discours sur les femmes par des effets dramatiques en des accumulations rapides de nuages, montait avec lui en crescendo, le frappait de fureur. Toute sa vie elle garderait de sa tirade l'impression de s'être emportée, d'avoir lâché des morceaux qu'elle aurait voulu garder, d'avoir à la fois maîtrisé la situation par des chiffres sans être parvenue à intéresser Julie, qui semblait entendre dans son discours une autre forme de cicatrice, sa maladie d'être en trop parmi les autres, son sexe sans intérêt, repoussé par le père et contourné par Charles, qui préférait tout le reste.

Puis elles étaient allées au Plan B, tombant de plain-pied dans le monde de Rose, évasé, peuplé de femmes. La vision de la terrasse et de l'intérieur du bar avait jeté Julie, qui ouvrait les yeux pour la première fois, en transe, pourchassant les femmes du bar de ses questions, d'où viennent-elles, où vont-elles, qu'allons-nous faire ? Elles avaient mangé, s'étaient parlé et confié dans l'alcool. Julie avait tout dit d'elle ou avait semblé tout dire, lui parlant de Steve, de sa peine inconsolable qui l'avait tuée. À un moment Julie avait pris Rose par la main et elle l'avait même embrassée, d'un baiser nouveau et chaud pour Rose qui embrassait une femme pour la première fois de sa vie. C'était un baiser sans sexe, sœurs de bouches, un symbole en deux langues qui se touchaient pour montrer aux autres que la complicité entre femmes, ce n'était pas qu'un vœu pieu, ce n'était pas qu'une légende urbaine, qu'elle existait bel et bien à travers la farce du sexe qu'on étale dans les bars pour faire courir les commentaires. Rose se sentait séduite face à une Julie tout autant séduite, et pendant quelques heures ses prédictions lui parurent ridicules et délirantes, du moins jusqu'à l'arrivée de Charles, au Tap Room, où la fébrilité de Rose, que la cocaïne avait exacerbée, la renvoyait à ces mêmes prédictions qui se matérialisaient, de plus en plus vite à mesure que la soirée passait. Bertrand qui la sentait se disloquer avait tenté de la faire marcher droit en la rassurant, Bertrand et son corps efflanqué, ses cheveux en broussaille, ses chemises extravagantes, couvertes de couleurs, de fleurs hawaïennes. Bertrand qui, lui aussi, par dépit d'avoir échoué à séduire Julie, détestait Julie.

« C'est juste la drogue, Rose, avait-il commencé. La coke fait parler et oublier le monde. Plus rien n'existe sauf ce qu'on a à dire. Là-dessus n'importe qui fait l'affaire, comme interlocuteur.

– Je sais mais c'est plus que ça. C'est plus fort que ça. C'était là avant ce soir. Je le sens depuis longtemps. Depuis le début. »

Bertrand s'était allumé une cigarette avant d'allumer celle que Rose tenait entre les doigts depuis un moment, laissant s'éloigner Charles et Julie qui parlaient, marchaient vite, sur l'avenue Mont-Royal, vers leur immeuble.

« Les vrais sentiments ne résistent pas à cette drogue, avait-il poursuivi. La drogue les mange. Sur le moment ils s'en vont, mais ils reviennent aussitôt le lendemain et d'autant plus forts qu'on ne les avait plus. Ensuite on tient à ce qui a disparu, parce que ce n'est pas normal, que ça disparaisse comme ça. Le lendemain ça fait peur. C'est la drogue, Rose. »

Mais Rose se retirait du monde, se tenant loin du couple que formaient Charles et Julie, qui se parlaient à l'oublier, elle qui se tenait en retrait, en témoin des autres couples, comme elle l'avait toujours été.

Rose était incapable de scandale. Devant le spectacle du plaisir des autres elle pouvait au mieux être dans la révérence comme dans les shootings, au pire dans la pétrification, comme cette nuit-là. Elle et Bertrand n'avaient pas voulu suivre Charles chez Julie, sentant trop à quel point les deux avaient beaucoup à se dire.

« Ne t'en fais pas, Rose. La coke n'est pas une drogue de baise, quand on ne connaît pas l'autre. Bander est trop dur, surtout quand il y a aussi de l'alcool, et trop long. On va les laisser et se faire un party à nous, chez toi. »

Ils étaient allés chez Rose où Bertrand avait ramené sur le tapis de vieux souvenirs du temps où ils étaient ensemble, de leur voyage au Mexique et de leur passage à Las Vegas où ils avaient failli se marier. Quelques heures étaient passées sans que Rose puisse une seconde cesser d'imaginer ce qui était en train d'avoir lieu de l'autre côté du couloir. Elle les voyait parler, fumer et boire, mais entre leurs paroles elle entrevoyait la queue de Charles, son gland, des seins surmontés de mamelons durs, une langue, elle voyait passer dans le monologue de Bertrand les images pornographiques d'une attirance contenue entre deux êtres, une attirance faite des forces du destin qui cèdent enfin. Une fois Bertrand parti, Rose avait compris qu'elle ne pourrait pas dormir. Elle savait qu'elle devait voir ces images qu'elle voyait déjà de toute façon, qu'elle devait s'en donner le devoir.

Rose était sortie de chez elle ; elle était restée plusieurs minutes dans le couloir de l'immeuble, debout, face à la porte qui n'était pas verrouillée. Avant même d'entrer elle savait qu'ils ne discutaient pas, qu'ils étaient déjà au lit. Charles et ses bruits l'avaient ensuite guidée vers eux, fantôme glissant dans leur intimité, rasant les murs, se faisant toute petite, elle déjà trop petite. Julie était offerte les yeux fermés, vautrée sur le dos, le T-shirt relevé au-dessus des seins, comme assommée, belle dans son inconscience, tandis que Charles se masturbait avec une vivacité que Rose ne lui avait connue qu'à leurs propres débuts, quittant son sexe de la main de temps à autre pour toucher les seins de Julie, pour mieux le retrouver et partir de plus belle, avec ses bruits qui la clouaient sur place et qu'elle garderait en tête toute sa vie ; Charles avec sa bouche qui faisait des bruits dont elle n'était pas la cause, Charles et le va-et-vient de sa main sur sa queue dont elle n'était pas la cible, Charles et ses halètements comme des lianes qui la piégeaient, l'enchaînaient au lit de Julie sans qu'elle y soit invitée, des lianes qui l'attachaient à ce qui avait lieu entre eux où elle était oubliée, à Julie assommée offerte sur le dos et à Charles qui se tenait au seuil de lui-même, au bord d'exploser, retardant par plaisir des seins de Julie le moment de décharger.

Puis, à un moment, Charles avait vu Rose et il avait hésité, sa queue poussée au maximum, traversée d'électricité. Il était allé trop loin pour la considérer mais de ne pas la considérer ne lui permettait pas de continuer, du moins pas dans la paix d'esprit. C'est dans le contact des yeux de Charles qui se prolongeait douloureusement, comme s'il attendait son consentement pour aller de l'avant, que Rose avait fui, sachant qu'elle avait été vue par Julie qui s'était redressée dans le lit, sans doute en sentant Charles s'arrêter, avec un air de n'y rien comprendre, en paumée.

Une fois chez elle, Rose avait composé en panique le numéro d'urgence du Dr Gagnon qui était son numéro de résidence, au milieu de la nuit, sans savoir s'il avait une femme, sans rien savoir de lui en fait, en implorant Dieu qu'il réponde, et qu'il vienne la trouver pour l'amener loin de là, loin de cet endroit où elle s'évanouissait au monde.

VI

Un chat un chat

Julie O'Brien courait sur un tapis au Nautilus. Elle était Nelly Furtado. Elle était bien, enfin, elle pouvait se faire mal sans se flétrir, écouter à plein volume une musique pop où c'était elle, la Star, l'ensorceleuse face à une foule d'hommes qui rêvaient de fourrer leur sexe dans le sien. À défaut d'avoir envie de sexe elle en avait gardé l'idée d'attraction, elle comprenait que le sexe était au centre des êtres, le cœur de toutes les ambitions. Les femmes face à la scène, elles, rêvaient d'être elle, avec son sexe voulu par tous, un trou noir, qui chante, qui danse, qui fait tout dans l'aisance. C'était ça, le plus grand plaisir de l'existence : être adulée, aspirer les autres par un dispositif qui les gardait à distance, se remplir des autres sans les prendre, s'emparer de leur amour, sans le leur rendre.

Par la sueur comme un voile qui recouvrait son corps, sortait le mal, pensait-elle aussi, sortait cette merde où elle s'était enfoncée cinq jours auparavant, cette merde qui avait été sa vie pendant des années, la merde comme habitat de la vermine, la vermine comme celle de son époque qui était de pacotille, constatait-elle en regardant autour, une époque d'écrans, de Botox, d'amour-propre et d'invincibilité, celle de Madonna.

Devant Julie qui était Nelly Furtado s'alignaient dix écrans de télévision dont cinq montraient des gens s'entraînant sans suer avec le sourire. Ils avaient des corps bronzés aux teintes orangées et couraient en commentant, sourires plaqués, l'engin qui les faisait courir, payables, pouvait-on lire, en dix versements faciles, et Julie ne pouvait s'empêcher de le déplacer chez elle, cet engin, c'était plus fort qu'elle, elle le déplaçait pour déterminer si, dans son loft, il y avait assez de place. Une trentaine d'abonnés du centre couraient devant dix écrans où il était question, sur cinq d'entre eux, d'exercice physique, qui avait à voir avec le dedans, avec l'âme, affirmait-on, le bien-être, l'estime de soi, la bonne marche des pensées, bienvenues et positives comme des macarons aimantés sur un frigo. Sur les autres écrans Musique Plus, des jeunes femmes nues qui dansaient sans se regarder, les unes aux côtés des autres, montrant leurs culs les unes contre les autres, solitudes ennemies réunies autour d'un homme, Chef de la horde, le chanteur de hip-hop, couvert d'or, entouré de l'ondoiement des hanches qui donnaient accès aux chattes, des trous qui n'avaient jamais d'enfants. Puis Oprah, des femmes obèses, des larmes de femmes qui ne danseront jamais autour d'aucun chanteur de hip-hop, qui jamais ne seront invitées à se combattre les unes les autres par le cul, des femmes qui s'offraient pourtant, mais en pure perte. Puis des publicités, des peaux et des corps avant et après, des peaux acnéiques guéries, des peaux ridées déridées, des tours de taille à rebours, qu'on fait maigrir vers les mensurations de l'adolescence. Puis CNN, le grondement de la guerre, le décompte des morts, la marée anonyme des femmes voilées, ni amies ni ennemies, ni soumises ni révoltées, juste voilées ; sur CNN et RDI, les grandes chaînes d'information, l'autre côté de la médaille, la face déchue et inversée des salles d'exercice construites pour la viabilité des corps, leur étanchéité, des machines faites contre le déversement des organes vitaux dans les tranchées, contre la coulée de soi hors de soi, au combat.

Julie ne regardait pas les écrans, elle était une Star, elle se regardait elle-même sur une scène autour de laquelle elle plaçait la foule, qui hurlait à son adresse, vois-moi, vois-moi que je m'aime. Elle se sentait pathétique, elle se savait ridicule. Parfois son visage était traversé par des tics de satisfaction qui étaient vus par les autres et jugés comme un signe de folie, une preuve de quelque chose au plafond, une araignée sur le point de tomber, quelque chose de pas net qui la barbouillait. Mais encore une fois c'était plus fort qu'elle, cette existence omnisciente comme Dieu qu'elle voulait vivre la précédait, c'était comme le désir de mort de Marilyn Monroe décrit dans un livre que Julie avait lu en pleurant sur des passages où on la dépeignait quasi morte, un zombie. N'être rien et la peur qui vient de cette possibilité, c'était ça l'insupportable, au-delà de n'être plus baisable, disait le livre sur Marilyn : n'être rien était pire qu'être mort, se disait Julie, à travers Marilyn.

Elle courait toujours devant des écrans qui faisaient courir des gens. Elle se demandait si la religion n'avait pas eu pour fonction première de monter en péché le plus profond des humains, de déplacer dans le ciel leur propre ego pour qu'ils le lâchent enfin, ego si gros, si grand, une gueule avide de regards, dévorateur des autres, géant, despote. De nos jours tout le monde était sa propre vedette et il n'y avait plus de public. Dieu qui était mort avait vidé ses créatures de leur capacité à adorer autre chose qu'elles-mêmes, et ces créatures avaient ensuite dû se remplir de santé mentale et physique, se recoudre à l'hygiène. La place vide de Dieu avait dû être remplacée par un milliard de pacotilles, et les gens couraient désormais sur des tapis vers le contrôle, la stabilité et la célébration de leur corps, vers leur éternité, la brillance à perpétuité.

Julie était toujours Nelly Furtado. Mais il y avait du nouveau parmi ses réflexions usuelles, toujours les mêmes, sur les façons qu'avait trouvées l'existence de se perpétuer. La foule qui la regardait chanter *Meneater* avait un nouvel arrivant : Charles. Il était dans cette foule et la regardait aussi, en envahisseur, il était devenu le Regard qui englobait tous les autres, il était l'Œil dans lequel elle se tenait. Julie se sentait amoureuse, elle était aussi près du bonheur qu'une femme comme elle pouvait l'être. Charles à lui seul arrivait à la faire courir sur son tapis, vers son regard à lui, et il était son voisin de palier, dans la vraie vie. Elle se posait cette question que seules les femmes au bord d'aimer peuvent se poser : et si je ne lui plaisais pas ? Et encore : et si j'étais naturellement vulgaire, et si cette vulgarité était comme le hurlement chez les loups ? Puis, ce même matin, elle avait reçu sous sa porte une note écrite sur une feuille blanche lignée, pliée en deux :

Julie,

J'ai beaucoup aimé la soirée. Même si elle était bizarre, c'était bien. Il faudrait se revoir pour parler du documentaire et pourquoi pas de la vie. Rose et Moi on est séparés. Pas à cause de toi, c'est juste la vie. Je crois qu'elle va bien. Elle est partie vivre ailleurs mais elle revient parfois, elle a les clés. Il faut rester discrets, écris-moi des mots et mets-les derrière le support à journaux, dans l'entrée.

Charles

Cette note l'avait rassurée. Elle lui avait répondu sur-le-champ qu'il était le bienvenu chez elle. Il y avait une marche à suivre sans bruit : en prenant l'ascenseur qui débouchait dans l'entrée, puis en remontant sur le bout des pieds au troisième étage par les escaliers de secours qui donnaient sur sa porte, qu'elle gardait toujours entrouverte, il pouvait entrer chez elle sans être remarqué et, pour retourner chez lui, il n'avait qu'à suivre le chemin inverse.

Ses soixante minutes de cardio étaient terminées. La Star quittait la scène en même temps que Julie enlevait ses écouteurs. Sans musique le plaisir d'être vedette perdait de son intensité, la performance n'avait pas lieu et Julie retombait dans ses souliers, elle était rejetée dans la réalité où elle n'était plus sûre d'être quelqu'un.

Julie avait fait le tour de son programme comme elle l'avait déjà fait des centaines de fois, ce jour-là consacré à son dos et à ses biceps. Parfois sur le dos, barre en mains au-dessus de sa tête, parfois à quatre pattes, un poids dans une main, et parfois assise, en différents angles, un poids dans chaque main. Elle était toute à ses mouvements qui lui réchauffaient le corps et qui lui arrachaient de petits cris, des gémissements qui ressemblaient à ceux du sexe, chez elle disparu en cours de route mais en train de renaître, qui sait, par Charles.

Souvent ses exclamations de douleur attiraient l'attention des hommes sur elle, des hommes qui eux-mêmes lâchaient les mêmes exclamations, mais en plus fort, comme autant de trophées éphémères de la réussite sportive, décharges qui indiquaient qu'ils s'étaient poussés à bout, donnés à fond. Souvent les sons étaient pareils à ce qu'imaginait Julie des orgies, du point de vue d'un aveugle : des corps en mouvement occupant un espace donné, qui s'entrechoquaient, se mettaient en quête d'un plaisir qui leur sortait involontairement du nez, de la bouche, fuites du dedans vers le dehors comme des aveux impossibles à contenir. Quand elle fermait les yeux, la salle était comme une grande partouze faite de solitudes affairées devant les murs couverts de miroirs, qui ne se touchaient pas, mais qui se regardaient sans en avoir l'air, par le biais des miroirs, en mêlant leurs bruits, mélasse de déjections sonores, d'odeurs et de sueur, de regards en coin parfois réciproques et captés dans les murs en miroirs qui multipliaient les corps, dédoublaient la partouze.

Julie vivait dans les gyms comme chez elle, elle s'y exerçait comme elle mettait ses pantoufles, elle se musclait comme elle regardait la télévision. Elle ne pouvait plus vivre sans cette façon de bouger, de suer, de remplir une partie de ses journées d'une mécanique où elle ne se cassait pas la tête. Elle ne pouvait plus vivre sans cette sensation de brûlure qui l'enveloppait, qui la calmait, une vraie paix intérieure de plusieurs heures qui consistait en une ligne droite des émotions, un bouclier contre les mauvaises pensées. C'était une sorte de chaleur stable, sans flambée ni refroidissement ; et quand, par malheur, elle se trouvait loin de chez elle trop longtemps, elle croyait glisser de ses propres doigts, tomber dans l'approximation, ses idées commençaient d'un même mouvement à perdre leurs contours, à s'engluer, et Julie avait cette sensation de couler hors d'elle-même comme un bonhomme de neige sous la pluie, tiraillé par le vent. Elle connaissait le prix à payer pour se refaire une santé maltraitée et, de l'avoir payée, cette santé à refaire, excluait qu'elle s'endette à nouveau, qu'elle prenne le risque de se priver de ce qui la statufiait, dure comme pierre.

À trente-trois ans Julie ne pouvait plus se permettre de voyager, de partir à l'aventure, sac au dos vers des mondes nouveaux, l'imprévisible était pour elle exclu de façon définitive. Elle ne pouvait pas ou si peu dormir dans un autre lit que le sien, sauter des repas ou changer sa diète élaborée autour de son entraînement. Sa jeunesse était finie, elle s'était maltraitée au point de n'éprouver aucun plaisir à être en terre étrangère, à moins de connaître à l'avance les moyens de recréer ce qu'elle laissait derrière elle, à moins de pouvoir garder un contrôle sur son horaire de travail, sur ses chaudrons, sa nourriture et son sommeil, à moins d'être partout dans le monde comme dans une maison.

Elle avait refusé une proposition de tournage en Europe, en se détestant de ce refus, où on l'avait invitée à interviewer des collectionneurs de détritus de la Seconde Guerre mondiale. Elle devait interviewer puis scénariser les histoires de ces collectionneurs qui étaient aussi des creuseurs, des chercheurs d'objets de tout acabit, des déterreurs qui déterraient des morceaux d'avions, d'armes à feu, des casques et autres batteries de guerre, sans compter toute la gamme des ossements humains, pour ensuite les exposer dans des musées payants ouverts à même les résidences, dans des campagnes allemandes, belges, polonaises et françaises. Dans ces détritus pouvaient se trouver des crânes, des fémurs, des cages thoraciques, toujours rattachés à des lambeaux de vêtements. La plupart de ces collectionneurs étaient eux-mêmes fêlés et c'est ce qui aurait dû intéresser Julie, c'est ce qui aurait dû lui donner envie de foncer, mais elle avait refusé, résistant trop à l'idée de travailler à l'aveuglette dans des campagnes éloignées des grands centres, déjà que ce travail l'aurait mise en contact permanent avec des restes d'existences disparues depuis longtemps, déjà que dans ce travail elle aurait à fréquenter des choses mortes échappées d'un ensemble mort, d'un avion, d'un char d'assaut ou pire, d'un corps humain. Ce n'était pas le sujet qui la terrifiait mais la façon de le rencontrer, qui relevait de l'émiettement ; qui sait si au bout de quelques semaines il n'y aurait plus de différence entre elle et les ossements déterrés, qui sait si elle ne finirait pas par prendre ses aises en plein cimetière, et pourrir pour de bon.

Le Nautilus était bondé d'hommes, Julie avait forcé la dose, elle était épuisée mais elle ne pouvait pas s'arrêter. Comme beaucoup elle croyait au dépassement, au perfectionnement par matage. Pour répondre à l'intoxication récente, pour aller en efforts aussi loin qu'elle était descendue bas dans les bars, elle s'était imposé une charge supplémentaire de poids à chaque exercice, surestimant sa force et son endurance. En exécutant le « Arnold Press », mouvement complexe mis au monde par Arnold Schwarzenegger lui-même, son bras gauche, le plus faible des deux, n'avait pas pu supporter le surplus de poids et, à la cinquième répétition, son poignet s'était retroussé vers l'arrière.

S'en était suivi une douleur pointue et éblouissante dans ses muscles, une entrée sèche comme un éclair blanc dans son épaule mais aussi dans sa tête, un éclair qui l'avait fait hurler au milieu du troupeau affairé. Cette douleur intense lui avait fermé les yeux, comme si la vue, habituée à saisir le dehors, avait dû rentrer en elle-même pour s'occuper de ce mal qui l'avait forcée à se replier, se mettre à genoux, en empoignant son coude gauche de toute la force de sa main droite et en penchant vers son épaule le plus possible sa tête qui gardait les yeux fermés, qui ravalait le regard vers la seule chose qui comptait, qui existait : le feu qui montait de sa blessure.

C'est en ambulance et dans la confusion qu'elle avait quitté le gym, se rendant en vitesse aux urgences de l'Hôtel-Dieu où elle avait reçu une injection de morphine que le médecin avait dû doubler en constatant que la première ne faisait pas grand effet, ce que Julie avait confirmé par des plaintes répétées mais aussi par son visage tourné vers son fond à elle, absent au reste. Puis on l'avait renvoyée chez elle, l'épaule et le bras gauche gainés, après une analyse radiographique qui montrait que, malgré le choc, les os n'étaient pas déboîtés.

On n'avait pas su lui dire combien de temps elle devrait se priver d'exercice physique mais on devait calculer ce temps en mois et non en semaines. C'était une catastrophe dont elle n'arrivait pas à prendre la mesure, anesthésiée par les injections. Son avenir en était compromis mais la morphine l'empêchait de réagir, d'encaisser à froid cette interdiction de bouger, de se durcir en statue. Au contraire elle envisageait l'empêchement en savourant cette rareté de la drogue propre, non coupée, de la médecine, et elle regardait avec délices la prescription d'Empracet qu'on venait de lui donner, des comprimés qui la tiendraient au chaud, à ne surtout pas mêler à l'alcool.

De retour chez elle, elle avait trouvé une seconde note de Charles glissée sous sa porte, en réponse à la sienne :

Julie,

Ce soir, 19 h 00, chez toi. J'ai hâte. Laisse ta porte ouverte. Laisse un message en bas si ça ne va pas.

Charles

Il était trop tard, il était près de minuit et Julie, l'épaule écharpée, ne savait plus sur quel pied danser. Elle voulait se coucher sans plus attendre mais aussi prendre le temps de lui écrire de sa main valide. Charles avait dû se heurter à une porte fermée, puis être vexé de ne pas trouver de mot d'explication, en bas ; mais il avait eu hâte et c'était ce qui comptait, mon Dieu faites que cette hâte traîne en longueur, qu'elle sache attendre, espérait-elle, faites que mon épaule ne se mette pas entre nous, comme Rose. Avant d'aller au lit elle avait écrit une note qu'elle avait ensuite placée en bas, derrière le support à journaux, qui racontait son accident, les urgences de l'hôpital, et qui offrait, à la fin, ses excuses, suivies d'un baiser profond. Ils se verraient le lendemain soir chez elle s'il le pouvait, juré craché.

Les mois suivants avaient été troubles et voluptueux, c'est du moins de cette façon que Julie O'Brien s'en souviendrait. Le plus étrange, c'est qu'une fois cette histoire scellée, elle ne trouverait pas grand-chose à en dire, de cette période, peut-être parce que les joies de l'amour étaient en soi intouchables par les mots qui ne rendaient jamais leur juste mesure de toute façon, ces mots qui ne pouvaient pas, à moins d'être tus, leur arriver à la cheville, et qui ne servaient, au fond, qu'à se redonner les gens, les amours, les choses perdus.

L'amour de Charles Nadeau avait recomposé la capacité à aimer de Julie, qui s'en était trouvée exhumée, puis réanimée. L'amour en coup de foudre, avait-elle d'abord cru pendant un temps, l'amour aveugle et réciproque, l'amour vaporeux qui vient par bouffées partant du ventre jusqu'au visage, s'était mêlé à la température, aux attaques dardées du soleil sur sa rousseur si mal appropriée aux changements climatiques, évolution qui allait, elle en avait peur, vers la mondialisation du désert, vers la diabolisation du beau temps. L'amour avait cassé la pesanteur du monde qui l'oppressait tant et qui la repoussait dans son loft, rempli de coussins, de chats ensommeillés et de rideaux tirés.

De cet amour elle ne trouverait pas grand-chose à dire, sinon le sentiment d'une vie allégée. Quelque chose de l'aridité du monde s'était atténué, s'était détendu, relaxé, le monde avait cessé de se battre contre lui-même, magie étonnante d'une douceur qui venait lisser sa surface, comme si l'amour avait ce pouvoir de laver l'ordre des choses en leur donnant une logique, en les remplissant de nécessité. Pendant un court temps elle put se dire que Dieu avait bien caché son jeu et que le Diable pouvait aller se rhabiller. L'univers était pardonné, il avait eu raison d'éclore et de porter le chaos en son sein. L'univers avait une clé que Julie tenait enfin en main : la vie ne sortait de la mort que pour rencontrer l'amour, avant de retourner à la mort, voilà ce qu'elle comprenait. C'était aussi simple que cela, il ne fallait pas en faire un plat.

Et l'été de cet amour avait continué à battre son plein, à couler vers l'automne qui approchait, magnifique saison du retour vers un soleil raisonnable, moins acéré, un soleil qui s'installait, au fil des jours, dans une distance plus grande de la Terre, donnant toute la place à l'automne pour qu'il s'avance, et s'impose comme la plus belle période de l'année, pendant laquelle il faisait encore chaud mais pas trop, et où l'air, plus sec, circulait plus librement ; et c'est dans une contemplation pleine d'affection et de compréhension nouvelles qu'elle avait regardé des milliers de gens défiler sur la rue Saint-Denis pour protester contre l'invasion de l'armée israélienne au Liban. L'armée israélienne venait d'envahir le Liban pour démanteler le Hezbollah, et les Libanais, devant l'invasion, avaient été replongés dans le passé, dans les horreurs de la guerre civile et les traces qu'elles avaient laissées ; ces traces étaient toujours palpables sous les reconstructions, sous la nouveauté architecturale, et ce qui avait été bombardé était de nouveau bombardé ; les trous étaient encore frais, dilatables à rien, prêts à se rouvrir à la moindre secousse, pour que recommencent encore et encore la perte des enfants, des proches, le décompte des morts, le deuil impossible dans la vengeance armée, le deuil sans fin dans la haine de l'autre comme but de la vie.

Des gens du monde entier avaient protesté, parmi lesquels se trouvaient des Juifs, allant dans le flot de la protestation, se découpant des autres avec leurs bardas de chapeaux et de longs habits noirs jusqu'à terre, sous un soleil de plomb. Une marée humaine avait descendu pendant des heures la rue Saint-Denis sous les yeux souriants de Julie qui était avec eux parce qu'elle se sentait amoureuse, qui aurait pris le parti de n'importe qui, sous n'importe quel prétexte, parce qu'elle se croyait amoureuse, qui avait envie d'être avec eux, dans le monde, et non plus chez elle, à l'abri, encore une fois parce qu'elle se pensait amoureuse. L'amour l'avait réintégrée au monde, où tout avait sa place.

De ne plus faire de musculation lui importait peu, autre miracle de l'amour, la désagrégation du corps tant redoutée était repoussée vers l'avant, elle ne se produirait pas tant qu'elle pourrait marcher et même courir, du moment que son épaule restait bien en place, fixée, solide, par la gaine. Les guerres du monde entier et les tempêtes de pluie déferlant dans Montréal pourraient s'en donner à cœur joie, tant qu'il lui serait permis de retrouver Charles dans un café le midi, et le soir chez elle, avec ou sans alcool.

Et surtout l'amour l'avait pendant un temps rendue aveugle aux goûts tordus de Charles, à ses tics et manies qui ne la dérangeaient pas, enfin pas au début, peut-être parce que au départ elle était incapable d'en mesurer la portée. Des mois avaient passé avant que ce faux pli au lit, qu'elle fustigerait de noms, ne vienne séparer le couple en installant autour de Charles son tribunal, qui le mitraillerait d'accusations, ferait peser sur lui son jugement.

Le soir ils se retrouvaient la plupart du temps chez elle, que Rose soit ou non dans l'appartement d'en face. De Rose, depuis la rupture, Julie ne savait que deux ou trois choses, entre autres qu'elle s'était réfugiée chez un homme à l'identité secrète. C'était d'ailleurs tout ce qu'elle souhaitait savoir : qu'elle ne soit pas seule, qu'elle soit protégée et entourée, mais loin d'eux. Elle ne lui souhaitait que du bien mais elle voulait que ce bien ait lieu ailleurs, elle voulait que ce bien ne lui parvienne que dans des nouvelles de loin en loin, comme une carte postale déposée dans sa boîte aux lettres, venue de quelque plage du Sud, écrite de la main d'une cousine.

Charles ne finissait pas à heure fixe et pouvait arriver à tout moment, entre 18 h 00 et 21 h 00. Il entrait chez elle sans frapper et sur la pointe des pieds, toujours avec un peu de retard, comme si de rien n'était, la surprenant parfois en train de l'attendre, debout au milieu du salon, une cigarette à la main, avec cette tentation bien connue de l'alcool au ventre, en vente partout comme autant de façons de se ramener en terre, de s'y rendormir.

Chaque fois qu'il entrait dans son loft, c'était en lui lançant : « Salut un chat un chat ! »

C'était de cette façon qu'il l'avait surnommée pendant la fameuse nuit de la dérape, une soirée à « classe anale », avait-elle elle-même décrété, en un raccourci pour dire à « classer dans les annales ». Toute la soirée il l'avait appelée « un chat un chat » en deux mots unis d'un trait d'union, exotique, dansant : unchat-unchat. Cette nuit-là elle en avait été agacée mais, une fois en amour, elle avait accueilli à bras ouverts la dose d'affection contenue dans ce petit nom, aussi bête fût-il.

Quand Charles était entré chez elle lors d'un premier rendez-vous, elle ne lui avait pas répondu par un sourire, un peu écorchée du fait du retard, même petit, qu'il avait pris.

« Je croyais que tu ne viendrais pas. J'allais sortir, avait-elle menti.

– Désolé. J'ai fait de mon mieux », avait-il dit en lui présentant un sac de la SAQ rempli de deux bouteilles de vin blanc.

Encore ce maudit chardonnay, avait cru Julie qui, pour une fois, se foutait des bouteilles et de leur promesse d'ivresse. Elle gardait un silence buté, avait du mal à cacher sa moue de petite fille en attente d'une excuse, air bougon qui avait attendri Charles.

« Ces derniers temps je travaille avec des actrices ou des chanteuses sans expérience. C'est plus long. En plus je dois entraîner une nouvelle styliste. C'est dur de travailler avec une nouvelle. Ça prend du temps, de créer une chimie. De travailler sans avoir à demander.

Ce n'est pas aussi fluide qu'avant. Mais ce n'est pas grave. C'est juste comme ça. »

Charles, attiré par l'épaule de Julie engainée que la transparence de son chemisier laissait voir, l'avait touchée ; d'abord doucement, en posant sur elle la main, puis fermement, en la serrant, puis desserrant, puis resserrant, comme un chat qui tâte le sol où il veut se coucher, qui fait du patte-patte pour prendre ses aises.

« Hey ! Attention ! avait lancé Julie à un Charles au drôle de regard. C'est encore frais ! »

Charles avait desserré son étreinte en laissant toutefois sa main sur son épaule, une main grosse comme une raquette, aux doigts longs et volontaires, comme elle les aimait.

« J'ai pensé à toi tout le temps, avait-il avoué en retirant sa main d'elle, comme à regret. C'est déconcentrant de penser à une femme quand on en shoote une autre. J'avais du mal à faire le focus. Demain je n'y retourne qu'en après-midi, on peut donc faire les fous ce soir. Si tu veux.

– On va devoir faire les fous dans l'espace de mon loft », avait dit Julie en tendant les mains vers le sac, signe qu'elle acceptait son cadeau, sa présence, ses mots, sa patte sur elle.

Puis ils s'étaient assis au salon et ils s'étaient parlé, en buvant le vin à petites gorgées, de Charles encore et de son passé, de la boucherie du père, mais aussi de bien d'autres choses, conversation faite de pépiements qui servent à rapprocher deux êtres intéressés l'un par l'autre, à les unir, jacasseries comme prétexte à se humer.

Et l'amour, miracle entre les miracles, enlevait à l'alcool son attraction maléfique ; son appel ne torturait plus Julie, pas autant qu'avant ; elle savait qu'elle ne perdrait pas pied et elle en connaissait la raison : Charles. Charles comme accoudoir, comme cran de sûreté. Elle savait qu'elle n'allait pas se dévergonder devant lui une seconde fois, qu'elle ne laisserait pas sa vulgarité tout encrasser, d'autant plus qu'elle était sous médication et que le douillet de son loft, qui n'inspirait pas les débordements, était comme une berceuse, un grand lit, une éternelle soirée aux chandelles, un feu de bois toujours en arrière-fond des heures qui passent, sans heurt.

C'est en parlant de tout et de rien que Julie avait, pour la première fois, remarqué la beauté de Charles, bien qu'elle l'eût souvent eue sous les yeux. La beauté des hommes, avait-elle souvent noté, ne frappait pas de front, elle se découvrait petit à petit, avec le temps, comme une âme, un tempérament. Elle était d'un autre genre que celle des femmes, ne relevant pas d'artifices ou d'une étude poussée de sa surface immédiate mais de la simple chair telle que créée par un père et une mère, en profondeur ; elle pouvait être soignée mais n'était pas le résultat de ces soins, elle n'avait rien à voir avec celle des femmes, agressive, sautant aux visages, par applications successives de couches sur la peau qui forçait l'attention, comme une alarme d'incendie. Cette beauté qui existait sans mesures spéciales était durable, elle ne vieillissait pas mal comme celle des femmes. C'était cette différence d'éclairage jeté sur les deux sexes, observait Julie, qui était la pire injustice, parce qu'elle rendait infiniment plus brutale, et plus embarrassée, la marche à suivre des femmes qui vivaient sous un jet continu de lumière comme un interrogatoire, une perquisition, un examen qui les recouvrait, de la tête aux pieds, d'un cul immense, qui faisait d'elles des chattes intégrales.

Mais tout cela allait changer selon les prédictions de Julie, attentive aux transformations de son époque où tous finiraient par se rejoindre en égalité, et en brutalité. Le corps des hommes, même celui des hétérosexuels, entrerait en féminisation, se couvrirait d'impératifs, d'exigences, de commandements, de produits qui seraient les mêmes que ceux des femmes mais enrobés d'une autre manière, avec d'autres couleurs, le rouge, le brun, le vert, le bleu marine, le gris et le noir. La différence entre les hommes et les femmes ne se remarquerait plus que sur l'emballage de leurs produits de beauté respectifs, et qui sait si le sexe des hommes ne cesserait pas de bander tout à fait pour imiter celui des femmes en se consacrant à sa propre image, captée dans le miroir, montrée et cachée par cette burqa vicieuse d'illusionniste, cette poudre aux yeux vendue à fort prix.

Charles était de loin plus beau que Steve, avec lequel il partageait quand même plusieurs traits, ressemblance qui ennuyait Julie parce qu'elle indiquait une continuité dans ses goûts. Charles était grand aux yeux bleus, les cheveux cendrés, avec des sourcils très rapprochés des yeux, qui donnaient au visage une sorte d'air concentré, intelligent, des mains immenses qui la manipulaient au lit, qui la renvoyaient à sa place, dans une attitude immobile et attentionnée, dirigée vers les plans de l'autre, des plans pornos comme chez d'innombrables hommes de sa génération mais dans lesquels elle trouvait aussi son compte, ayant elle-même un corps porno, et ayant elle-même, au fond, une essence porno… comme tant d'autres. Charles et Julie étaient de leur temps, ils aimaient leurs prochains avec les moyens du bord.

En plus de sa chevelure brillante et fournie, Charles avait une bouche pleine et sensuelle, une bouche comme Rose et Julie auraient tout donné pour avoir et qu'elles s'acharnaient d'ailleurs à dessiner sur leur propre visage, à coups d'injections. Charles ressemblait à un ange, un saint François d'Assise ; il était beau au point de troubler ceux qui le regardaient de près, et une fois cette beauté repérée, il n'était plus possible de passer à côté. C'est ce dont Julie était convaincue, ce soir-là, sans penser que ce ne serait pas sa beauté qui les perdrait, en provoquant sa jalousie, ni même celle de ses modèles, mais le sexe qui se tenait derrière.

« Tu es belle », lui avait-il répété ce soir-là tandis qu'elle était en train de le trouver beau.

Après l'effondrement des institutions morales et religieuses, après la table rase historique du devoir, du sacrifice, de l'abnégation de soi-même, bref, de l'ordre établi, il ne restait plus que la beauté pour unir les êtres, et aussi l'argent, qui avait tendance à s'accumuler autour des êtres beaux. Sur le plan social l'amour ne s'opposait plus à la prostitution, et la prostitution, qui marchandait les êtres, sélectionnait les plus beaux, c'était la logique darwinienne, le retour aux sources, aux trophées, aux babouins. Malgré la mutation de l'amour vers la discrimination la plus sauvage, pensait aussi Julie, l'amour rendait toujours aussi bête, et c'était ce voluptueux abêtissement qui était sa constante à travers les âges, qui rendait le monde si léger.

Et ce soir-là Marilyn Monroe n'avait pas cessé de traverser son esprit, qui avait dit ou écrit un jour de tristesse une jolie phrase : « Aimer quelqu'un c'est lui donner le pouvoir de vous tuer. » Dans un couple il y avait toujours un tueur et un tuable, et le tueur tuait toujours malgré lui, sans le vouloir et sans plaisir. Dans un couple le tuable se donnait toujours plus ou moins à tuer, souvent se chargeait lui-même de la tâche, et ce que le tuable ne pouvait supporter n'était pas d'être tué mais de ne pas inspirer à l'autre le goût de tuer. Ainsi fallait-il le faire soi-même, en pensant à l'autre, en criminel absent de la scène du crime.

Mais pour l'instant elle plaisait à Charles autant qu'il lui plaisait, elle était la Star sur leur scène à deux, où ils se suffisaient l'un à l'autre, à l'écart du public.

« C'est quoi ça ? avait demandé Charles en pointant du doigt une plante verte imposante posée sur une armoire indienne, d'où pendait un fruit jaune.

– Un citron. J'ai un citronnier depuis presque un an, qui n'a produit qu'un seul fruit.

– C'est normal ?

– Aucune idée. L'arbre venait sans mode d'emploi. »

Puis ils avaient regardé le citron pendant un temps, une longue minute, comme s'ils s'attendaient à le voir tomber, là, d'un instant à l'autre, soudain gênés par leur silence au centre duquel le citron pendait sans leur inspirer de réflexion particulière, un silence qui annonçait un éloignement ou, au contraire, un rapprochement des corps.

« Quand il tombera je te préviendrai et on se fera un plat de poisson, ou des cocktails », avait-elle soufflé dans le cou de Charles.

Invité par le souffle de Julie, Charles l'avait embrassée d'un baiser impatient, droit au but, lui mordillant d'abord les lèvres, soulevant ensuite son chemisier, l'ouvrant grand pour voir la gaine qui fixait cette épaule douloureuse qui le titillait, sans doute parce que Julie en souffrait, faisant aller ses mains sur ses seins, les pétrissant durement, pinçant ses mamelons raidis à travers le tissu du soutien-gorge. Puis, il était grimpé sur elle pour dégager du soutien-gorge ses deux seins que les prothèses durcissaient, avait baissé son jean pour en faire sortir sa queue. Les gestes que Charles posait avaient ramené à la mémoire de Julie les gestes oubliés de la dernière fois ; ils étaient rigoureusement les mêmes, et c'était cette répétition, avait-elle compris, qui avait donné une forme à ce qui avait eu lieu l'autre nuit, à ce qui avait existé sans avoir été retenu. Et Julie, captive de la détermination de Charles, avait senti une chaleur tenace et imprévue entre ses jambes ; d'une main elle avait empoigné le sexe de Charles qui en avait joui aussitôt, en deux grands jets de sperme dirigés vers ses seins, mais tombés sur son menton, pour ensuite couler dans son cou.

C'était tout, c'était terminé, cela avait duré moins d'une minute, et Julie en avait été stupéfaite, de la rapidité avec laquelle le sperme avait jailli sur elle, mais encore plus de cette chaleur qu'elle sentait en bas, dans son tombeau ouvert, piqûre harassante qui ne voulait pas partir, comme une exigence, un oisillon bec ouvert au ciel.

Julie lui avait pris la main pour la mener à son sexe mouillé, qui avait dû pour cela être déculotté, opération pour laquelle ils avaient dû se déplacer, se lever et changer de position, elle dessus lui dessous. Charles avait commencé à la caresser mais le temps que cette caresse avait mis pour arriver avait été trop long. La chaleur avait diminué et, malgré la fougue de Charles à la réveiller, peut-être même à cause de cette fougue, le feu s'était éteint, braise rouge devenue grise, laissant à la place une sensation froide d'agacement sous le grattement obstiné de Charles : Charles ne bandait plus et c'était peine perdue.

Mais ce soir-là Charles n'en avait pas encore fini. Ils avaient baisé quatre fois sur le divan et à même le sol, si on peut appeler baiser le fait de décharger sur des seins ou une épaule. Julie était parvenue à jouir deux fois en se caressant elle-même, ses deux premières fois depuis des années, encore un miracle, une résurrection dans son existence où le sexe n'était plus pour elle qu'un mot, un concept, une zone ensevelie sous les neiges, le pôle Nord. C'était la confirmation de sa réussite à réintégrer la vie, la matière morte de son corps était encore capable de lui offrir ce plaisir-là.

Ils avaient fini par s'endormir côte à côte dans le grand lit de Julie où ses trois siamois les avaient rejoints, et s'étaient réveillés au petit matin pour se rendre compte que la chimie, amour électrique, était toujours là. Pendant les mois suivants, ils ne s'étaient pas quittés d'une semelle.

Julie était dans un café, assise à une table qu'elle s'était elle-même désignée quelques années auparavant, imposant sa présence parmi les clients, s'y installant de façon si quotidienne que personne n'aurait pensé à la lui contester. C'était toujours la même table posée face à une grande fenêtre qui donnait sur la rue Saint-Denis, au Java U.

Le café était petit et peu fréquenté, jamais désert ni bondé, mais c'était surtout un café à deux pas de chez elle, un café qui était devenu un prolongement de son salon, un chez-soi au décor changeant, toujours en arrière-fond de ce qu'elle écrivait sur l'écran de son ordinateur, un Macintosh blanc qui avait l'air d'un jouet, une friandise. Le décor se composait de passants et de clients réguliers qui avaient aussi leurs tables attitrées et auxquels elle ne parlait pas ou presque, que pour dire bonjour en levant à peine les yeux, exécutant le mouvement minimum que requérait la reconnaissance des autres.

Le Java U était devenu son café à force de le fréquenter et d'y prendre ses aises, elle s'y était fait admettre en tant que cliente régulière, obstinée, en bonne payeuse qui savait laisser du pourboire. Son assiduité garantissait le respect des employés qui gardaient la table pour elle d'un petit carton de réservation qu'ils posaient en travers jusqu'à onze heures, après quoi, si Julie n'était pas venue, ils enlevaient le carton sans lui en tenir rancune, préférant quand même qu'elle leur passe un coup de fil au cas où ses plans, au réveil, la mèneraient ailleurs. Elle avait même obtenu qu'on baisse le volume de la musique quand elle le jugeait trop fort ou qu'on en change, quand cette musique l'insupportait, comme c'était le cas de la techno, qui, leur avait-elle souvent répété, était une stricte musique de nuit faite pour la danse et la drogue et non pour les matinées d'écriture, non pour la concentration que le travail exige. Selon elle c'était une musique qui allait jusqu'à changer le goût du café, en lui donnant un caractère d'empressement, de bousculade.

Julie faisait face à l'écran de son ordinateur portable sur lequel elle écrivait en vrac des idées et des impressions, des débuts de réflexions pour son scénario. Elle tentait de le structurer à partir de l'histoire personnelle de Charles mais aussi à partir de celle de Rose et des propos tenus sur son travail, incluant sa vision démographique des femmes. Elle avait décidé d'intégrer Rose au scénario, cette jeune femme magnifiquement disparue de la vie du nouveau couple, femme ayant abdiqué sans révolte, du trop beau pour être vrai. Elle avait ce plan en tête sans en avoir parlé à Charles, comme si elle ne voulait pas mettre Rose sur la table, enfin pas encore.

Julie était convaincue que, le temps aidant, Rose se relèverait comme Justine dans *Justine ou les Malheurs de la vertu* se relevait toujours, bien droite, toujours vierge au sortir des pires dépravations. Elle croyait que, le temps de conduire le scénario au bout de la chaîne procédurale qui mènerait au tournage, Rose serait rétablie et pourrait en rire avec recul, elle se disait que Rose serait toujours, pourquoi pas, en couple avec cet homme mystérieux qui l'avait repêchée au cœur de cette nuit de naufrage et qui, selon ce que Charles en savait, avait beaucoup d'argent.

« Il a beaucoup d'argent », voilà l'unique information que Rose avait donnée sur son homme, voilà le début et la fin de ce qu'elle répétait à Charles chaque fois qu'elle lui adressait la parole, au téléphone ou ailleurs, dans son loft où elle revenait parfois chercher des boîtes. Elle lui lançait l'argent de l'autre comme un reproche ou encore un aveu, comme si l'argent était tout ce que possédait cet homme, comme si cet homme ne pouvait trouver de valeur que dans ce que Charles n'avait pas, enfin pas vraiment, parce que ce n'était pas en quantité qu'il pouvait lui en donner. Ni Charles ni Julie ne savaient à ce moment que c'était par cet autre homme, par son talent de chirurgien, que Rose complotait de reconquérir Charles, ou encore de le détruire.

Dehors, l'hiver plaquait son froid intense sur la ville figée, tenue en bride, un froid qui faisait craquer, sous la glace, les rues qui exposeraient au grand jour, le printemps venu, leurs milliers de nids-de-poule, des trous profonds qui endommageraient ensuite des milliers de voitures. Dans le café la musique était trop forte, elle amenait une ambiance de bar, d'ailleurs elle était si forte que sa présence en devenait physique, entrait dans les corps à hauteur de poitrine pour en faire des caisses de résonance ; mais Julie ne l'entendait pas, cette musique poussée à fond dans les basses qui ne la faisaient même pas vibrer, de la même manière que le soleil et la chaleur ne lacéraient plus, ou que le froid ne la mordait plus, ou encore que le vacarme du trafic ne la terrassait plus, quand elle se retrouvait coincée dans un bouchon de circulation.

Un clochard était entré dans le café puis avait été refoulé vers la sortie par un serveur ; une tasse de café s'était renversée pour finir éclatée sur le plancher ; un cri de surprise d'une cliente échaudée avait traversé la musique en s'y incorporant, un cri de femme entré dans la musique comme si elle l'avait attendu pour aller de l'avant, en le faisant rouler dans son rythme. Mais Julie n'avait rien perçu de ce brouhaha, elle se sentait amoureuse et son amour commençait à devenir une terrible couverture : l'amour commençait à montrer les dents, à muer en une chausse-trape, son amour qui était pourtant, il y avait peu de temps, une ouverture, un regard neuf sur le monde.

Elle était toute à son scénario, qu'elle regardait de trop près. Elle fonctionnait avec des impressions, des visions où l'âme des gens se matérialisait. Elle avait gardé en mémoire l'image de Rose sur le toit de l'immeuble, sa tête sur fond de ciel bleu en train de se mettre en colère avec elle.

Selon Rose la population à la naissance se composait de 52 % de filles et de 48 % de garçons, alors qu'en réalité, avait découvert Julie, qui était allée vérifier sur Internet les statistiques démographiques du Québec, c'était le contraire. Mondialement, pouvait-on aussi lire,

naissaient 105 petits garçons pour 100 petite
le Québec ne faisait pas exception : en 2001
37 033 garçons pour 34 709 filles, et en 2(
garçons pour 35 066 filles. Encore cette même
toujours au Québec, on comptait, de 0 à 4 ans, 190 048 garçons pour 179 590 filles. Si les femmes étaient plus nombreuses sur Terre, c'était parce que le taux de mortalité était plus élevé chez les hommes, à tous les âges ; et si les femmes étaient plus nombreuses que les hommes à Montréal, et en particulier dans les quartiers branchés, ce n'était pas parce qu'elles y naissaient en plus grand nombre que les hommes mais parce qu'elles étaient plus nombreuses à choisir de s'y installer. C'était aussi simple que cela. Elle était là, la différence dont parlait Rose, et Rose, qui aurait dû se réjouir, préférait mentir pour rester partout en famille, même en dehors de son Saguenay.

Quant à ses calculs sur le taux d'homosexualité, ils étaient invérifiables, la définition même de l'homosexualité se rattachant à des points de vue subjectifs, contrairement au sexe biologique, qui était clair, garçon ou fille, bleu ou rose, queue ou chatte. Sur Internet les statistiques ne correspondaient pas et laissaient trop de place à des interprétations qui n'étaient, elles, jamais officielles ; elles variaient entre 8 % et 20 % de la population et, pour répondre à une obsession sociale de l'égalité, pour rabattre tout de la société sur le principe du citoyen, elles ne faisaient pas de distinction entre les sexes, créant implicitement une équivalence de taux entre les hommes et les femmes.

Mais peu importait. La vision de Rose était déphasée selon son trauma familial et c'était ce déphasage qui intéressait Julie, plus que les chiffres eux-mêmes. La vérité n'avait que faire des chiffres, elle venait d'ailleurs, la souffrance de n'être pas indispensable au monde, par exemple, d'où toutes les idées sur le monde partaient.

Elle en était à ces réflexions quand Charles était entré dans le café pour s'asseoir devant elle, sans se faire remarquer, préférant la détailler d'un œil amusé, à loisir.

« Salut un chat un chat. Je te cherchais. Mais je ne peux pas rester. »

Julie avait regardé son Charles vêtu d'une chemise blanche à fines lignes noires, une Diesel. Vu d'elle, il avait l'air d'une photo, avec sa gueule placée au centre. La musique du café avait émergé en même temps que lui, assommante, une pollution par le bruit au cœur de la matinée. Charles avait fait naître ce qui était pourtant déjà là, à portée de main. Le monde de Julie en était réduit à ça, à un certain éclairage que Charles jetait autour de lui, à une circonférence, délimitée par son ombre qui variait selon l'heure de la journée, dont il était le centre.

« Tu tombes bien. Il faut que je te parle. »

Elle s'était levée pour l'embrasser, appuyant longuement ses lèvres sur celles de Charles, cherchant sur sa bouche de l'électricité, sa petite décharge.

« Il faut que Rose fasse partie du projet de documentaire. Elle aura peut-être envie de dire ce qu'elle pense. C'est son genre, non, de vouloir s'admirer à l'écran ? »

Tandis qu'elle parlait quelque chose avait vacillé dans le regard de Charles, qui avait ensuite, sans raison apparente, comme par réflexe, ouvert l'agenda de Julie au hasard, une chose qu'il ne faisait jamais, tombant sur deux pages couvertes de son prénom, écrit dans tous les sens, avec des couleurs différentes : Charles en rouge, Charles en bleu, Charles en rose, en vert, en gris, en noir.

Comme une petite fille, avait-il pensé, non sans m
comme une écolière au premier amour, qui per
temps en rêvasserie, en coloriage.

« Je ne crois pas que ce soit une bonne idée », avait-il répliqué en survolant l'agenda, découvrant son prénom écrit un peu partout, dans tous les coins, rencontrant à chaque page l'ampleur de la preuve de l'amour de Julie. Parfois, avait-il déploré, l'amour menait à l'accablement.

« Rose est complètement hallucinée par rapport à la réalité. Elle hurlait sur le toit, tu comprends ? Ça vient de loin, ses broderies autour des femmes. Je suis certaine que c'est de famille, cette histoire-là. Il doit y avoir eu quelque chose dans son enfance. »

Puis Julie s'était tue en se rendant compte de la stupidité de ce qu'elle venait de dire, réalisant aussi qu'elle avait haussé le ton, attirant l'attention de plusieurs clients autour qui avaient levé vers eux le nez, pour le replonger dans l'écran de leurs ordinateurs portables, en majorité des Macintosh, montrant leur pomme blanche croquée, et centrée.

« Dis comme ça, c'est pas terrible, je sais. Toutes les enfances sont remplies d'événements qui arrivent. Mais quand même, son histoire et son regard de styliste dans le milieu de la mode pourraient apporter de l'eau au documentaire. Par exemple elle pousse à bout son discours pour alarmer les autres sur son sort. C'est l'impression qu'elle m'a donnée. C'est comme les parents sentimentalement pédophiles qui refusent de voir que le plus beau cadeau à faire à leurs enfants est de les laisser un peu tranquilles. »

Charles regardait Julie d'un air las. Pour la première fois ce qu'elle dégageait lui paraissait suspect, malveillant, comme un manque de cœur, un vice caché. Dans sa façon de cisailler les autres Julie était impitoyable ; contrairement à lui, elle était dans son travail une déchiqueteuse, un vampire.

« Sa volonté qu'il en soit ainsi du monde écarte la réalité du monde, avait-elle poursuivi en baissant le ton, presque dans un murmure, le corps penché vers Charles au-dessus de la table.

– Si je comprends bien, tu veux la ridiculiser devant tout le monde ? Qu'elle se donne en spectacle ? Tu veux faire de nous des cas à montrer ? »

Julie, piquée par le « nous », avait regardé Charles. D'une remarque il s'était remis en couple avec Rose, en face d'elle, et contre elle. Ce n'était pas la première fois qu'elle comprenait qu'il ne lui appartenait pas entièrement, mais c'était la première fois qu'il était prêt à sortir les griffes pour une autre, à quitter l'enlacement où ils vivaient depuis des mois, pour la regarder en face, la prendre de front.

« Non, ce n'est pas ça. Tu ne comprends pas. Je ne veux pas la ridiculiser. Je ne veux pas faire de vous deux des cas, comme tu dis. Je veux montrer d'où vous venez, vos familles. Faire entendre vos mondes, vos univers. Faire voir que vos choix de carrière regardent d'où vous venez.

– Faire voir, faire entendre. Pourquoi tu ne te prends pas toi-même comme sujet, qu'on rie un peu ? »

Charles avait repoussé l'agenda sur la table, comme on repousse une assiette dont on n'a plus envie, pour en éloigner l'odeur.

« Certaines choses n'ont pas besoin de ton éclairage, Julie. Tu ne peux pas faire ce que tu veux des autres. Rose est ni folle ni hallucinée. C'est même une des femmes les plus fortes que j'aie connues dans ma vie.

– Bien sûr que je ne peux pas faire ce que je veux de vous. C'est entendu sans avoir à le dire. Tu me prends pour qui ? Qu'est-ce que tu as ? C'est quoi cette histoire de force ?

– Je viens de voir Rose, avait-il lâché en fixant, les yeux vagues, un point dans la grande fenêtre du Java U, devant laquelle passait une foule de piétons.

« Elle est venue au studio sur un coup de tête, ce matin. Elle veut recommencer le travail avec moi. Elle dit qu'elle est prête, qu'elle a fait la paix avec l'idée de vivre sans moi. »

Charles regardait enfin Julie, qui n'avait plus envie de parler.

« C'est peut-être une bonne idée de la reprendre », avait-il continué en serrant dans sa main celle de Julie, une main qu'elle avait aussitôt retirée pour la faire disparaître sous la table, en perdante. Charles, qui avait noté le geste, avait décidé de ne pas s'en soucier ; il détestait les complications de ce genre entre les hommes et les femmes, du genre à n'en pas valoir la peine, des niaiseries comme les fleurs du tapis, un raccord manqué dans la tapisserie.

« C'est peut-être une bonne idée. Ce n'est peut-être pas une bonne idée. Je veux lui donner une chance parce que des stylistes comme elle, ça court pas les rues.

– Des comme elle, ça court pas les rues », avait-elle répondu en écho, pour aggraver les mots de Charles.

Ils n'avaient plus rien à se dire. Charles était parti et Julie, que l'alcool appelait de sa voix de sirène, regardait l'écran de son ordinateur sans pouvoir y lire quoi que ce soit. Ce qu'elle avait écrit ne lui disait plus rien. Elle savait que, ce jour-là, elle n'arriverait plus à travailler.

Depuis, Julie s'était sentie rongée comme par des rats. Elle avait recommencé à boire, ici et là, une ou deux fois par semaine, puis tous les jours, d'abord le soir seulement et ensuite à partir de l'après-midi. Elle buvait en cachette. C'était inutile puisque boire se voit partout sur les buveurs, puisque prendre un coup n'est pas une chose qui peut se cacher, dans un couple.

Mais derrière sa jalousie apparente se cachait un autre monstre, bien pire. Julie s'inquiétait de Charles et c'était une inquiétude qu'elle n'avait jamais connue jusque-là avec les hommes, et qui concernait le plaisir fétichiste qu'il prenait, un plaisir qu'elle avait cru comprendre et partager. À présent elle se rendait compte que sa compréhension n'était faite que d'idées, de réponses remplies de rien d'autre que des idées. Elle savait maintenant que d'essayer de s'y plier ne pourrait que la détruire et, surtout, elle était convaincue que, bien qu'elle sache à l'avance qu'elle se détruirait, elle continuerait à accepter, elle continuerait à essayer.

À ce plaisir elle avait trouvé un mot qui écrasait Charles, chaque fois qu'elle le prononçait : l'équarrisseur.

C'était l'hiver et il faisait froid. C'était un froid qui allait aussi loin dans la brûlure que les soleils d'été, un froid comme une rangée de dents dans lequel la fumée blanche des cheminées de la ville, qui suivait la direction des vents, semblait elle-même être faite de glace, sur le point de figer et d'éclater. Montréal était à son plus mort, certains restaurants ne prenaient même plus la peine d'ouvrir, et d'autres n'offraient aux regards que leur intérieur vide, traversé çà et là d'un serveur désœuvré.

Julie se trouvait au Plan B avec Charles et Bertrand qui était resté d'humeur sombre, malgré le temps passé. Il avait du mal à accepter que Julie soit en couple avec Charles ; il aurait toléré une coucherie mais une vraie histoire, avec un quotidien et des projets, le rendait amer. Bertrand était d'humeur sombre par allégeance pour Rose mais aussi par rancœur, n'ayant jamais compris pourquoi elle avait choisi Charles plutôt que lui, n'ayant jamais pu venir à bout de sa froideur, ni à générer, chez elle, le moindre sentiment. Julie qui n'avait d'yeux que pour Charles et qui avait sans scrupule rayé de la carte le reste du monde par cette exclusivité qu'elle lui accordait, finissait par soulever le cœur, tant il y avait quelque chose de bestial, d'inacceptable, dans cette façon d'oblitérer tout ce qui ne le concernait pas.

« Est-ce que Bertrand est au courant de l'équarrisseur ? avait-elle envoyé le jour même à Charles.

– Arrête avec ce mot ! Je n'ai pas envie d'entrer là-dedans. Pas avec toi.

– Pas avec moi ? Avec qui au juste t'aurais envie ? Oui ou non Bertrand est au courant ?

– Non. Il ne le sera jamais.

– Rose a gardé ce secret pour elle tout le temps ? »

Elle avait regardé Charles comme jamais il n'avait été regardé, comme si elle le voyait pour la première fois, et qu'elle le voyait vraiment, comme il était, un malade, au bas mot.

« Elle ne lui en a jamais parlé ? Ce n'est pas possible. Un jour il saura. Il te jugera ! Elle aussi comprendra un jour de quoi tu es fait, et elle te jugera ! »

Mais ce soir-là au Plan B elle était muette, elle ne voulait pas sortir de la prostration, qui la protégeait des autres. Bertrand et Charles discutaient d'un sujet qui ne l'intéressait pas, elle buvait avec concentration, en priant pour que la douleur s'arrête ou du moins pour qu'elle cesse de croître. Elle trempait un doigt dans son verre pour faire des cercles sur son rebord quand une jeune blonde était venue à sa rencontre, attirant son attention en posant sur son épaule une main qui était encore plus menue que la sienne ou celle de Rose, une menotte, comme on disait par chez elle. Julie l'avait tout de suite reconnue à cause de son visage qu'elle n'avait jamais pu oublier. Elle avait surnommé cette ennemie surgie du passé, dans le temps : la chouette. C'était celle pour qui Steve l'avait laissée et devant qui elle s'était rabaissée. La blonde lui souriait comme si elle connaissait Julie de longue date, comme si elle avait cherché depuis longtemps l'occasion de lui parler.

« On s'est déjà vues. Je suis l'ex de Steve Grondin. Comme toi j'ai été blessée.

– Pardon ? Tu es quoi ? »

Mais Julie avait très bien compris, seulement elle éprouvait un vif dégoût devant la possibilité d'entrer en complicité autour d'une même douleur, complicité de fond de tonneau, de graine de bar, qui aurait fait de Steve l'objet d'un culte, en dieu bien misérable, il est vrai, mais dieu quand même.

« Je suis l'ex de Steve. Je suis sortie avec lui après toi. Pour moi aussi ça a été dur.

– Pfff. Right. Tu penses que c'est fini ? Tu crois que dans l'avenir tes amours se porteront mieux ? »

La blonde s'était reculée d'un pas en portant sa main à une frange de cheveux qui lui tombait dans les yeux, lissant sa pointe entre ses doigts comme les chats blessés se lèchent le poil. Elle était heurtée et, dans son malaise, dans son sentiment d'être ridicule devant témoin, Julie se voyait telle qu'elle avait été, il y avait des années de cela, des fleurs à la main ; elle se voyait elle-même renvoyée, congédiée du bar L'Assommoir. Allez, c'est ça, humilie-toi, frotte-toi à moi, viens sur mon poing, la défiait Julie en elle-même, qui déjà regardait ailleurs, droit devant elle, en buvant son verre, faisant fi de sa présence qu'elle annulait, et la chouette, qui avait cherché autre chose à lui dire sans rien trouver, était repartie bredouille dans l'angle mort de Julie qui pour rien au monde ne lui aurait donné un signe de reconnaissance ; elle s'en était allée sans demander son reste et sans comprendre ce qui venait de se passer, elle qui croyait sans doute faire une fleur, à sa manière, à Julie. Deux minutes plus tard Julie l'apercevait dans l'entrée, recouverte d'un long manteau noir, franchissant la porte qui menait dehors. La chouette venait de quitter le bar, et le verre de Julie était vide.

Ce soir-là elle n'y avait plus songé, mais le lendemain la scène l'avait rattrapée, la plongeant dans des milliers de pensées déjà trop nombreuses, fosse aux lions qu'elle n'arrivait plus à dompter, qui ouvraient grande la gueule dans toutes les directions. De nouveau elle se sentait prise dans une roue, dans un mouvement qui la dominait, plus fort que le couple qu'elle formait avec Charles, un mouvement qui ressemblait à l'emballement de la température, à la dérive des continents qui pouvait, pourquoi pas, accélérer, entraînant un charriage colossal des courants marins. Julie en était arrivée à cette conclusion : pour survivre il ne fallait pas chercher le bonheur mais éviter la souffrance, hors de la roue. Il fallait se mettre à l'abri.

VII

La vie sans Charles

Dehors il n'y avait déjà plus de neige. La température était de loin au-dessus des normales saisonnières, c'était inéluctable, alertait-on dans les médias envahis d'experts cravatés qui commentaient la ruine progressive du paysage qui se fracturait par tous les moyens contenus dans la nature, lâchés d'un coup : tremblements de terre, cyclones, typhons et tsunamis, amenuisement du Grand Nord à la dérive, ensevelissement de terres fertiles et de villes portuaires sous l'eau salée des mers.

En haut lieu on faisait entendre des prédictions qui tombaient à plat à la Maison-Blanche. Bientôt au nord de l'Amérique du Nord les saisons allaient disparaître en s'uniformisant, elles ne formeraient plus qu'un long magma de gris et d'humidité, de chaleur et de soleil sorti de son axe, déraillé de sa trajectoire et, qui sait, en route pour s'écraser sur la Terre. Le Groenland entier tomberait dans l'océan Atlantique, générant la déportation de centaines de millions de gens vers le centre des terres. L'automne et l'hiver ne se caractériseraient plus que par la boue et le vent, la pluie battante et la dépression mentale, le printemps et l'été que par la climatisation courue des centres d'achats, les orages électriques, les alertes météo et l'agglutination des enfants dans les piscines publiques, pissant sans gêne et à qui mieux mieux.

Comme Julie O'Brien, Rose Dubois était personnellement concernée par la température, elle avait pris ce trait de Julie pour plaire à Charles, en pensées seulement puisqu'il n'était pas là pour en être le témoin, pour en tirer du plaisir. Elle ne pouvait plus plaire à Charles mais elle pouvait toujours imaginer qu'elle lui plairait à nouveau, en s'appropriant un à un les traits de Julie, de corps et d'esprit. Elle se trompait sur ce qu'était Julie et ce que voulait Charles, elle ne pouvait pas le savoir d'ailleurs, ce qu'il voulait, parce que lui-même était perdu, ne le savait plus, parce que seul Dieu, qui n'existait pas en tant qu'Intervenant direct, en tant que Professeur dans le questionnement des hommes, aurait pu le lui dire.

Dehors les femmes commençaient à se dévêtir, à montrer leur beauté, la seule, il faut le dire, qui persistait dans les dérèglements planétaires, qui décuplait même dans la pratique étudiée, et généralisée, du strip-tease.

C'était la tombée du jour en un début de mois d'avril, Rose était assise dans une pâtisserie avenue Coloniale, la Baguette Dorée, qui était aussi une boulangerie et un café tout à la fois, située en face de l'immeuble où elle n'habitait plus mais où elle avait encore quelques cartons, tenus là au chaud comme prétextes à y revenir. Cinq ou six prétextes, avait-elle calculé le jour même, en se disant qu'elle ne pouvait tout de même pas revenir cinq ou six fois, pour ne ramener chez le chirurgien qu'un carton à la fois. Le procédé déjà évident mais encore acceptable en deviendrait trop évident et donc insupportable pour Charles, et l'insupporter était la dernière chose qu'elle souhaitait ; elle savait que pour l'approcher et se le redonner, elle devait jouer le jeu de la légèreté, la comédie de la guérison, de la fierté proclamée par une tête haute et une mine avenante. Dans son cas la mine avenante était un défi parce qu'il n'y avait plus grand-chose de son visage qui arrivait à traverser l'Ativan, un anxiolytique que le Dr Gagnon lui prescrivait, et qui s'étalait sur elle comme une couche de peluche, un absorbant qui tuait dans l'œuf, comme le faisait déjà le Botox, les mimiques propres à la joie ou à la souffrance.

Rose avait une réserve de visites qu'il fallait épuiser au compte-gouttes. Elle voulait retarder le moment où il n'y en aurait plus, de cette raison de visiter Charles avec ou sans rendez-vous en tant qu'ex-copine dans son bon droit de récupérer ce qui lui appartient. Elle était assise devant un café au lait et une pâtisserie portugaise, des *ovos moles* qu'elle égrenait sans rien en manger. Elle était un peu amaigrie mais toujours jolie, elle avait toujours son teint hâlé sous des vêtements seyants et les talons des bottes qu'elle portait étaient encore plus hauts que les talons qu'elle avait l'habitude de porter, un an auparavant.

Elle surveillait par la fenêtre de la pâtisserie les grandes fenêtres du loft de Julie, au troisième étage, dont les rideaux étaient fermés. Avec un peu de patience Rose pouvait apercevoir ici et là des ombres, traces de Julie et de Charles se profilant, dansant au plafond ; alors elle se laissait glisser en transe, guettant un signe qui aurait pu lui parler, la concerner, à la fois heurtée de ne pas être cette deuxième ombre auprès de celle de Charles et reconnaissante face au déguisement que formaient ces ombres, qui la distanciait du couple, habillait ce qu'ils faisaient, rendait indéfinissable, ou du moins ambiguë, la nature de leurs activités. Autour d'elle des clients de la pâtisserie qui la trouvaient jolie l'observaient à la dérobée, lui trouvaient un air lunatique, un air de folle qu'ils ne comprenaient pas justement parce qu'ils la trouvaient si jolie. Qu'elle soit désespérée était impensable pour eux. Pour les hommes comme pour les femmes d'ailleurs, la beauté des femmes était incompatible avec l'échec, la folie, le malheur ; il était inconcevable que les belles femmes puissent mourir jeunes ou qu'elles se suicident, simplement parce qu'elles étaient belles ; il leur était intolérable qu'elles se détruisent, intolérable que leur beauté soit endommagée par les belles femmes elles-mêmes, enfin que cette beauté ne soit pas une ressource naturelle, un bien public protégé par des lois. Dans cette perspective très répandue, seules les femmes ordinaires ou laides pouvaient échouer, se suicider ou être assassinées, avaient droit au désespoir parce que leur déchéance devenait compréhensible, du fait de leur banalité d'apparence, ou de leur laideur, ce qui revenait au même : tout ce qui dérogeait à la beauté, chez les femmes, même juste un peu, tombait dans un no man's land.

Rose surveillait, distraite, les fenêtres du loft de Julie qui maintenant étaient noires, quoique les rideaux aient été tirés de l'intérieur à son insu, indiquant que quelqu'un s'y trouvait déjà depuis un temps, tapi dans l'obscurité. Mais rien ne se passait, elle devait patienter, peut-être boire un autre bol de café au lait en égrenant une autre pâtisserie.

Dehors c'était sale et mouillé. Ce qui restait de neige ne pouvait pas s'appeler neige tellement son aspect était le contraire de cette matière blanche, volatile et cotonneuse qui avait recouvert son pays pendant des siècles et qui avait fait sa renommée, la base de son folklore ; la neige en mutation était devenue de la croûte noire mêlée à de la boue ; Montréal la Truie était plus sale que jamais et ses nettoyeurs, ses employés qu'on appelait les cols bleus, étaient encore une fois en grève, ils utilisaient la crasse comme moyen de pression sur les Montréalais qui devaient ensuite se plier à leurs exigences salariales. Le bien-être social était pris d'assaut par des éboueurs qui leur mettaient le nez dans leur propre merde, et Montréal ressemblait à un dépotoir pire que New York, avait pensé Rose ce jour-là, même si elle n'était jamais allée à New York.

Alors qu'elle considérait d'un œil engourdi le fond de son bol de café, la lumière s'était allumée dans un flash côté Julie O'Brien. Rose en avait été transie, pour elle c'était comme une montée de rideau, un coup de théâtre, le début d'une représentation au cinéma. Une ombre était apparue, s'était déplacée au plafond, avait tourné en rond pour disparaître un moment, apparaître encore et disparaître de nouveau, suivant un rythme régulier. Une deuxième ombre s'était avancée aux côtés de la première, celle-ci plus tranquille, indolente, comme ennuyée par la frénésie de l'autre, son gigotement nerveux. Rose sentait un désaccord entre les deux ombres et elle en tirait du plaisir, elle assistait à la première scène du couple, projetée sur un plafond, ombres chinoises de la femme éplorée face à l'homme accusé. Puis la lumière s'était éteinte de la même façon qu'elle s'était allumée, sans prévenir.

À peine une minute plus tard le couple sortait dans la rue, Julie devant et Charles derrière. Julie pleurait et marchait d'un pas rapide, d'un pas de femme qui cherche à se sauver tout en voulant être retenue, qui entraîne l'autre dans un jeu de rôle où l'autre doit empêcher le départ. Elle marchait vers le café où Rose se trouvait, danger pour elle qui avait dû se lever d'un bond pour se protéger du regard de Julie, tout en la tenant à l'œil. Julie s'était arrêtée devant la vitrine de la Baguette Dorée où Charles l'avait rejointe. Pour Rose que le personnel de la boulangerie regardait incrédule, pour Rose cachée derrière des étagères de pains, le spectacle en valait la peine. Oui, c'était bien son ombre à elle qui avait tourné en rond au plafond, qui s'était énervée devant un Charles stoïque, son Charles qu'elle reconnaissait bien, beau comme tout, même s'il avait besoin d'une coupe de cheveux.

Rose avait déjà vu une fois le couple marcher côte à côte dans la rue, elle avait aussi vu Charles et Julie marcher séparément, en solo, sans jamais avoir été vue ni par l'un ni par l'autre, sachant d'instinct emprunter les postures de l'effacement, en changeant de trottoir, en ralentissant le pas, en s'asseyant vite sur un banc, là-bas, en changeant de direction, en entrant promptement dans une boutique, juste là, à deux pas. De les voir seuls ou ensemble la bouleversait chaque fois, mais en cette fin d'après-midi une faille s'était ouverte dans l'image du couple qui prenait une tournure imprévue : Charles était inchangé alors que Julie s'était abîmée, était plus petite de partout comme une poupée russe sortie de sa grande sœur, posée à côté, en doublure diminuée, sur le rebord de la cheminée.

Julie avait perdu du poids mais, plus que son corps amaigri, c'était son visage qui parlait : elle n'était pas maquillée, laissant voir de larges cernes sous les yeux et une peau blanche brouillée, rougie par endroits.

Charles tentait de l'immobiliser en lui empoignant les bras, mais Julie se débattait, d'abord durement, puis mollement, jusqu'à lui céder en lui entourant le cou de ses propres bras dont le gauche semblait ne pas pouvoir se déplier tout à fait. Rose pouvait voir quelque chose que Julie ne pouvait pas voir : le regard de Charles, ennuyé, un regard qui en disait long sur sa déception, que Rose connaissait bien. Puis le couple s'était séparé, après s'être embrassé, platement, sans fougue. Charles avait pris la direction de l'avenue Saint-Laurent, les mains dans les poches, un air dépité, alors que Julie avait pris celle de l'entrée de l'immeuble, avec cette lenteur des âmes en peine.

Rose avait quitté son abri derrière les étagères de pains pour se rasseoir à la table, devant la vitrine qui donnait sur l'avenue Coloniale. C'est avec un sourire aux lèvres qu'elle avait recommencé à émietter ses *ovos moles* et à boire à petites gorgées son second bol de café, encore fumant. Puis en se retournant vers le dehors, vers l'avenue Coloniale, elle était tombée sur Julie qui se tenait debout, droite, dans la vitrine, qui la fixait de son visage dur, des larmes encore humides sur les joues, son visage défait mais toujours supérieur, que rien n'impressionne, terrible parce que indestructible sous l'amochage. Le choc de trouver Julie dans la vitrine avait été si grand pour Rose qu'elle en avait laissé échapper son bol dans un bruit qui avait attiré sur elle, encore une fois, l'attention du personnel ; les deux femmes qui se faisaient face se regardaient comme deux enfants sauvages croisant leur propre reflet dans le miroir ; Julie venait de prendre Rose la main dans le sac, elle savait que Rose ne pouvait pas se trouver là par hasard, qu'elle y avait élu domicile depuis un temps, en habituée, manigance pour les épier, elle et Charles. Puis Julie avait tourné les talons pour rentrer, en automate, chez elle, alors que Rose, qui avait échoué à se dissimuler en se laissant aller à une bête satisfaction, avait commencé de rassembler ses affaires pour quitter les lieux, encore sous le choc, chancelante sur ses bottes à talons hauts. Elle ne pourrait plus revenir à la boulangerie mais cela lui importait peu. En cette tombée du jour où descendait doucement le manteau étoilé du ciel sur Montréal, elle en avait eu pour son argent, et pour longtemps.

Le restaurant L'Épicier du vieux Montréal était le préféré de Marc Gagnon, avec son choix de plats surprenants comme son dessert aux fraises surmonté d'une mousse de calmars. Selon Marc, rien n'égalait en volupté que d'y manger accompagné d'une jeune et jolie femme comme l'était Rose, entrée dans sa vie au milieu d'une nuit, du jour au lendemain et surtout au bon moment, pour lui qui y pensait depuis longtemps.

Il venait de se séparer de sa femme avec laquelle il n'avait pas eu d'enfant, et qu'il ne touchait plus.

À une table du fond, près du grand escalier majestueux recouvert d'un tapis rouge qui menait aux toilettes, se trouvaient cinq femmes qui parlaient fort, célébrant l'anniversaire de l'une d'entre elles. Toutes avaient entre quarante et cinquante ans, et elles discutaient, mangeaient, buvaient, ricanaient, en jetant des œillades autour, peine perdue.

Mais Rose ne pensait pas à la vie autour. Elle pensait toujours à la scène qu'elle avait vue deux semaines auparavant et qui l'avait décidée à se sevrer de l'Ativan pas à pas, sous la supervision de Marc, conscient que la dépendance de Rose à l'anxiolytique la menait directement à lui, qu'elle dépendait donc de lui avant tout le reste. Il était un pont, et il le savait, entre Rose et ce qu'elle voulait ; et ce que Rose voulait était se battre pour Charles avec l'aide de Marc, profiter de la faiblesse de Julie pour se mesurer à elle, et l'envoyer au tapis.

La nuit où elle l'avait appelé et où elle était allée chez lui, Marc l'avait accueillie avec bonté, elle n'avait même pas eu besoin de s'expliquer. Il s'était contenté de savoir qu'un homme l'avait quittée pour une autre et que cet homme n'aimait plus Rose. Et cette façon qu'il avait de la laisser se murer dans le silence pendant des heures sans la forcer à lui, et sans s'en inquiéter, était inespérée pour Rose, qui avait besoin d'être seule, avec quelqu'un.

« Tu sais ce qui se passe présentement au Vietnam ? lui avait-elle lancé par-dessus la table, en découpant dans son assiette un légume qu'elle n'avait jamais vu et dont elle ignorait le nom, une carotte rouge, insolite, un croisement entre deux racines.

– Une révolution ? Un coup d'État ?

– Non. Peut-être. Ce n'est pas ce que je veux dire. »

Rose avait tenté de saisir la bouteille de vin pour en remplir son verre, un cahors, mais Marc qui avait deviné son désir l'avait devancée d'une main précise, sa main de chirurgien, déplacée en toute circonstance.

« C'est à cause de la croissance économique, disent les journaux, avait-elle poursuivi en regardant son verre se remplir.

« Les femmes ont du jour au lendemain recours à la chirurgie plastique. Le phénomène est devenu massif en un rien de temps. Des hommes s'improvisent chirurgiens, des salons de beauté ouvrent des cliniques non autorisées en arrière-boutique. Des cliniques sans rendez-vous en plus. Des femmes sont défigurées, se réveillent avec deux paupières différentes. Malgré tout elles foncent, sans réfléchir. Elles veulent se faire opérer le jour même. Elles refusent d'être anesthésiées pour gagner du temps. Pour aller plus vite. Pour retourner au travail. »

Marc Gagnon n'aimait pas parler de son travail en dehors de sa pratique, même de façon indirecte, surtout quand il mangeait, et encore moins s'il mangeait des plats où il était malaisé d'identifier les aliments avec certitude. Il faudrait le faire comprendre à Rose le temps venu, mais chaque chose en son temps, rien ne pressait, la nuit était encore jeune.

« Les Asiatiques en général manquent d'autocritique, avait-il fini par lui répondre. À mille à l'heure, les yeux fermés. Ça fait peur, des gens comme ça. Ils se soumettent à l'Ordre, peu importe que cet Ordre change de visage. Ils sont dans l'exécution, dans le mouvement et non dans la réflexion. D'ailleurs les sciences humaines comme la psychologie ou la philosophie n'existent pas, là-bas. À ce qu'il paraît.

– Elles sont opérées à la va-vite, avait-elle enchaîné sans s'être donné la peine de l'écouter. Certaines sont infectées par manque de stérilisation. Se faire opérer ou se mettre du rouge à lèvres, c'est pareil. Se faire coudre est dans le même panier que se maquiller. »

Coudre, avait-elle dit, coudre comme rapiécer. Marc Gagnon détestait qu'elle prononce ce mot devant lui qui avait fait ses quatre volontés en cette matière pendant les dernières années, lui qui était tout sauf une couturière, et dont le talent n'avait rien à voir avec les sutures, le pansage de plaies. Encore une chose qu'il faudrait lui dire, très bientôt, en son temps.

« Je commence à penser que c'est l'Occident qui est malade, avait-elle repris. Je crois que c'est l'Orient qui en fait la plus belle démonstration.

– C'est vrai que les Occidentales passent de plus en plus par la chirurgie plastique, même si ce n'est pas d'un coup et à toute vitesse comme les Asiatiques.

– Je suis certaine que tous les jours en Occident des femmes sont défigurées. Par leur propre empressement. Par exagération.

– Oh que oui. Les plasticiens doivent être vigilants, ils ont un code d'éthique. Parmi leurs clientes il y a beaucoup d'extrémistes qui sont prêtes aux pires folies.

– Tu en as sûrement déjà opéré, des cas.

– C'est arrivé, c'est arrivé. Il y a deux semaines par exemple. J'ai opéré une jeune femme qui à mon avis se prostitue ou donne dans le porno. Elle a toujours de ces demandes extravagantes. »

Marc s'était tu, piquant ici et là dans son assiette des petits morceaux de fenouil avec sa fourchette.

« Quoi ? Quelles demandes ? avait insisté Rose.

– C'est qu'on mange. Raconter peut couper l'appétit.

– Je te le demande.

– Eh bien, je lui ai fait une vaginoplastie pour lui resserrer les parois vaginales, d'abord. »

Le groupe de femmes à la table du fond était parti d'un grand rire, et Marc s'était arrêté de parler pour vérifier à la ronde qu'on ne l'écoutait pas, avant de continuer.

« Une technique au laser, qui rend plus étroit l'intérieur du vagin par cautérisation. C'est une pratique de plus en plus courante. Mais ce n'est pas tout. Elle voulait aussi que je lui opère les petites lèvres de sorte qu'elles soient absorbées par les grandes. Comme un sexe de petite fille. »

Le serveur qui s'était approché et qui avait entendu « sexe de petite fille » sortir de la bouche de Marc Gagnon s'était figé, un bras tendu vers la bouteille de vin qu'il n'avait pas touchée. Ne sachant pas s'il devait les servir ou intervenir en paroles, il avait simplement nettoyé, à l'aide d'une petite brosse, la table, en faisant tomber les miettes dans une main, avant de filer.

« Tu vois pourquoi je n'aime pas parler de chirurgie en public.

– Laisse faire. On s'en fout. Continue, je t'en prie.

– Avant l'opération elle s'était fait épiler tous les poils pubiens au laser. Tous. Une épilation définitive pour une visibilité maximale du sexe.

« Je trouve que c'est aller trop loin, avait continué Marc. Mais en même temps les risques de défiguration sont nuls. Ce n'est quand même pas le visage. La face est publique, le sexe regarde le privé. »

Puis, le temps s'était arrêté, le restaurant avait disparu. C'est à ce moment de la soirée, au restaurant L'Épicier du vieux Montréal, que Rose avait été frappée par la certitude que son histoire, celle qu'elle vivait à cet instant même, avec Julie et Charles qui étaient pourtant loin d'elle, était tracée d'avance, gouvernée par une force supérieure à la sienne et aussi à celle de Marc, dont elle ne se souciait pas vraiment en dehors du fait que son passé avait fait de lui un plasticien. C'est assise face au récit que lui faisait Marc de cette femme aux petites lèvres coupées et remontées, petites lèvres ravalées par les grandes, resserrées vers le dedans et dérobées aux regards, que Rose avait été traversée par une révélation, une solution devant l'existence qu'elle avait toujours menée, la possibilité de se donner le bon sexe, de la bonne taille, trésor inestimable, nœud du désir des hommes. Elle savait à ce moment précis qu'elle pourrait obtenir à travers Marc une clé, *la* clé, l'appât ultime qui forcerait Charles vers elle, l'appât qui lui manquait et dont il rêvait peut-être, en secret, rempli de honte.

Rose se sentait flotter au-dessus d'elle-même. Un grand vent s'était levé dans ses idées, soufflées dans tous les sens, et, en dehors de cela, de ses idées prises dans des rafales et s'organisant d'elles-mêmes comme les oiseaux migrateurs, des idées qui n'étaient plus que direction à suivre, plus rien n'existait. Aussi percutante qu'avait été la foudre sur le toit l'été d'avant, cette opération serait la voie par laquelle elle reprendrait Charles, même si ce n'était que pour lui soutirer son sperme, même si ce n'était que pour ça, recevoir sa queue, se faire fourrer.

Rose fixait Marc mais ne le voyait pas, elle voyait autre chose. Elle voyait à la place son propre sexe, taillé sur mesure.

« Non », avait prononcé Marc, qui s'était arrêté de manger, et qui avait reposé son couteau et sa fourchette des deux côtés de son assiette.

« C'est non.

– Non quoi ?

– Non, je n'accepterai pas de t'opérer. Pas à ce niveau-là. »

Marc l'avait devinée, devancée, comme il l'avait fait un peu plus tôt dans la soirée, en lui versant du vin. Rose, qui n'avait pas envie de jouer celle qui ne comprenait pas, était de toute façon ailleurs, loin du restaurant, loin de Marc, à imaginer ce sexe nouveau, serré et juvénile, sans poil, un sexe évoluant à travers toutes les étapes de la guérison, sexe croqué, sexe bouchée, une mordée.

« Eh bien ce sera fait par un autre que toi », avait-elle décrété en le regardant dans les yeux, le voyant faiblir devant elle pour la première fois.

C'est en silence qu'ils avaient fini leur repas. Pour rassurer Marc qui sentait qu'elle lui échappait, pour lui faire oublier sa froide détermination qui l'avait blessé en lui faisant voir de trop près qu'elle l'utilisait, Rose avait pris sa main dans la sienne et l'avait serrée pendant de longues minutes, en prononçant les mots qu'il fallait pour se faire pardonner.

Pendant les semaines qui avaient suivi, Rose n'avait plus abordé la question de l'opération. Elle savait que Marc l'opérerait en temps voulu, qu'il le ferait parce qu'il l'aimait, elle savait que, pour elle, il irait contre sa propre volonté, au bout d'une folie qui n'était pas encore la sienne, mais qui le deviendrait.

Rose marchait sur l'avenue Saint-Laurent, des écouteurs sur les oreilles, une autre habitude tirée de Julie, sans écouter la musique qui lui battait les tympans et que le flot des piétons pouvait entendre à cinq mètres à la ronde, les incitant à se retourner sur elle, par réflexe, pour identifier la source du bruit, tintouin de ferraille produit par un interminable solo de guitare électrique d'un vieux hit de ZZ Top, *Sharp Dressed Man*.

Quelques semaines auparavant elle avait fait un saut au studio de Charles qu'elle avait surpris par une visite non annoncée. Il était à son ordinateur à faire des retouches de photos, il l'avait accueillie avec un sourire et même une petite nervosité, comme le signe d'un regret, léger frisson devant une personne disparue qui surgit de nouveau, qui nous avait manqué. Elle lui avait proposé de recommencer à travailler pour lui comme styliste. Elle était guérie de lui, avait-elle menti, elle acceptait qu'il soit avec Julie à condition que, pour le moment, elle soit tenue loin du studio. Elle ne travaillait plus depuis des mois mais elle avait beaucoup réfléchi, compris des choses, appris de la vie. L'équipe qu'ils formaient ne devait pas finir avec leur histoire d'amour, ce serait trop bête.

Elle ne lui avait pas caché qu'elle habitait toujours avec un homme et qu'elle resterait avec lui jusqu'à ce qu'elle soit remise sur les rails, il devait la comprendre. Ne l'avait-il pas obligée à le quitter au milieu de la nuit, en l'humiliant ? N'avait-il pas pensé à elle, aux conséquences de ce geste posé sans retenue qui l'avait expulsée d'un coup hors du couple, du loft, et du travail ? Qu'avait-elle fait pour être à ce point trahie ? Charles lui avait répondu qu'il regrettait que leur histoire se soit terminée de cette façon, par une vacherie, qu'elle ne méritait pas et qu'il ne comprenait d'ailleurs pas, avec le recul. Il ne savait plus ce qui lui avait pris, il s'en était voulu longtemps.

Pendant la visite de Rose Charles avait dû sortir du studio pour aller chercher son lunch préparé par le Meat Market, resto populaire du coin. Rose en avait profité pour fouiller l'ordinateur de Charles qu'elle connaissait par cœur. Très vite elle avait trouvé ce qu'elle cherchait : des sites pornos qui avaient été visités la veille, autant de preuves que Julie n'était pas la Femme, n'avait pas la Totale, ne portait pas le Sexe. Les images étaient les mêmes, mystérieuses dans leur sélection, sans doute effrayantes pour ceux qui n'étaient pas comme Charles, ou pour celles qui n'étaient pas amoureuses de Charles. Charles n'avait pas changé, dans la succession des femmes au long de sa vie il était resté inaltérable ; du corps il vieillissait comme tout le monde mais son fond était comme figé dans le temps, restait petit, comme un enfant.

Un sexe d'enfant pour un enfant. C'est ce qu'elle se voulait, c'est ce qu'elle était sur le point de se donner, pour le lui offrir. L'opération était prévue au début du mois de mai dans une clinique où Marc n'avait pas l'habitude d'opérer. À l'intérieur de son équipe on savait qu'il était en couple avec Rose et l'idée était loin de faire l'unanimité. On sentait déjà la perversion dans cette relation qu'il entretenait avec une patiente, s'il fallait en plus que sa prochaine intervention sur elle soit connue, on jaserait peut-être jusqu'à alerter la Société canadienne des chirurgiens plasticiens où il serait blâmé, où il passerait pour dégénéré.

En marchant d'un pas vif vers le salon Furisme, son nouveau salon de coiffure que fréquentaient nombre de vedettes montréalaises et où elle changeait de tête à tout bout de champ avec l'argent de Marc, trop souvent même, une autre de ses compulsions, faisant couper ses cheveux de plus en plus court, elle pensait aux moyens de faire voir à Charles son Sexe et d'amener Julie devant ce spectacle, de faire d'elle le témoin du regard de Charles et du désir qui s'y lirait, de l'électricité qui le ferait briller, mais aussi du moment où lui, Charles, sortirait de lui-même, lâcherait la bête, comme il l'avait fait devant elle, Rose, chez Julie. Rose se demandait si c'est physiquement qu'elle devait pousser Julie au lieu du dévoilement du Sexe à la manière des statues des grands hommes qu'on dévoile lors de cérémonies, ou s'il suffirait qu'elle voie la scène sur une photo ou, mieux, une vidéo.

Puis, toujours en marchant sur l'avenue Saint-Laurent, une image lui était tombée dessus sans prévenir ; elle se voyait enfant dans une remise en bois avec deux garçons, des petits voisins, le pantalon baissé, regardant le sexe des deux garçons qui regardaient le sien ; l'image était claire, nette, banale. Très vite une autre image lui avait succédé, qui était celle de ses quatre sœurs et d'elle-même nues dans un bain, serrées les unes sur les autres ; son petit frère, lui semblait-il, était dans ses bras, son petit frère qui n'était qu'un poupon risquant sans le savoir la noyade. Rose considérait cette image des six enfants nus dans la baignoire, de la fratrie en train de prendre un bain, d'un groupe d'enfants dominés par le sexe masculin du poupon au milieu de fillettes qu'elles semblaient porter comme un trophée, comme si elles venaient de le mettre au monde. Dans le même souffle une autre image lui était venue, celle-ci oubliée, et effrayante, une image de souffrance, celle de sa mère Rosine qui pleurait, nue elle aussi, toujours dans la salle de bain mais pas dans la baignoire, plutôt sur le banc des toilettes ; c'était l'image floue du corps nu de Rosine qui pleurait, assis sur le siège des toilettes, et très fort, vision brouillée de son corps relâché, de ses seins brûlés par l'allaitement ; sa mère qui pleurait et gémissait en prononçant le prénom maudit de Rose, Rosine qui répétait Rose, Rose, ma petite Rose, et Rose qui ne savait pas quoi faire devant le débordement de pleurs et de chair, qui ne savait pas pourquoi sa mère pleurait tant et si fort ; et Rose qui avait pris sur elle cette peine trop grande à la cause mystérieuse, une peine dont elle s'était peut-être, elle ne s'en souvenait pas, octroyé la faute. Puis une autre image avait fait son chemin vers elle, une image où elle était une petite fille traînée dans l'allée d'un avion au sortir des toilettes, traînée les culottes baissées par sa mère Rosine à qui elle criait « Maman, maman, arrête », supplication que Rosine ne considérait pas, peut-être parce qu'elle ne savait rien des culottes baissées aux genoux, peut-être parce qu'elle considérait que d'exiger d'être reculottée était un caprice quand on n'était comme Rose qu'une enfant sans poils dans un avion, au milieu du ciel, trop jeune pour la pudeur.

Rose n'offrait aucune résistance face aux images qui se pressaient en elle ; elle en laissait aller le flot ; et elles arrivaient par centaines, ces images qui lui traversaient l'esprit en s'emboîtant, en tombant les unes dans les autres, des instantanés, des images de son adolescence passée devant le miroir, des heures et des heures à se scruter le visage et le corps, à essayer des vêtements et à se maquiller, à se peser, se coiffer et s'épiler, à habiller et à maquiller ses sœurs qui, en vieillissant, se détachaient les unes après les autres, quittant les unes après les autres le clan femelle pour se coller aux mâles, aller vers eux comme des portes de sortie ; elle laissait défiler des images anodines de sa mère assise au salon devant la télévision, après le départ de Renald Dubois, son père, des images de ses amitiés passées, de ses amies en colocation dans différents appartements et pendant des soirées, dans des bars et des restos, des images de Kathleen, une amie d'enfance qui montrait ses seins en public et qui avait l'école secondaire à ses pieds, des images de shootings, des centaines de corps de modèles s'empilant les uns sur les autres, semblables à une peinture de chute de damnées vers les enfers, collection d'images de photo shoots et de magazines, des images pornographiques aussi récoltées sur Internet par Charles, des images de Charles au lit avec elle, des images de Charles avec Julie, au lit, images vues et rêvées du couple, des images vues à la télévision, des images d'elle et de Marc Gagnon au lit, de son corps étrange qui n'était pas celui de Charles, puis enfin des images de vaginoplastie vues la veille, tirées des polaroïds que Marc gardait dans des albums.

Sans s'en rendre compte Rose avait dépassé le salon Furisme, ayant marché trop vite, aveuglée, comme si la surface du monde autour qui offrait tant à voir avait perdu sa prégnance, s'était entièrement décolorée.

Toutes ces images avaient un élément commun : le sexe. Le sexe était central dans sa vie et dans la vie en général, c'était son fil rouge qui tenait ensemble toutes les vies autour. C'était une erreur de dire qu'à la naissance on sortait d'un sexe parce que en fait on y restait pris. C'était une erreur de dire que dans la vie tout ne partait du sexe que pour mieux y revenir parce que la vie ne s'éloignait jamais vraiment du sexe, la vie n'allait jamais ailleurs que dans le sexe, la vie restait prisonnière du sexe du début à la fin, même celle des enfants. Le sexe était le seul lieu de la vie, et ce, dès le berceau.

Cette révélation l'avait tant déprimée qu'elle s'était arrêtée de marcher pour s'asseoir sur un banc. Elle n'irait pas au salon se faire couper les cheveux. Elle ne ferait pas décolorer ses cheveux non plus, pas plus qu'elle n'irait s'entraîner au gym. Elle aurait aimé d'un même coup prendre la résolution de ne pas se sacrifier sur une table d'opération, mais c'était impossible. Sa décision était irrévocable et ce n'était même pas la sienne, c'était celle d'une force qui la dépassait, et qui l'avait avalée.

VIII

Le naturel au galop

Julie O'Brien courait sur un tapis, au Nautilus, trop bondé. Les abonnés étaient forcés de tenir les appareils à l'œil comme des vautours, de les encercler pour déterminer entre eux un ordre de priorité, pour organiser de façon civilisée la prédation des bancs, des barres, des poids. Chacun devait travailler en rotation avec un autre, c'était la règle quand il y avait surpopulation, qui venait, c'était immanquable, avec le printemps, la saison de la mise en forme, des culottes courtes et des hormones, la saison de l'empressement à se montrer.

Sa tête lui faisait mal mais Julie courait quand même, sans arriver à se placer comme à son habitude au centre d'une scène entourée des acclamations d'une foule en délire, en Star. Dans son histoire avec Charles elle avait perdu jusqu'à ce moyen d'autoglorification qui, bien souvent, la consolait d'exister.

Son épaule qui n'était plus engainée mais qu'elle ne pouvait toujours pas muscler avec des poids libres lui faisait encore un peu mal mais tant pis, le temps pressait, et elle courait, des écouteurs sur les oreilles où jouait un hit de Madonna, *Jump*, pour retrouver cet état de grâce, d'assurance tranquille où elle existait avant Charles, avant qu'il ne vienne tout jeter par terre dans sa vie : elle courait pour mettre la main sur ce qu'elle avait laissé derrière.

Partout se trouvaient des miroirs, sous un éclairage blanc néon, blanc abrasif, impitoyable. Elle était amaigrie et cernée, sa maigreur lui donnait un air tragique. On ne pouvait pas dire que cette maigreur l'enlaidissait, plutôt qu'elle lui enlevait son aura de sexe, son attitude de lionne. Maintenant on la voyait sans la remarquer, d'ailleurs elle non plus ne remarquait plus personne, elle s'était elle-même perdue de vue, son visage s'était retiré du monde. Ses cheveux qui avaient poussé laissaient voir à leur racine un blond roux qui tranchait net avec ce qui restait de platine, à tel point qu'ils en paraissaient bruns. Dans la rue les hommes ne se retournaient plus sur elle ou plus autant qu'avant, elle se fondait dans Montréal et sa foule de marcheurs dépareillés, qui devaient marcher en contournant les bornes qui longeaient les rues éventrées, laissées en plan, des caves qui laissaient voir les égouts, gueules ouvertes qui émiettaient la ville, la jetaient en ruine.

Elle avait pris l'habitude de boire tous les jours à partir de l'après-midi, toujours de la vodka ou du vin blanc, quand elle ne buvait pas les deux. Mais elle n'allait pas continuer, elle avait échafaudé un plan qui lui permettrait de limiter les dégâts. D'abord elle retrouverait l'appétit par l'exercice physique et le sevrage d'alcool ; une fois l'appétit retrouvé le sommeil reviendrait et, une fois le sommeil revenu, elle n'aurait qu'à suivre pas à pas le programme qu'elle avait ébauché pour retrouver sa fierté en sa position de dominante, de Femelle Alpha. Elle allait agir sur sa vie, elle ne se laisserait pas mourir une seconde fois, elle se l'était promis, plutôt se tuer pour de bon, ou tuer quelqu'un d'autre.

Son histoire avec Charles était un malentendu. Elle aurait dû le comprendre dès le début, elle qui savait à quel point il est impossible pour un être, homme ou femme, de se sortir d'un passé de grand traumatisé, à quel point la rédemption des enfants de parents fous n'est qu'une belle histoire qu'on se raconte, un autre doigt foutu dans l'œil. Elle aurait dû le comprendre, elle qui savait dès le départ que Charles était un photographe de mode, qui avait rencontré très vite les déviations par lesquelles il prenait son pied, elle qui était même allée jusqu'à les aimer.

Après avoir couru une heure sur son tapis roulant, Julie avait décidé de quitter le gym trop encombré et de s'installer au Java U pour manger et écrire.

De Charles et de la photographie elle était passée à un autre sujet qui s'y associait toutefois, plus près des femmes en général et d'elle-même, un sujet qui ne manquerait pas d'intéresser les grandes chaînes de télévision québécoises. Elle avait déjà discuté avec un producteur à qui elle avait fait lire une présentation du projet, qu'il avait ensuite envoyée un peu partout. Peu de temps après ils avaient été convoqués par Radio-Canada pour un pitch où on les connaissait déjà, où elle avait une réputation, pas que bonne. Elle avait envie de parler des images comme des cages, dans un monde où les femmes, de plus en plus nues, de plus en plus photographiées, qui se recouvraient de mensonges, devaient se donner des moyens de plus en plus fantastiques de temps et d'argent, des moyens de douleurs, moyens techniques, médicaux, pour se masquer, substituer à leur corps un uniforme voulu infaillible, imperméable, et où elles risquaient, dans le passage du temps, à travers les âges, de basculer du côté des monstres, des Michael Jackson, des Cher, des Donatella Versace. Dans toutes les sociétés, des plus traditionnelles aux plus libérales, le corps des femmes n'était pas montrable, enfin pas en soi, pas en vrai, il restait insoutenable, fondamentalement préoccupant. Quand cet insoutenable virait à l'obsession, le monde prenait les grands moyens pour traiter la maladie, des moyens d'anéantissement ou de triturations infinies, toujours en rapport avec le contrôle de l'érection des hommes, pôle absolu de toute société humaine.

À ce stade-là Charles ne pouvait plus tenir le centre, il ne pourrait être qu'un fabriquant d'images, une industrie à uniformes. D'ailleurs l'amour ou les états connexes ne l'intéressaient pas dans l'écriture, son moteur était plutôt l'indignation, sentiment beaucoup plus sûr et durable, où intervenaient les forces de la profération.

Julie étoffait ses idées quand une main était venue se placer sur son épaule, une petite main molle et moite qui l'avait touchée sans la toucher, avec dédain. Julie avait levé la tête, d'avance lasse et contrariée.

« Bonjour Julie. Tu es pâle. Tu as perdu ta forme. »

Rose se tenait devant elle. Elle était bronzée et habillée avec élégance, et elle n'avait pas cet air hagard de la fois où elle avait été surprise à la Baguette Dorée. Rose avait cette nouvelle assurance que les femmes ont devant plus laides qu'elles, devant celles qui laissaient voir dans le grain de leur peau leur détérioration mentale.

« C'est étrange, tu arrives au moment même où je suis en train d'écrire sur toi. Pendant ton absence tu es devenue mon personnage central. »

Rose était sonnée, de toutes les possibilités de répliques celle-ci n'avait pas été envisagée.

« Ah bon ? Charles s'est poussé ?

– C'est moi qui l'ai poussé. Du scénario, pas de ma vie. Assieds-toi, on va jaser.

– Je passais juste par hasard. J'ai à faire ailleurs.

– Je ne te crois pas. Quelque chose me dit que ta présence est calculée. Je ne sais pas pourquoi. »

Un employé avait ouvert la porte pour aérer le café, l'avait fixée à un crochet, laissant entrer le bruit de la circulation de la rue.

« Depuis la Baguette Dorée j'ai l'impression que tu es toujours dans les parages », avait continué Julie.

Dehors un long crissement de pneus, suivi du choc d'une collision entre deux voitures, avait fait tourner toutes les têtes dans le Java U, sauf celles de Julie et de Rose. Les clients avaient commencé à s'approcher des fenêtres, à se consulter entre eux, sauf Rose et Julie, piégées dans leur duel.

« D'abord ce n'est pas vrai. Ensuite si tu veux me dire quelque chose je n'ai pas besoin de m'asseoir.

– Comme tu veux. Le sujet de la photographie de mode a glissé vers le calvaire du corps à travailler. Le titre du documentaire pourrait être *Burqa de chair*. Il pourrait raconter l'histoire de femmes qui enterrent leur corps sous l'acharnement esthétique. »

Dehors des gens s'étaient rassemblés sur les trottoirs, observaient le bordel de circulation provoqué par l'accident. Rose se tenait debout, la bouche entrouverte, n'arrivant pas à ajuster son comportement à la situation.

« Jamais je n'entrerai là-dedans. Tu es folle.

– Attends. Laisse-moi finir. Moi aussi je pourrais être dedans.

– Alors c'est pire.

– J'ai pensé qu'on pourrait être les modèles de Charles. On pourrait faire un shooting ensemble, qui serait filmé par un cameraman que je connais. Pour les besoins du documentaire c'est le dispositif du shooting qui sera montré, plus que les photos. »

La vie se resserrait autour de Rose, ses mouvements célestes continuaient de lui indiquer le chemin à suivre, les événements se plaçaient d'eux-mêmes, elle n'avait qu'à s'y laisser aller. Le destin, c'était cela, être portée par le courant, aider le courant à prendre de la vitesse en se laissant flotter sur le dos, de tout son long, comme une Ophélie. L'idée du shooting où elle serait un modèle, même si elle ne serait pas le seul, se superposait à celle de son sexe opéré. Dans les yeux de Rose s'était allumée une lueur, que Julie avait prévue, et relevée.

« On pourrait attendre le soleil, au mois de juillet, et se retrouver sur la terrasse de l'immeuble. Penses-y.

– Ok. Mais ça m'étonnerait », avait répondu Rose, par principe.

Puis Rose avait souri, pensant à la tête que Julie ferait devant son Sexe. Plus que jamais, elle la détestait.

Charles était dans son studio devant l'écran de son ordinateur qui montrait des parties ciblées de femmes sur lesquelles il cliquait pour les grossir et en parcourir les détails. Il avait une érection tenace mais il n'arrivait pas à jouir. Il lui semblait que jamais de sa vie il n'avait été aussi las, de lui-même et du monde qui lui avait donné le jour. Rose n'était plus là pour prendre sur elle ce fardeau de honte et d'écœurement, elle n'était plus là et elle avait été remplacée par Julie, qui le tenait par les couilles.

Il lui en voulait de lui faire sentir, inlassable, la honte de ses propres goûts, il lui en voulait de cette façon de médicaliser son plaisir et de lui rabattre l'histoire de son père sur le nez, en le ramenant au lit, là où il était le moins le bienvenu. Rose n'était pas comme Julie une bombe au bord d'exploser, ni un moulin à jugements. Elle n'avait pas non plus un passé d'alcoolique et ne se laissait pas aller à ce point à la dérive, la souffrance n'avait pas ce pouvoir-là d'écrasement qui envoie à la mort.

Entre les deux c'est Rose qui lui convenait le mieux, même si elle était moins passionnante que Julie. Mais en y regardant de près il ne voulait que se retrouver seul, ni Julie ni Rose ne le tentaient désormais, pour lui le temps était venu de passer à autre chose, d'avoir un tas d'aventures sans lendemain, alors qu'il était encore jeune, à peine trente ans.

Enfin c'est ce qu'il se souhaitait, car il n'était plus sûr de rien quant à son avenir ni quant aux femmes. Charles n'allait pas bien du tout et il ne comprenait pas pourquoi. Ce n'était pas l'absence de Rose et ce n'était pas Julie, enfin pas vraiment. Ce n'était pas Julie mais c'était quelque chose qui avait à voir avec elle, son état, ce qu'elle lui disait, l'endroit vers où il la sentait déraper, un endroit d'où il était lui-même sorti dans le passé, et de justesse. Il allait mal depuis que Julie allait mal, cela ne faisait pas de doute, elle avait en elle une manière de sorcellerie qui le remplissait d'angoisse, une magie noire où la fièvre était punie de coups et d'injures, de crises et de sermons.

Charles regardait toujours son écran, la main sur son sexe, mais il ne voyait plus les images. Un grand malaise l'avait envahi le jour où Julie lui avait fait une première scène, hurlant dans son loft au milieu de l'après-midi, déjà saoule et en larmes, divaguant sur ce qu'il faisait dans son studio, avec ses modèles et son ordinateur, ce qu'il faisait dans son dos à elle qui l'attendait toute la journée et qui comptait tant sur lui, en faisant les cent pas dans le loft, lançant des coussins dans tous les sens, des feuilles froissées en boules, des livres qui lui tombaient sous la main, terrorisant ses trois chats qui s'étaient réfugiés sous le lit, trois boules siamoises aux yeux bleus qui guettaient leurs pieds et qui sentaient l'orage, et parlant de son père à elle, un véritable Irlandais qui n'avait jamais trompé sa mère, son père qui était l'homme, hurlait-elle en regardant au plafond comme si elle s'adressait à Dieu, l'homme qui au monde et de toute sa vie l'avait le plus aimée, tellement aimée que tous les autres ne pourraient que la décevoir, que la jeter au trou, s'emportait-elle encore.

Elle était convaincue qu'il avait besoin d'aide, qu'il devait consulter, mot horrible que Charles méprisait, consulter comme mode d'emploi, comme examen, comme objet d'étude sous une force d'expertise, puis elle disait qu'elle allait mourir, rien de moins, avant de lui jurer, un index pointé hargneux dans sa direction, que jamais, au grand jamais, elle ne le laisserait faire, que cette fois-ci elle resterait debout. Puis elle le menaçait d'idées en rafales, faisant entre autres référence à son ordinateur qu'elle souhaitait mettre en pièces, faire exploser, jeter par la fenêtre.

Charles n'avait eu qu'une seule envie : fuir. Ne pas rester face à cette folie déployée devant lui comme un théâtre qui le prenait au cou, une scène de la suffocation, une folie bien moins folle que celle de son propre père mais qui pourtant y ressemblait, s'emballait dans la démesure, prenait toute la place, l'envers de la respiration, le contraire de l'amour et du désir. Ne manquaient plus que les créatures mutantes et le Gouvernement, la destruction annoncée de l'humanité et celle de la Terre, ne manquait plus qu'un œil fourré dans le sexe chargé de le tenir en joue, en garde à vue.

Depuis ce jour-là il avait commencé à avoir
blèmes à dormir et même manger. Il ne finissai
assiettes, ne mangeait plus que du poisson et des
et encore, mastiquer lui demandait de la concentration. La nuit il se réveillait en pensant à son père Pierre, à Diane et à Marie-Claude. Il avait un mauvais pressentiment à propos de sa mère et de sa sœur, peut-être étaient-elles en danger. Au lieu de s'inquiéter de Julie il s'inquiétait à nouveau de sa famille, comme si Julie, dans sa souffrance, la menaçait. Julie, qui demandait d'être regardée en face, n'était plus qu'une porte ouverte sur des souvenirs, des terreurs d'adolescent, son cauchemar.

« Tu es malade ! » lui criait-elle souvent, et ces mots étaient suffisants pour qu'il ait froid, pour sentir une peur sans objet, des bruits sans doute, des intentions qui se cachent derrière la matière du monde, malignes, manipulatrices, à l'affût.

Il n'existait aucune logique à ces nouveaux sentiments qui tournaient en convictions inébranlables, qui se transformaient en prémonitions. Il avait appelé sa mère plusieurs fois pour prendre des nouvelles et chaque fois elle avait tenté de le calmer, mais chaque fois il avait senti qu'elle lui cachait la vérité, à cause d'un mot, du ton de sa voix, à cause de bruits derrière elle où quelque chose semblait se tapir, il ne pouvait en dire plus, il ne pouvait que dire cette sensation que quelque chose semblait se tapir, comme un oracle au fond du placard. Peu importe ce qu'elle lui disait, il entendait autre chose.

Il avait d'abord été sonné d'apprendre que Marie-Claude allait vivre aux États-Unis, dans le Connecticut, pendant une durée de six mois pour perfectionner son anglais, de la même façon que son père avait un jour élaboré cette histoire pour l'éloigner de sa mère et de sa sœur, où lui, Charles, serait parti pendant un an apprendre l'anglais aux États-Unis, au Connecticut, alors qu'il n'en était rien. Quand il avait fait remarquer à sa mère que les deux histoires coïncidaient, si bien que c'en était dur à croire, elle l'avait admis, elle lui avait avoué que c'était étrange, qu'elle y avait elle-même pensé et que cela l'avait troublée, mais qu'y pouvait-elle, il se trouvait que le Connecticut était justement l'État aux États-Unis qui accueillait le plus grand nombre d'étudiants du Québec en immersion anglaise. Sa sœur partirait donc, c'était prévu et organisé, vivre là-bas au cours du mois suivant, elle avait déjà trouvé une famille et une Américaine de son âge, qui viendrait à son tour au Québec, pour s'y immerger.

Ensuite il avait appris, encore par Diane, que Pierre, interné depuis les quinze dernières années à l'hôpital psychiatrique Robert-Giffard, allait bientôt être relâché, comme beaucoup d'autres. Personne ne savait quand mais c'était imminent, il pouvait sortir d'un jour à l'autre pour habiter un appartement prêt à l'accueillir non loin de l'hôpital, tenu là en cas de rechute qui ne manquait jamais de survenir pour les cas lourds comme le sien, qui menaient une existence traquée, cerclée d'ennemis investis de pouvoirs.

Charles ne pouvait pas croire que son père, qu'il n'avait pas vu depuis huit ans et qui, de son côté, semblait ne plus reconnaître personne, puisse vivre au-dehors, se lâcher encore en délires et imprécations, et, qui sait, se mettre aux trousses de fantômes dont sa mère, sa sœur et lui-même faisaient peut-être partie.

Dans le studio la température baissait, dehors le vent battait les grandes fenêtres que des stores recouvraient. Sur l'écran de son ordinateur se trouvaient toujours les morceaux tombés en désuétude, usés à la corde par d'anciennes branlettes. Charles savait ce qu'il devait faire : partir à la chasse, en trouver de nouveaux.

Une heure et demie plus tard il déchargeait sur son écran trois malheureuses gouttes, il avait lâché son jus traversé d'un petit plaisir sec, de misère, avec en plus un grand cafard au ventre, lassé, tellement bas que pour un peu il aurait devancé Julie en envoyant son ordinateur par terre.

Charles tenait la main de Julie qui avait beaucoup pleuré sur son divan en cuir brun, où il avait l'habitude de la prendre, quand il ne la prenait pas par terre, à même le plancher de bois franc. En plus de la fermeté des corps il aimait se sentir à l'étroit au lit, dans le sexe il détestait le douillet des matelas et la lueur des chandelles, il aimait faire de la surface qui accueillait ses gestes une contrainte.

« Tu es malade, disait-elle, mais je ne sais pas quoi faire avec ta maladie. Et je sais qu'elle est impossible à soigner, c'est trop creux. Ta maladie est un dieu qui te commande. Je ne suis pas faite pour lui obéir. Je veux me donner à un homme et non à une maladie, même si elle vient de toi. Même si elle est ton dieu. »

Ces mots, Charles ne pouvait plus les entendre, Julie le sentait, d'ailleurs elle-même ne pouvait plus s'entendre penser, elle avait du mal à élaborer la situation en mots, elle qui parlait toujours trop, elle qui donnait l'impression de toujours tout comprendre. Elle se sentait mal mais elle était incapable de baisser les bras, d'admettre l'échec. Il lui semblait que ce qu'elle voulait, avant même d'être aimée, était de se battre et de tenir bon, de se montrer la plus forte en touchant ses limites à lui et même aller au-delà.

« Être en couple avec toi c'est se faire mal. Se briser intentionnellement.

– Je ne te demande rien. Tu parles comme si je te forçais. »

Ils étaient assis l'un à côté de l'autre, regardaient le citron qui pendait toujours dans le citronnier, qui n'était pas encore tombé, jaune, énorme, plus gros qu'une balle de tennis.

« Mais moi je veux pouvoir te donner quelque chose.

– Je sais, je suis désolé. Mais arrête de pousser. Et arrête de boire à cause de ça, je t'en supplie. »

Après ce genre de discussions de plus en plus fréquentes, Julie se calmait la plupart du temps et entreprenait ensuite de le séduire, de lui arracher une érection avec ces mêmes outils qui leur faisaient honte et qu'elle mettait sans cesse sur la table, après qu'ils eurent « consommé », après qu'elle fut passée à « l'équarrisseur », lui envoyait-elle, cynique.

Julie n'était pas consentante comme Rose mais elle allait, en un sens, plus loin. Elle ne faisait pas naître l'enflure par la seule voie de la chirurgie esthétique, non, elle était novatrice, elle savait que c'était vers la laideur, et non vers l'éclat, vers la grande forme, qu'elle devait pousser son corps.

Pendant les dernières semaines elle s'était coupée à plusieurs reprises et de son propre chef, d'abord sur ses seins et ensuite dans l'entrecuisse, avec une lame de rasoir, faisant apparaître des dizaines de larges entailles qui lui ouvraient la peau, et qui le défiaient, lui, Charles, d'en jouir.

Ces blessures nouvelles avaient plongé Charles dans une extase qu'il avait ensuite payée d'un trouble inconfortable, pesant. La honte, toujours cette honte comme un miroir tendu sur la viande, grossie, rictus qui n'arrivait pas à l'arrêter et que Julie surmontait, par défi, pour lui faire mal aussi, à lui qui cédait devant ses initiatives comme autant de guets-apens. La prendre était se jeter dans la gueule du loup.

Puis ce soir-là, après la dispute, alors que Julie entrait en mode soumission, en stratège, en rusée, était arrivé ce qui ne lui était jamais arrivé. Julie s'était allongée par terre, offerte, les deux seins serrés dans un soutien-gorge trop petit duquel ils débordaient. Sur eux les entailles récentes étaient toujours vives, à force d'être pincées, entretenues par grattements. Sur son épaule gauche traînaient encore des traces jaunes d'ecchymoses de son ancienne blessure, qui donnaient à sa peau un teint malade. Partout ailleurs sa peau était blanche, presque translucide, tachetée de son, et son corps amaigri, surmonté de son visage terne, avait à lui seul suffi à l'enfiévrer.

Son érection était solide, il en était rassuré. Il lui touchait les entailles avec ses doigts en la grattant pour ensuite tester la fermeté de l'implant de l'autre sein, avec son autre main, avant de se concentrer à nouveau sur l'entaille. Quelques minutes étaient passées quand, sans prévenir, alors qu'il était dans une scène connue par cœur qu'il avait mille fois orchestrée, alors qu'il en avait toujours fait partie, de cette scène élaborée vers le perfectionnement, alors qu'il avait toujours été dans son monde, sa logique, sa mécanique, Julie s'était éloignée de lui comme sur des roulettes : il voyait l'entaille sur le sein, il voyait les seins, le visage, le corps de Julie, comme à des kilomètres. Ce corps le mettait dehors, le jetait dans la distance, alors que Julie n'avait rien fait, alors qu'elle était restée dans cette immobilité réglementaire, les yeux fermés, passive, un cadavre.

Pour la première fois Charles voyait le corps nu de Julie et c'était une nudité crue, effrayante, choquante comme la Vérité. Pour la première fois il en rencontrait la brutalité, la matière froide, sans but, sans intention, sans rien, comme une chose, un pneu crevé. Cette chose ne l'appelait pas à elle, ne ressentait ni plaisir, ni déplaisir, mais lui, Charles, vivait quelque chose qu'il n'avait jamais vécu qu'après l'acte : le dégoût. D'une seconde à l'autre il avait perdu son érection et il s'était même essuyé les doigts qui avaient touché l'entaille sur sa chemise, avant de se lever du divan et de regarder autour de lui, perdu.

« Charles ? Qu'est-ce qui se passe ? »

Julie qui venait d'émerger de son rôle de corps mort avait deviné à l'air de Charles ce qui était en train de se produire, elle en était à la fois déçue, et soulagée.

« Tu es désenvoûté. Soit tu deviens normal, soit tu deviens fou. »

Charles s'était assis sur le divan brun en se prenant la tête dans les mains. Sa queue pendait comme une langue molle, sortie du jean, et cela n'avait rien de comique, cela n'avait d'ailleurs jamais rien eu de comique, c'était au contraire la tristesse même, qui pendait, exemplaire, comme les pendus face au public. Il avait envie de pleurer mais il n'y arrivait pas. On venait de le battre, de lui donner une raclée. Il ne savait pas si un trésor lui avait été volé ou si une écharde lui avait été enlevée du pied, il savait seulement que, pour lui, il y aurait un avant et un après cela, peu importe ce que cela impliquait. Dans ce rituel si familier il avait vu Julie mais il s'était senti vu aussi, pour la première fois. Maintenant il avait froid, assis sur le divan, il se regardait comme on regarde parfois sa vie, à rebours, pour se rendre compte qu'on l'a ratée, qu'on s'est trompé tout ce temps et sur toute la ligne.

Julie avait enfilé une robe de chambre avant de retourner à Charles pour l'entourer de ses deux bras, dont le gauche n'était toujours pas remis.

« Pardon, avait-il murmuré.

– Pardon aussi, avait-elle répondu. Il va falloir parler de ce qu'on va faire de nous deux. Je n'ai pas envie qu'on se brise encore plus.

– Tu as raison. Mais je ne suis pas sûr d'être content de t'avoir connue. Il faut que tu le saches. Je suis désolé de t'avoir fait du mal mais je t'en veux aussi. Ton drame. C'était ton drame. Tu as fait entrer un juge en moi.

– Tu l'avais déjà ce juge-là. Tout le monde a son juge, il faut le laisser juger. C'est mieux ainsi. »

Charles s'était dégagé de Julie, la regardait, sa laideur nouvelle ne l'attirait plus. Julie le regardait en retour et voyait un petit garçon désemparé, adorable dans son remords. Julie avait pris un peu de distance sur le divan, mais elle lui tenait toujours un genou d'une main. Ils ne s'aimaient plus, peut-être ne s'étaient-ils jamais aimés. Tout au plus s'étaient-ils croisés et avaient-ils passé du bon temps ensemble, du temps qui était venu au bout de lui-même, qui venait de toucher le fond, dans l'impuissance de Charles.

« Il y a une chose que j'ai envie de faire.

– Tu veux dormir chez toi ce soir ?

– Oui, vaudrait mieux. On se parlera demain. Mais ce n'est pas ce que j'ai voulu dire. »

Charles s'était levé et reculotté. Puis il s'était avancé vers le citronnier avant d'envoyer une grande claque sur le citron, manquant de près de renverser le pot en terre cuite duquel une motte de terre noire avait été éjectée, le rattrapant de justesse. À leur surprise le citron n'était pas tombé, il avait seulement rebondi au bout de sa tige dans un feuillage ébranlé.

« C'est quoi ce citron-là ? avait-il demandé avec le sourire.

– Un rébarbatif », avait-elle commenté, reconnaissante de cette diversion dans leur malheur.

Charles tirait maintenant sur le fruit qu'il n'arrivait pas à arracher de son rameau.

« J'y crois pas. C'est si dur à cueillir un citron ?

– C'est même un peu diabolique, je trouve. »

Devant l'obstination du citron à rester dans son arbre, Charles était allé chercher des ciseaux dans la cuisine pour en couper la tige. Puis il l'avait tenu dans une main, triomphant, à hauteur d'yeux, l'examinant de près comme une bête curieuse.

« C'est comestible ?

– Absolument. Tu peux le garder, en souvenir de nous », avait annoncé Julie qui voulait en finir, se retrouver seule.

Charles était parti, le citron dans une poche de manteau, l'air encore perdu. Julie ne savait pas quand elle le reverrait mais elle ne s'en trouvait pas dévastée, au contraire, peut-être qu'elle était plus forte qu'il ne paraissait. Elle avait passé les heures suivantes à faire un grand ménage chez elle, elle avait ensuite pris un bain et avait regardé la télévision sous la mousse, depuis la baignoire.

Demain elle irait se faire coiffer, elle retrouverait son tapis roulant, ses poids, sa scène, elle allait se sacrer Star à nouveau.

IX
La conviction

Rose Dubois était couchée sur le dos, elle comptait de un à dix.

Autour d'elle il y avait du mouvement, des gens qu'elle ne voyait pas, des bruits, des voix à travers le roulement d'une civière à proximité, peut-être dans un couloir, le claquement d'une porte rabattue, qu'elle ne voyait pas non plus. En comptant elle regardait le plafond se diluer, qui s'ouvrait sur un néant, un plafond de coton engourdi qui descendait sur elle comme un linceul. Le plafond descendait et elle se souviendrait, plus tard, de ne pas s'être rendue à sept.

Tout de suite après elle se réveillait dans la salle de réveil d'une clinique de chirurgie esthétique de l'ouest de Montréal, non pas d'un coup mais par étages, émergeant de l'inconscience pour y replonger comme un dauphin lancé sur une ligne d'eau. On l'avait transportée dans une chambre où des fleurs l'attendaient, des lilas, des orchidées, des roses roses, deux gros oreillers et une couette neuve sur laquelle se trouvait une note de Marc Gagnon qu'elle n'était pas encore en mesure de lire.

L'opération qui avait duré plusieurs heures était tombée dans la mort de l'anesthésie générale où la sensation de la durée était annulée. Non seulement elle n'en avait gardé aucun souvenir mais elle avait l'impression de ne pas avoir vécu. Un bout de sa vie avait été taillé dans sa mémoire, avait été supprimé, et ses deux extrémités avaient été recollées.

Elle avait cette douleur entre ses jambes comme un tambour qui battait son rythme en profondeur, mais c'était une douleur amortie par la morphine qui la berçait, qu'elle suçait, comme un pouce, un biberon diffuseur de confort. Quand la morphine s'en allait le tambour reprenait ses droits. La douleur était intense et la rassurait : ce qui devait être fait avait été fait, et ce qui avait été fait avait été bien fait. Les parois de son vagin avaient été resserrées par les lasers, ses petites lèvres rapetissées et la peau recouvrant son clitoris avait été retroussée pour le dégager, pour faire à jamais pointer sa tétine rose de chatte sortie et alerte, bouton-pression à l'affût des caresses, une écharde.

Son sexe était devenu le Sexe. Charles pourrait le lécher, le mordre, le pincer, le fourrer, mais surtout le photographier pour le faire entrer dans sa collection. Son Sexe pourrait, pourquoi pas, se promener sur Internet, infiltrer la vie d'autres hommes en se mettant à la place d'autres femmes. Dans son lit aux épaisses douillettes où elle était calée, une nouvelle idée s'était formée : se donner à Charles mais aussi à tous.

À trente ans il était tard pour être une femme mais, quand même, pas trop tard ; selon elle, elle disposait encore de cinq ans, si ce n'était pas dix, pour régner sur le désir des hommes, avant d'en ressortir, cette fois pour toujours.

Quand la douleur devenait trop sourde Rose sonnait et la morphine arrivait, rejaillissait dans ses veines sous la forme d'une infirmière qui pressait sur une touche, qui laissait voir à son air qu'elle connaissait la nature de son opération et que cette nature lui répugnait.

Une jalouse, pensait Rose, comme les autres. Elle s'était souvent demandé si les femmes qui travaillaient dans ce domaine étaient tentées par la chirurgie ou si, au contraire, elles en étaient dégoûtées, comme l'étaient les comptables devant leurs factures à payer.

Mais au fond elle s'en tapait. Avec son Sexe elle ne s'en ferait plus avec les autres, le temps de la tourmente à se sentir en trop était terminé. Ces bouts de peau enlevés d'elle l'intégraient au monde, peu importe ce que ce monde contenait. Par sa nouvelle étroitesse, par son sexe comme une érection increvable, Rose plairait à Charles mais aussi à d'autres, elle aurait sa place parmi eux et c'était une place qu'elle s'était elle-même arrogée, qui ne lui avait pas été donnée, vers laquelle elle avait fait son chemin.

C'est avec la conviction qu'elle ne vivrait plus comme avant qu'elle sortit de l'opération, et maintenant il lui fallait travailler cette conviction, de la même façon que son sexe avait été travaillé.

Pour la première fois elle pensait à Renald et à Stéphane, son père et son frère, comme à des hommes. Elle avait envie de leur parler et de s'ouvrir à eux. Les idées se modulaient dans le calme, s'emboîtaient les unes dans les autres sans heurt, elles n'avaient pas ce poids d'abomination qui l'avait fait s'asseoir sur un banc, un mois auparavant.

Entre autres idées en images qui défilaient il y avait un club de danseuses nues où elle dansait sur un stage, où elle se voyait regardée par la foule des hommes. Il y avait le club où elle dansait nue mais aussi les revues où elle était photographiée, toujours nue, jambes ouvertes, elle pensait aux hommes qui achèteraient ces revues et qui seraient happés par son sexe vers le temps d'avant la saleté des poils, la propreté d'avant le sang des règles, vers son sexe au bord d'être pubère, et déjà expert. Le transsexuel qu'elle avait vu dans la salle d'attente de Marc s'était imposé à elle, il lui était apparu dans l'encombrement de son grand corps qui n'était pas le bon, comme un coup bas de la nature, inspirant à Rose une sympathie qui lui faisait du bien.

Rose venait d'abdiquer et cette abdication était comme un accouchement. Par son Sexe elle s'était donné la vie.

Quand la morphine s'en allait tout à fait la douleur s'emballait vers l'insupportable et Rose sonnait, la porte de la chambre s'ouvrait alors pour faire entrer la morphine accompagnée de l'infirmière qui ne lui disait rien, la regardait à peine, ne lui demandait rien, sinon de chiffrer sa douleur sur une échelle de un à dix pour déterminer la dose à injecter.

À un moment Marc était entré et s'était assis à côté du lit. Il avait repris sa note sur laquelle était écrit : « *Je t'aime Rose. Maintenant sois bien. Soyons bien. Marc.* »

Cette déclaration d'amour était vraiment n'importe quoi, s'était-il dit en observant Rose qui somnolait. Dans certaines situations l'amour devrait être tabou, tenu à l'écart, avait-il pensé aussi. Contrairement à Rose il n'était pas sûr de son geste, qu'il regrettait déjà. À la lumière de ce qu'avait été son sexe, ces tendres replis qu'il avait aimés, en regard de l'ablation, des sutures, et de ce qu'il entrevoyait comme résultats, une seule chose était claire pour lui : Rose n'était plus tout à fait Rose. L'illusion de sa petitesse fragile à secouer à bout de bras, à faire voler dans les airs, ne pouvait plus tenir. Rose était redoutable de volonté, elle ne pouvait pas être petite ; pendant tout ce temps c'est elle qui avait été la meneuse. Si elle était parvenue à l'embarquer dans cette opération, il ne pourrait jamais la posséder.

« Rose ? Je suis là. Quand tu te sentiras prête on va rentrer. Je préfère t'avoir chez moi. J'ai tout ce qu'il faut pour m'occuper de toi.

– Merci, Marc. Merci beaucoup », avait dit Rose sans le regarder, avec un air extasié de femme qui vient de déposer dans l'oreille d'un curé, sur son lit de mort, le poison d'un péché longtemps tu.

Ces remerciements lui faisaient mal. De quoi le remerciait-elle ? Il avait envie de s'étendre à ses côtés et de l'enserrer, pour mieux la comprendre, elle et ce qu'elle avait tant cherché, ce qu'elle semblait avoir trouvé.

Dehors le printemps filait doux, tout était tiède. À Westmont touffu d'arbres verts et aussi d'enfants, de piétons qui n'étaient pas tous de jeunes carriéristes comme sur le Plateau mais des professionnels établis, des parents aussi, à Westmont regorgeant de parcs, de restos et de cafés, de rues en pentes parfois abruptes parsemées de maisons de plus en plus luxueuses à mesure qu'on approchait du sommet de la montagne, le monde avait une odeur de paradis, du moins si on avait l'âge de Marc Gagnon. Le bruit ténu de la nature trouvait ici son espace de résonance, contrairement au centre-ville de Montréal où des pigeons roucoulaient dans le trafic en polluant de leurs crottes les voitures et les rues, fréquentaient les clochards qui déambulaient avec des sacs en plastique bourrés d'autres sacs en plastique, parfois entourés de gros chiens. Par rapport au centre-ville où la nature était faite de mouettes, de chiens et de clochards parmi les miettes de pain comme une même famille, un écosystème à la recherche de morceaux sous la dent, de bouteilles vides et de mégots de cigarettes, Westmont sentait bon.

Rose et Marc marchaient côte à côte rue Sherbrooke Ouest, posément, dans l'air doux.

Un mois était passé depuis l'opération, un mois d'euphorie mais aussi d'angoisse où des mouvements de fond avaient continué à remuer Rose. Depuis sa vaginoplastie elle avait eu souvent l'impression qu'on lui avait poignardé l'intérieur. Souvent elle avait été prise de vertiges à l'idée que rien de tout cela n'avait été nécessaire, que c'était une farce, autodafé au nom d'une image tombée sur elle un certain soir, formée dans les mots que Marc avait tenus sur une patiente. Pendant ce mois elle avait eu le temps de surfer sur Internet et elle avait trouvé un site qu'elle visitait chaque fois qu'un malaise la prenait, celui d'une clinique située en Belgique : « *La plupart des patientes sont très heureuses après une réduction des lèvres et un rétrécissement du vagin. Elles regrettent souvent de ne pas avoir fait l'opération beaucoup plus tôt. Le confort et l'estime de soi regagnés améliorent considérablement leur qualité de vie.* »

Heureuses. Beaucoup plus tôt. Améliorent la vie. Autant d'enchaînements de mots que Rose prononçait à voix haute devant l'écran, comme une prière.

En lisant d'autres passages, Rose prenait du galon : « *La satisfaction sexuelle est directement liée à la puissance produite des frictions.* »

« Est-ce que je vais être normale ? »

C'était une question qu'elle avait souvent posée et qui avait toujours reçu la même réponse : « Oui. Tu seras différente mais normale. Je te le promets. »

Elle avait revu Charles et en avait été inquiétée. Il n'était plus le même, il avait perdu son regard de photographe. Devant ses questions et remarques sur son retour au travail il avait mis du temps à répondre, ses yeux qui fuyaient partout comme s'ils voyaient des mouches voler s'attardaient souvent derrière elle, au loin, vers le haut, et n'arrivaient pas à se poser sur elle plus de quelques secondes. Il lui avait annoncé qu'il n'était plus avec Julie mais il n'avait pas tenté de s'approcher de Rose, bien qu'elle l'eût invité à le faire.

« Tu m'as manqué, lui avait-il quand même avoué. Souvent j'ai voulu te téléphoner mais je n'avais pas ton numéro. »

Cette nouvelle de la rupture qui aurait dû réjouir Rose lui donnait au contraire l'impression qu'on venait de lui tirer le tapis sous le pied. Mais elle ne devait pas se laisser démonter, en reconquérant Charles, Charles se reprendrait en main. Il était fatigué, ses épaules tombaient vers l'avant et tout de lui s'était terni, jusqu'à sa chevelure qui avait perdu sa brillance, mais ce n'est qu'à la fin de sa visite que Rose s'en était aperçue. Elle avait toujours mal regardé les hommes, un faux pli des yeux. Il va falloir que ça change, s'était-elle dit, sentant la détresse de Charles dont elle ne savait que faire.

Mais cette rencontre avait quand même eu ses fruits. « Tu as bonne mine », lui avait-il accordé, et, au moment des bises d'adieu, il avait retrouvé son regard de photographe, il en avait profité pour enserrer Rose, la laissant partir sur une bonne note.

Le Sexe, qui avait perdu de sa puissance dans son esprit à force de se manifester en douleurs et en démangeaisons, à force d'être pansé, guérissait : les points de suture avaient fondu, les pertes rougeâtres et jaunâtres se faisaient plus rares, l'enflure désenflait. Bien qu'il ne ressemblât encore à rien de connu, il commençait à montrer des signes de santé, il lui fallait agir vite. La veille elle avait téléphoné à Julie qui attendait son appel, le shooting était prévu le samedi suivant sur le toit de l'immeuble qui leur était cette journée-là réservé. En prévision Julie avait distribué des tracts sous les portes de tous les locataires de l'immeuble pour leur annoncer que, ce jour-là, ils n'y auraient pas accès : *Shooting samedi 22 juillet entre 12 h 00 et 16 h 00*, avait-elle écrit en en-tête, et en gras.

Charles était partant avait dit Julie qui, de son côté, pétait le feu, avait-elle dit aussi, à cause de ce projet de documentaire qu'elle avait et qu'elle *sentait*.

« Rose ! Je suis contente que tu m'appelles. Si tu veux on peut se voir et se parler avant… de cette histoire.

– Rien à en dire. Il n'y aura jamais de team entre toi et moi. »

Depuis un mois la vie n'avait cessé de la surprendre et ce n'était pas dans le sens de ses prévisions ; elle qui croyait lui dérober Charles ne le lui déroberait pas ; elle qui croyait se battre avec une Julie pourrie d'alcool allait devoir ajuster le tir.

« C'est pour Charles que j'accepte. Je recommence à travailler pour lui ici et là, pas comme avant. Moi aussi j'ai des projets importants. Qui ne te concernent pas.

– Bon. Mais Charles file un mauvais coton. C'est quelque chose que tu dois savoir. Tu as dû le voir d'ailleurs. De ça aussi je veux te parler. Il aura peut-être besoin de notre aide. »

Notre aide, qu'elle avait dit. Quelle truie.

« S'il va mal tu en es la seule responsable. »

Au téléphone il y avait eu un silence qui suggérait à Rose qu'elle avait touché juste.

En marchant rue Sherbrooke Ouest, Marc avait posé une main sur l'épaule de Rose, faisant d'eux un couple en bonne et due forme devant les passants qui les regardaient comme un couple, un vrai, mais les regards n'agaçaient pas Rose, bien au contraire, jamais plus, aimait-elle imaginer, elle ne serait vue autrement qu'avec un homme.

Puis ils s'étaient assis sur un banc de parc, encore une fois comme un couple à l'aise, un couple de peu de mots, qui se devine. Le soleil jetait sa lumière derrière les arbres dont le feuillage laissait filtrer, çà et là, des diamants dansants, mais cette quiétude cossue, cette qualité bourgeoise de l'environnement qui repoussait la pauvreté hors de ses limites, était loin des aspirations de Rose qui était déjà en esprit sur le toit de l'immeuble, et dans le studio de Charles où elle posait pour lui, dans d'autres ailleurs aussi qu'elle n'avait jamais fréquentés mais dont elle avait entendu parler, des ailleurs comme autant de cavernes d'Ali Baba où elle pourrait se prélasser, croyait-elle, où à tout le moins elle n'aurait plus à lutter.

Rose était déjà de retour sur sa planète de mode, de photos, de parade, et, si elle devait être une servante, elle serait une servante d'hommes et non plus de femmes.

« Quand je gagnerai à nouveau de l'argent je vais partir vivre dans un appartement à moi. Seule. »

Marc Gagnon s'était laissé prendre au piège de cette jeunesse qui ne pouvait pas, il le savait dès le début, lui appartenir, à moins de se cacher le fait de ne pas en être aimé, ce dont il était bien capable après tout.

« Tu ne peux plus être ma cliente alors. Je ne le dis pas par chantage.

, je peux le rester, lui avait-elle répondu. Je le suis ta maîtresse et je le resterai tant que tu de moi. Sincèrement. »

Marc regardait au loin, vers la ligne où la terre rejoignait le ciel, son ensemble de forces engrangées, en attente d'être libérées, qui imposait son roulement en dépit des volontés humaines. Il ne pouvait s'empêcher d'être soulagé de ce qu'il venait d'entendre.

« Tu me fais du bien, avait-elle continué. Si tu tombes en amour avec une autre femme, c'est autre chose. Je te laisserai tranquille.

– Et toi, es-tu toujours en amour avec Charles ? »

Rose ne répondait pas. Au moins, avait convenu Marc Gagnon, elle ne ment pas. Il pensait à sa femme dont il s'ennuyait parfois et qu'il voyait à présent d'un autre œil. Depuis que Rose était dans sa vie il était triste de cette tristesse vague qui accompagne la conscience des époques révolues. Mais il garderait Rose et la tristesse qui venait avec, parce que malgré l'opération qui l'avait lézardée, qui lui avait enlevé ce qui lui restait de virginité, il avait continué de la vouloir auprès de lui, il n'y pouvait rien.

Un petit garçon qui sautait sur une table avait commencé à courir en décrivant des cercles de plus en plus grands et en poussant des cris de guerre, au ravissement de sa sœur qui le regardait en tapant des mains d'encouragement. Dans l'élargissement des cercles il s'approchait du trottoir où marchaient des piétons, puis de plus en plus près de la rue où passaient des voitures. La mère qui le surveillait s'était levée de son banc en y laissant son livre.

« François ! François ! »

L'enfant toujours lancé dans sa course courait maintenant sur le trottoir, l'air triomphant, en zigzaguant entre les piétons qui s'ouvraient devant lui sans l'arrêter. La mère, en début de panique, courait à sa rencontre et criait : « François ! Arrête ! Reste là François ! Arrête ! », mais François, excité à l'idée d'une poursuite, de cette chasse à l'homme où il allait être capturé, courait de plus belle en produisant un cri continu, très beau, presque un chant. C'est en comprenant qu'elle allait elle-même provoquer le pire que la mère avait changé de ton, et à présent hurlait : « Françooooois ! Arrêêête ! Arrêêête ! Arrêêête ! » Le jeu allait devenir un drame, le garçon s'était arrêté net. Il regardait sa mère courir vers lui, ne savait plus sur quel pied danser, était déjà en train de s'excuser dans l'air qu'il avait pris, dans la façon de mettre les mains dans ses poches, presque honteux. Une fois l'enfant saisi elle s'était agenouillée devant lui avant de fondre en larmes, le piégeant dans son étreinte comme un filet de chasse.

Pauvre mère et pauvre enfant, avait déploré Rose en pensant à la quantité de larmes qu'elle verserait dans sa vie pour son garçon et le poids indécent de ces larmes sur lui, qui devrait prendre des mesures pour s'en protéger, de cette peur immense du monde, à moins de consentir à vivre en noyé.

Après un temps à regarder la mère pleurer sur son enfant, le couple était retourné dans la maison de Marc Gagnon.

« Pourquoi on ne va pas chez l'Épicier ce soir ?

– Bonne idée », avait-il répondu en la prenant par la taille et en l'entraînant au premier.

Dans la chambre à coucher, Rose avait donné à Marc la seule chose qu'elle était en mesure de lui donner : sa bouche. Elle travaillait sa queue comme on surveille un plat au four, tranquillement, la tête ailleurs, sans plaisir ni dégoût, avec reconnaissance pour cet homme qui ne cherchait jamais à entraver ses désirs, qui au contraire lui facilitait tout.

Puis dans la salle de bain où elle se préparait, elle avait regardé son sexe dans un petit miroir. Une poupée Jivaro. Les petites lèvres avaient disparu.

« *Pour chaque femme il devrait être naturel de pouvoir montrer son corps sans honte, complexe, ni crainte.* »

Rose avait replacé le miroir dans son sac à main, avait ensuite fermé les yeux pour se concentrer sur la conviction qui l'avait habitée après l'opération, et qu'elle devait entretenir.

Elle avait du travail.

Julie O'Brien faisait du jogging, dehors, des écouteurs sur les oreilles, sur *Under My Thumb*, une chanson des Rolling Stones, au grand air du mois de juillet, vers le mont Royal qu'elle gravirait jusqu'au sommet pour le redescendre vers le Java U où elle écrirait quelques heures, relaxée, devant un sandwich au thon, pourquoi pas un jus de carotte.

En voulant gravir la montagne du côté de l'avenue Mont-Royal, elle avait fait une rencontre. Là-bas, assis sur un banc, se trouvait Charles, reconnaissable entre tous par sa coiffure dernier cri aux cheveux dorés et bouclés, sa coiffure de metrosexuel, ou d'übersexuel, c'était selon, immobile, qui regardait droit devant lui comme une longue méditation sur la vie. Julie avait couru à lui, se rendant compte en décélérant à quel point elle s'était poussée à bout.

Pour mieux récupérer elle s'était appuyée sur le dossier du banc mais, ne parvenant pas à se sortir de l'essoufflement, elle avait décroché de sa ceinture une bouteille remplie d'eau pour s'y abreuver dans l'espoir que boire la calmerait. Charles, toujours concentré droit devant, n'avait même pas détecté sa présence, son esprit était sorti de son corps, voyageait dans sa mémoire où son monde était en train de s'écrouler, et d'une façon qu'il n'arrivait pas à comprendre. L'ordre des choses s'était brisé, sa tête était une table de billard où le triangle numéroté venait de se faire éclater par la blanche, et il avait l'impression que ce triangle n'en finissait pas de se rompre, qu'il se fracassait encore et encore en s'éparpillant aux quatre coins de la table dans des bruits d'entrechoquement.

« Charles ? Ça va ? »

Charles s'était tourné vers elle mais son regard semblait ne pas pouvoir s'y attacher. Puis, en la reconnaissant, il avait eu un mouvement de recul.

« Charles ? avait répété Julie en se penchant légèrement sur lui.

– Toi, ici ? Tu me cherchais ? Tu m'as suivi ?

– Non, je t'ai vu par hasard. Depuis le beau temps je viens souvent courir sur la montagne. Pourquoi ? »

Julie s'était assise et Charles s'était un peu calmé. Il cherchait ses mots de ses belles lèvres charnues, encerclées d'une barbe longue de trois jours, qui bougeaient sans produire de sons.

« Qu'est-ce qui se passe ? Tu m'inquiètes.

– C'est toi qui m'as envoyé les photos sur Internet ?

– Des photos ? Non. Je ne t'ai rien envoyé.

– C'est bizarre. J'étais sûr que c'était toi. Pour me faire savoir que je suis malade. Pour me punir. »

Sur l'avenue du Parc le trafic était dense, une musique techno s'échappait d'une voiture dont le toit avait été décapoté et où quatre adolescents étaient à l'affût de filles qui marchaient en sens inverse, impatientes de se montrer par déhanchements.

« Ce n'est pas moi. Je te jure, et tu peux me croire sur parole, que je ne chercherai jamais à te punir. Je n'ai jamais voulu te punir d'ailleurs. Je voulais juste… »

Julie ne sut plus quoi dire, il était clair qu'elle avait souvent voulu le punir, et ils le savaient tous les deux.

« J'ai reçu des photos. *Weird.* Je sais pas de qui elles viennent. De quelqu'un qui me connaît bien, c'est sûr.

– Des photos de quoi ? »

Charles se taisait, avait baissé la tête.

« Des photos pornos ?

– Oui. Si on veut.

– C'est peut-être des photos envoyées automatiquement pour faire la promotion de sites que tu as visités. As-tu pensé à ça ?

– Non, ça ne vient pas de là. Les photos ont été faites exprès pour moi, dans un but. Mais ça va aller, ça va aller.

– Écoute. J'ai beaucoup insisté pour le shooting de samedi mais si t'en as pas envie, on laisse tomber. Sans problème. »

Charles s'était passé une main sur le visage, avant de regarder sa montre qu'il avait placée à hauteur d'yeux.

« Peut-être que tu as besoin de sortir un temps de ton monde de photos et d'images. Peut-être que la proximité des corps…

– Non, avait-il coupé. Au contraire. »

À présent Charles souriait, mais d'un sourire mal assuré. Quand Julie avait tenté de lui caresser la nuque de la main, il avait eu, encore une fois, ce mouvement de recul, comme devant l'aiguille d'un dentiste pointée sur une bouche tenue ouverte.

La discussion était terminée, et Julie était repartie au pas de course sans insister. Elle savait que c'était par trop d'insistance qu'elle avait fait basculer Charles dans un lieu où elle ne pouvait plus l'atteindre. Mais la vie était, pour elle aussi, une lutte de chaque instant, son monde sans guerre et sans fosse commune, où l'horreur mondiale était un concept publicitaire, du United Colors of Benetton, où la misère et la famine se déployaient surtout au box-office, où la réalité ensanglantée des pays détruits par les conflits armés pouvait être digérée dans l'expression de ses opinions, eh bien ce monde sans guerre et sans fosse commune était encore, en regardant bien, en fouillant plus loin, plein de merde.

C'est d'ailleurs pour ce monde-là de libertés, pour cette vie-là de choix à faire que, depuis toujours, les hommes s'étaient battus ; sans même le savoir, c'est à cette existence-là, sans danger autre que soi-même, que les massacres passés avaient abouti, et c'est désormais en marchant sur les hécatombes de l'Histoire qu'on pouvait désespérer de la vie. Et puis chacun sa croix à porter tel un dieu mort sur le dos, cadavre de sauveur, pensait aussi Julie. Pour l'instant, son seul souci était de braver le mont Royal qui, comme tout le monde, portait sa croix à son sommet, un fossile, la trace que par là un dieu avait existé.

Ce matin-là Charles Nadeau s'était rendu au studio comme tous les matins, pour sélectionner et retoucher les photos d'un modèle de seize ans, époustouflante de beauté mais inexpérimentée. Elle allait faire la couverture du *Elle Québec* du mois de septembre, le numéro le plus chargé, et le plus vendu de l'année. Dans la foule des photos il trouverait quelques réussites mais la plupart, il le savait sans même les avoir regardées, avaient été gâchées par des réflexes du modèle qui, malgré ses mises en garde, malgré ses recommandations de rester naturelle, sans intention particulière, poussait les lèvres vers l'avant, en forme de baiser, en fermant un peu les yeux, croyant sans doute donner une force au regard. En posant les modèles étaient souvent précédés de clichés.

Le shooting qui avait eu lieu la veille l'avait vidé plus que d'habitude, et il ne s'en était toujours pas relevé. Ce matin-là, en marchant dehors, il avait été suffoqué par la présence d'un nombre extraordinaire de piétons qui se déplaçaient dans tous les sens, qui arrivaient vers lui comme des vies aimantées, lui semblait-il, bien qu'il fût de très bonne heure. L'existence matérielle des Montréalais lui avait semblé insupportable, impossible à contourner, comme si chaque corps violait le sien.

Dans le studio sombre il avait examiné sur écran les centaines de photos et s'était senti, après une demi-heure, aussi écœuré et impuissant que devant les images pornographiques de son répertoire, dont il s'était d'ailleurs débarrassé en les effaçant.

Mais le modèle portait des robes blanches sur lesquelles tout avait été léché, nettoyé, sans brèches possibles, et Charles ne voyait pas le rapport entre le corps virginal, impeccable, du modèle, et la brutalité de ce qui le faisait bander. Quelque chose d'ignoble était en train de passer de la pornographie à la mode, une bactérie, les résultats du shooting étaient contaminés par une nouvelle façon de les voir, un don de clairvoyance vers la pourriture, malgré leur apparence, malgré leur décence, aurait dit Julie qui avait fait entrer dans son vocabulaire ce mot, décence, exprès pour lui. Quelque chose s'était déplacé dans toutes les photos qui se décomposaient sous ses yeux, à l'intérieur desquelles se devinait une activité grouillante, mais encore indéfinissable.

Au premier coup d'œil tout était normal, le jeune modèle qui ressemblait à une mariée vêtue de robes froufroutantes lui apparaissait, mais les choses n'en restaient pas là, le regard de Charles allait se poser plus loin que leur surface, lui révélant que cette beauté était plaquée, n'était qu'une feuille dorée sur fond sanglant, linceul fleuri qui cachait la crudité de la chair et son fonctionnement organique. C'était comme si la propreté des photos laissait filtrer, dans la clarté de la peau du modèle, dans son grain serré, fardé par petites touches, dans la pureté du corps frais, ce que ce corps allait devenir, et ce qu'il était déjà, une chose inanimée et nauséabonde. La beauté lisse et étanche du corps adolescent, qui l'aurait autrefois réconforté, le menaçait. Cette beauté intègre, il la ressentait comme au bord de se désagréger, elle le heurtait, et son propre corps lui répondait par des sensations désagréables, des douleurs musculaires et des maux de tête traînants, un état de fatigue presque continuel.

Malgré son malaise il avait travaillé pendant plus de deux heures et son regard, de plus en plus exercé, ne faisait que gagner en acuité, repoussait toujours plus loin les frontières par-delà lesquelles le corps n'existait plus.

Il avait regardé d'anciennes photos déjà travaillées, des photos vieilles de quelques années, qui, elles aussi, étaient contaminées. Toutes ces photos qui autrefois dégageaient de la lumière, habitées par un vent de paradis, qui étaient autant de fées posant un voile argenté sur les ténèbres, ne montraient plus que leur face cachée, le visage brandi de la mort. La peau du corps se soulevait pour dévoiler son envers dès qu'il posait les yeux sur elle, la chair blessée se montrait à travers les moues allusives, les regards par-dessous, les lèvres entrouvertes et fardées, les bouclettes proprettes qui tombaient sur les épaules nues, les jambes longues, le torse juvénile et sans graisse, à la fois osseux et doux, des modèles.

La mort était là, au cœur de la beauté, et son corps à lui, devant la mort, se rétractait, trouvait les façons de se détourner, qu'il reste ou non assis, bien planté devant l'écran de son ordinateur. Ses idées suivaient le même élan vers l'informe, se déployaient dans un fond vaseux, en eaux lourdes, et l'extermination de la vie, partout en germe, prenait les allures de messages qui lui étaient adressés. Mais pour lui dire quoi ?

Il était parvenu à choisir les meilleures photos, une dizaine, mais il lui avait ensuite fallu les pénétrer de son curseur et s'y promener pour faire les retouches. D'avance il savait que ce travail serait le pire, parce que dans le grossissement des photos l'ensemble disparaîtrait au profit des parties, deviendrait une loupe posée sur la peau qui ne ressemblerait plus à rien, avancerait en un lieu jamais vu, qui lui vomirait ses créatures marines de fonds d'abysses où aucune lumière, avant ce moment-là, ne s'était jamais rendue. Comme prévu les pores dilatés, les fines lignes parcourant la peau, les petites taches, les veinules rouges au coin des yeux, lui apparaissaient comme autant d'entorses, des crachats posés là comme avant-goût de la tombe.

Avant onze heures il était sorti du studio pour prendre l'air, avait marché d'un pas rapide vers l'avenue des Pins où il était entré, sur un coup de tête, dans un salon de coiffure. Le shampoing lui avait fait du bien mais une fois devant le miroir, devant sa propre image, il avait retrouvé cette même sensation de désagrégement, ce même visage édenté derrière son propre visage. Impossible de suivre le flot de paroles du coiffeur, car le visage du miroir était celui d'un autre. Fermer les yeux, laisser entendre au coiffeur qu'il était surmené par son travail, que c'était passager, sans doute un début de rhume.

Il avait trouvé l'énergie pour se rendre de nouveau au studio et finir son travail, ayant eu le temps, en se perdant dans de grands détours jusqu'au mont Royal pour revenir sur l'avenue Saint-Laurent, de raisonner son visage, qui ne pouvait pas être un autre que le sien, d'apprivoiser mentalement les photos qui n'étaient que des photos, après tout, qui ne pouvaient pas être des signes à décoder sortis des enfers pour lui livrer un message.

C'est en puisant dans ses dernières forces qu'il était parvenu à travailler comme il en avait l'habitude, à dompter son regard en le restreignant, en le limitant à la surface des images où ces images étaient regardables. Mais bientôt un événement l'avait à nouveau terrassé, cette fois-ci pour de bon, après quoi il ne lui fut plus possible de douter du programme de destruction caché derrière sa vie, et aussi celle des autres.

Un message provenant d'une adresse bidon auquel étaient attachées des photos était entré en émettant un *bing* dans la boîte de réception d'une adresse dont il ne se servait presque jamais, et qu'il n'avait donnée qu'à ses proches. Ne reconnaissant pas l'adresse de l'envoyeur, il allait l'effacer sans le lire, mais son titre, *Une partie alléchée*, l'avait interpellé.

« VOICI CE QUE JE T'OFFRIRAI BIENTÔT, DANS LE PLAISIR ET PAR AMOUR », avait-il lu en lettres capitales, sans signature.

Les photos étaient une gueule ouverte, elles étaient à la fois ce qui dégueulait et ce qui était dégueulé. C'est l'intérieur d'un corps, avait-il supposé, en tout cas c'est quelque chose d'humain, était-il convaincu.

Il en avait exploré les détails comme il venait de le faire avec les photos du shooting, sans savoir de quoi il s'agissait précisément, le cœur battant et les poumons écrasés, sentant tout de lui fuir à l'extérieur, tenter de se soustraire à ce que l'écran lui renvoyait, quand, sur l'une des photos, il avait rencontré du reconnaissable, deux doigts, deux faux ongles, manucure française, qui fouillaient au milieu, où il y avait une ouverture. Puis, sur la dernière, un doigt qui entrait dans le trou, un ongle manucuré perdu dans le trou.

Charles avait du mal à déglutir, il venait de comprendre de quoi il retournait. Ce qu'il voyait était un sexe de femme. Il en avait déjà vu du même genre sur Internet, mais à présent il ne lui était plus possible de tenir son œil en bride, il voyait le résultat des surfaces retournées sur elles-mêmes, comme autant de gants. C'était un sexe nu, qui n'avait plus de peau parce que la mort l'avait soulevée, un sexe comme une voie qui s'ouvrait à lui, qui tentait de lui dire quelque chose. C'était par cela qu'il allait découvrir ce qu'on voulait de lui, ce qui depuis un certain temps cherchait à se manifester. Le sexe sur l'écran était sur le point d'ouvrir la bouche pour dire quelque chose de central, mais Charles n'était pas prêt à l'entendre, il avait détourné la tête, les forces lui manquaient pour faire face à l'incroyable de ce qui se montrait à lui de façon si dramatique, et si incontournable, depuis le matin.

Une fois dehors il avait bifurqué une seconde fois vers le mont Royal, où il voulait réfléchir, où il avait rencontré Julie. C'était elle, forcément, qui se tenait derrière les photos. Qui d'autre ?

En rentrant chez lui un bourdonnement continu lui avait empli la tête, avait achevé de le couper du monde. Le grouillement des photos vers la décomposition s'était déplacé en lui, dans son esprit où était logé son nouveau don de voyance, pour continuer à le traquer, à lui faire entendre ses éructions.

X

Le shooting

La journée était splendide. Le ciel, uniformément bleu, était pur et sans nuage, sauf là-bas au loin, en regardant bien, du côté du pont Jacques-Cartier, on pouvait voir des déchirures de ouate, de tendres effilochures border l'horizon. Le soleil bas et imposant restait léger, discret, un ballon de lumière qui gardait ses distances, attaché à la Terre par un fil invisible. C'est vrai qu'il n'était que onze heures du matin, mais l'été était déjà en feu et août approchait à grands pas, appréhendait Julie, l'enfer avait déjà franchi les portes de Montréal pour ouvrir large son four, jusqu'en automne.

Julie avait remarqué que la rambarde avait été réparée. Elle s'en était approchée pour la tester et elle tanguait toujours, du travail bâclé. Par précaution elle avait disposé les tables de pique-nique et les parasols vert bouteille assortis de façon qu'on ne puisse pas y accéder, à moins de les enjamber.

Elle avait passé la journée précédente à préparer de quoi nourrir la troupe pendant et après le shooting qui se voulait, aussi, une célébration. Elle avait fait des sandwiches de toutes sortes, aux viandes froides mais aussi aux légumes grillés, de la salade de pommes de terre et de pois chiches, elle avait acheté une douzaine de bouteilles d'eau plate et pétillante, deux litres de jus d'orange, du sirop de grenadine, des citrons et des cerises aussi, et, bien entendu, pour payer tout ce beau monde de ses efforts, huit bouteilles de champagne dont deux étaient déjà sur le toit, des Veuve Cliquot, à consommer après 16 h 00, du moins pour elle, et surtout en mangeant, à l'abri du soleil. Les réserves étaient conservées à l'ombre, dans un coin de la terrasse, placées dans deux grands bacs remplis de glaçons qu'elle remplacerait au besoin.

Elle avait tout organisé avec un zèle inhabituel qui durait, et qui la surprenait. Alors peut-être, espérait-elle, qu'elle n'avait pas besoin d'aimer pour vivre, peut-être que la meilleure façon de vivre était sans amour.

Il y aurait d'abord elle, Rose et Charles, quatre heures de shooting pendant lesquelles Julie devrait définir l'angle de plongée sur les corps. André et Bertrand étaient invités à se joindre à eux vers 16 h 00, ils auraient le loisir de passer en revue les photos que Charles pourrait transférer sur son ordinateur portable qui captait, même sur le toit, Internet à haute vitesse. Le reste suivrait le mouvement improvisé des humeurs, on rentrerait chez soi ou encore on continuerait à fêter, là, sur le toit, en invitant les locataires de l'immeuble. Olivier Blanchette, un cameraman avec qui elle avait déjà travaillé sur *Enfants pour adultes seulement*, viendrait filmer le shooting, ensuite il pourrait les suivre dans la fête ; d'après Julie c'était dans la poche, il adopterait le concept.

Son corps tout juste bronzé aux muscles à peine découpés s'était remis debout, il était sorti de sa rechute qui semblait appartenir à un passé lointain, une mauvaise passe vécue par quelqu'un d'autre, qui lui aurait ensuite été racontée. Vieillir augmentait la distance entre

Julie et ses souvenirs, qui se détachaient d'elle
des livres de sa vie, qu'elle aurait lus depuis lon
Elle se tenait appuyée sur la rambarde mais loin
l'endroit où la foudre était tombée, une crème solaire sur ses épaules semées de taches de son qui formaient des grappes. La gauche était maintenant guérie, quoique l'ancienne blessure, quand elle était très fatiguée, ou quand elle soulevait des poids, se manifestât encore, en de vagues ondes chaudes, presque sensuelles.

Rose était arrivée la première, sans faire de bruit, elle avait surpris Julie perdue dans ses pensées comme la première fois qu'elles s'étaient parlé, un an auparavant, sur ce même toit, pendant la Coupe du Monde.

« Ça va ? » avait lancé Rose avec une crispation dans la voix que Julie avait choisi de ne pas relever, par économie d'énergie.

Julie avait dû placer une main devant ses yeux pour couvrir le soleil qui l'éblouissait et cachait Rose qui prenait les allures, dans cette lumière violente, d'une apparition. Puis Rose s'était approchée d'elle, sortant du soleil. La première chose que Julie avait remarquée était ses cheveux coupés aussi court que les siens ou presque, un carré retombant sur le menton, encadrant son visage qui en ressortait encore plus jeune, encore plus petite fille qu'avant. Elle portait une robe moulante courte d'un vert bleuté, des souliers plates-formes qui laissaient voir des pieds menus couronnés d'ongles manucurés à la française, et qui lui permettaient de regarder Julie droit dans les yeux, elle qui ne portait ce jour-là que des gougounes en plastique, ses propres souliers à putes étant rangés du côté des bouteilles de champagne, avec des petites tenues, des en-cas, dont deux maillots de bain. Rose s'était payé un maquillage professionnel, un vrai, ses yeux étaient charbonnés de gris bleuté foncé, des smoky eyes, mais l'ensemble était étalé avec goût et doigté, ses sourcils foncés au crayon montaient haut sur son front, ouvraient son regard, sans doute un effet du Botox.

Depuis un an Rose avait gagné en beauté mais c'était une beauté encore plus acharnée d'efforts, qui en disait long sur les sommes d'argent et de temps qu'elle y investissait. Elle avait ce corps-vulve des transsexuels de Madrid, tout d'elle appelait l'érection, son sexe la recouvrait de la tête aux pieds comme une peau de cuir. Plus que jamais elle était un bon sujet de documentaire, et Julie s'en félicitait.

« Tu as l'air bien. Tu ne manques pas d'argent à ce que je vois. »

Julie regrettait déjà son ton ironique. Elle était brusque et ne savait pourquoi, mais la brusquerie, c'était quand même un lien.

« J'ai eu de la chance dans ma malchance, comme on dit », avait répondu Rose, sur le même ton.

Le ciel bleu, omniprésent, immense, semblait immobile, comme une toile de fond. Pour le shooting c'est parfait, avait évalué Rose qui savait d'expérience que ce soleil-là, si elle savait en jouer, allait la servir, du moment qu'elle pourrait aussi jouer avec l'ombre dispensée par les parasols et la panoplie des réflecteurs et boîtes à lumière de Charles, qu'elle connaissait sur le bout des doigts. Mais rien d'autre ne comptait, au fond, que cette journée qui sentait bon, où elle serait dans l'objectif de Charles, où elle piétinerait Julie.

« Je reprends le travail avec Charles, mais seulement par contrats.

– Ah bon ? Tu retournes aux études ? »

Rose avait eu un petit rire de dépit, Julie s'était encore échappée pour une raison obscure, qui sait si elle n'était pas jalouse de cette solidité devant elle, qui était restée droite dans l'échec, qui n'avait pas été détruite, s'imaginait-elle.

« Disons que je me réoriente professionnellement. Un buzz. Un trip. Ça fait ça les ruptures. On change de coiffure, on fait des choses qu'on n'aurait jamais faites avant.

– On force l'autre à rester, même s'il est déjà parti.

– Des choses qui vont dans le sens des choses aimées par celui qui a abandonné, avait-elle poursuivi sans tenir compte de la dernière réplique de Julie, qu'elle n'avait d'ailleurs pas comprise.

– Des choses comme les choses qui vont se passer aujourd'hui ? »

Puis un silence était tombé entre elles, comme d'habitude, comme à l'accoutumée, quand elles n'étaient pas saoules, un silence pendant lequel Rose s'était déplacée vers les tables aux parasols verts, pour reluquer dans la direction de la rambarde, sans faire de commentaires sur leur disposition.

« La situation est un peu grosse, avait admis Julie. Mais elle est complètement spontanée, à n'importe quel moment on peut tout arrêter. »

Spontanée, la situation. Pas tant que ça, s'était dit Rose pour elle-même.

« C'est gros mais nous sommes tous gros, de nos jours, avait renchéri Julie qui avait levé le ton pour se faire entendre de Rose qui longeait les tables.

– C'est vrai. On vit dans un monde comme ça, de grossièretés. »

Rose faisait le tour de la terrasse avec lenteur, en s'arrêtant ici et là, poupée observant le lointain non comme un horizon mais comme un décor en carton-pâte, elle levait le menton sur le monde autour pour que ce monde la voie, elle, posée au sommet de ses souliers plates-formes, cambrant les reins, passant une main dans ses cheveux.

Rose fouillait maintenant parmi les sandwiches et les bouteilles, avait pris dans une main les souliers noirs patinés de Julie, du genre à danser devant un public autour d'un poteau, et dans l'autre une bouteille de champagne, avant de se relever et de tendre les bras vers Julie, avec un sourire en coin, faux, pour faire un parallèle entre les souliers et le champagne. D'un mouvement leste elle avait relâché les souliers dans un coin, *ploc*.

« C'est pour boire maintenant ? avait-elle fait en pointant du doigt la bouteille. Je peux ? »

Un pincement dans le ventre de Julie était venu répondre à la question de Rose, elle en avait même consulté sa montre, le tourment au front. Midi, et Charles n'était toujours pas arrivé.

« Tu fais ce que tu veux. En ce qui me concerne je trouve qu'il est un peu tôt. Tu crois pas ? »

Mais Rose cherchait les flûtes que déjà elle trouvait et disposait sur une table. Une minute plus tard le bouchon volait dans un *pop* avant de percuter l'intérieur d'un parasol, et c'était comme si ce bouchon avait popé dans le ventre de Julie, qui se crispait sur lui pour le digérer et l'expulser hors d'elle.

« J'ai tes cigarettes de filles, des Benson & Hedges ultra light king size. »

Julie regardait son verre qui débordait de mousse, tant pis s'était-elle dit, et à demain. Les deux femmes avaient entrechoqué leurs verres, cheers, elles avaient trinqué au shooting qui allait avoir lieu, cheers, et aussi au futur, tant qu'à faire, cheers.

« Il faut que je te dise avant qu'on ne puisse plus en parler, avait commencé Julie en reposant sa flûte. Charles est dans un état qu'il essaie de cacher. Puisque j'y suis liée c'est mieux que ce soit toi qui lui tendes la main. Qui fasses le prochain geste.

– Qu'est-ce qui se passe ? Quel genre d'état ?

– Je sais pas, avait-elle répondu en se massant le ventre pour en calmer la graine d'anxiété. En tout cas il est bouleversé. C'est le moins qu'on puisse dire.

– Moi et Charles on ne parlait pas vraiment de ces choses-là, du passé, des grands traumas. On n'est jamais entrés dans nos travers de famille. Et puis tout s'est toujours bien passé entre nous. Jamais je ne l'ai vu aller mal plus de deux jours de suite. »

Les deux femmes étaient assises l'une en face de l'autre, elles se regardaient sans s'évaluer, pour une fois. Julie avait levé son verre vers le ciel dont le bleu se noyait dans la couleur dorée du champagne. Les bulles qui montaient à grande vitesse, démoniaques, pétillaient en produisant, quand elle approchait l'oreille, un *tsssh* de serpent à langue fourchue sur le point d'attaquer.

« C'est quelque chose qui se rapporte à sa sexualité. Enfin à ses goûts, que tu connais. »

Le visage de Rose, en partie caché derrière de grosses lunettes de soleil qu'elle venait de poser sur son nez, s'était figé.

« Quoi ?

– On dirait que son truc a lâché. »

C'était la première fois que la sexualité insolite de Charles était évoquée entre les deux femmes. Rose avait baissé les yeux, elle pensait aux photos qu'elle lui avait envoyées deux jours plus tôt, qu'il avait vues à coup sûr.

« Lâché ? Qu'est-ce que tu veux dire ?

– Lâché comme un ressort. Et je crois qu'en sautant quelque chose s'est du même coup déglingué dans sa tête. J'en sais pas plus.

– Quand l'as-tu vu la dernière fois ?

– Il y a deux jours. Il était à son plus bas. »

Rose s'était mis un ongle en acrylique dans la bouche, celui du pouce, et le grugeait en fixant sa flûte. Son Sexe, qui jusque-là était resté sage, venait de se réveiller pour partir de plus belle en démangeaisons, de l'intérieur. Il sait qu'on parle de lui, avait-elle pensé, il le sait comme une bête à l'affût des gestes de son maître.

« Il m'a parlé de photos pornos envoyées par une personne qui le connaît. Il croyait que c'était moi. Je me suis dit que, puisque tu es familière avec son… univers… son répertoire… »

Julie cherchait une façon de continuer, mais la porte de la terrasse s'était ouverte sur Charles qui charriait trois boîtes en aluminium à poignées.

Rose s'était déjà avancée vers lui pour en prendre une.

« Restent encore deux boîtes en bas, chez moi.

– Tu veux de l'aide ?

– Non, ça va. Mais tu peux commencer à sortir le matériel. »

Il a l'air mieux que l'autre jour, avait remarqué Julie. Il a l'air bizarre, avait déploré Rose, qui ne pouvait plus cesser de penser à ce qu'elle avait fait, aux photos qu'elle lui avait envoyées, à ce que Julie venait de lui dire.

Rose avait sorti des boîtes l'appareil photo, un Nikon F-5, des lentilles, des filtres, un trépied, quelques torches et parapluies qu'elle avait installés à proximité d'une table où elle s'apprêtait à assembler le tout, à l'ombre. Elle s'affairait pour se cacher de Julie qui l'observait, déjà dans son travail de scénariste qui cerne son sujet, et qui sentait Rose dépassée.

Puis Olivier Blanchette était arrivé avec sa caméra, suivi de Charles qui n'était pas au courant de sa venue, et qui en était contrarié.

Le shooting allait commencer, Olivier était prêt à filmer. La règle avait été convenue par Julie à la déception de Rose qui se voyait sur les photos à l'image des modèles qu'elle habillait, sexy, vernie, et non comme un spécimen de foire, auto-aliéné, une folle derrière les barreaux. La conviction, se rappelait-elle, devait rester son seul commandement. Il lui suffisait d'évoquer la raison cachée de sa présence sur le toit ce jour-là, sans quoi elle aurait refusé de jouer le jeu, pour retrouver son entrain. Ce serait trop bête de rater cette occasion rêvée de les jeter par terre, tous les deux, par cette arme entre les jambes qu'elle avait acquise. Mais les choses, comme toujours, comme d'habitude, ne se déroulaient pas selon ses prévisions, en ratoureuses, les salopes.

La règle impliquait que les femmes soient photographiées sans qu'elles posent, qu'elles soient croquées par surprise, en train de boire du champagne, de manger, de se déplacer, parler entre elles ou au téléphone, en même temps que le côté plastique de leur corps devait être ciblé. C'est là où le talent de Charles devait entrer en scène. Il lui fallait mettre en lumière ce qu'il y avait de trafiqué dans leur naturel, surtout ne pas chercher à les embellir par son barda d'effets lumineux, ses réflecteurs diffuseurs et lisseurs, ses filtres contre les irrégularités de la peau, avait théorisé Julie qui parlait trop, explicitait trop, blabla qui enrageait Rose, obligée de se taire puisqu'elle faisait partie de son projet, de son plan à elle, puisqu'elle y avait consenti, à sa vision de femme ensevelie sous une chatte comme un sable mouvant. Rose dans Rosine, encore une fois, malgré son Sexe qui allait bientôt, dans une, deux ou trois heures, surgir comme un diable de sa boîte.

De son côté Charles était peu volubile, le projet ne représentait pas de grandes difficultés mis à part le fait qu'il soit suivi par un cameraman, qu'il était parvenu à oublier, passé un temps. Il était calme et présent à la situation, chose étonnante en regard de ce qui s'était passé deux jours auparavant au studio, où il n'était pas retourné, de peur que l'expérience ne se répète. Il comprenait où Julie voulait en venir, l'ayant maintes fois entendue sur le sujet, et surtout la lumière du soleil sur les corps les recouvrait d'un halo qui les protégeait de sa voyance immonde, son troisième œil creuseur de tombes. Le vent, le bruit de la vie autour, et le mouvement des deux femmes qui jouaient la comédie de s'affairer comme si de rien n'était, que Julie jouait à la perfection contrairement à Rose qui ne pouvait s'empêcher de poser, les empêchaient de se dégueuler elles-mêmes sous sa loupe de photographe. Tout du contexte où elles se trouvaient les rendait étanches, le ciel, le soleil, l'air ambiant les cadenassaient, se posaient entre elles et lui comme un filtre.

Les femmes mangeaient, surtout Julie qui voulait retarder le plus possible le moment où elle ne pourrait plus s'arrêter de boire. Parfois elle revêtait l'un de ses maillots de bain pour se rendre compte que son corps n'avait plus grand-chose de spécial, que le temps avait arrondi son ventre où la vie n'avait pourtant jamais eu le droit de cité, et que sa peau zébrée de petites vergetures aux fesses s'était un peu relâchée, malgré tous ses efforts ; sans compter toutes les cicatrices laissées par les lames de rasoir, autant de fines lignes parfois blanches ou rosées qui parsemaient sa poitrine et l'intérieur de ses cuisses, des traits comme des griffures qui allaient s'estomper avec le temps, mais qui, pour l'instant, ne pouvaient pas passer inaperçus. Soit, jugeait Julie, encore l'une de ces préoccupations qui devraient se détacher d'elle comme une écriture, pour la laisser vieillir en paix, comme le faisaient déjà ses souvenirs. Rose, qui n'avait rien manqué du corps de Julie, se magnifiait elle-même dans la comparaison, elle se félicitait d'être plus jeune même si ce n'était que de trois ans, elle s'applaudissait d'être enfin passée du côté des gagnantes, des pilleuses d'hommes qui voient s'ouvrir toutes les portes sur leur chemin, pour leur permettre de continuer leur marche à la rencontre d'autres portes sur le point de s'ouvrir, en une parade perpétuelle où les obstacles tombent d'eux-mêmes, les uns après les autres.

Le shooting se déroulait dans le calme, un œil extérieur s'y serait sans doute ennuyé. Olivier se tenait à distance, zoomait tantôt sur Charles, tantôt sur Julie, mais surtout sur Rose, qui en mettait plein la vue. Il faisait plus chaud que prévu, le soleil dans un ciel toujours aussi bleu avait pris de l'expansion, s'était gonflé de lui-même, satisfait, amenant avec lui cette vapeur d'eau qui leur parvenait de l'horizon, en des nuages blancs filandreux comme de la barbe à papa, imaginait Julie, attentive aux effets encore ténus de l'alcool, qui l'égayaient, la rendaient enfant.

« Julie ! T'as pas d'autres bouteilles de champagne, chez toi ? Me semble que je t'ai entendue le dire tout à l'heure.

– Oui, mais attention au soleil qui cogne quand on boit. Rien ne presse de toute façon. »

Julie l'ivrogne dispensait des mesures d'hygiène que, pour une fois, elle était à même de suivre, sans doute parce qu'elle se promettait, une fois le shooting fini, une fois les photos passées en revue et classées, de se lâcher, de boire à tue-tête, à corps perdu, comme il lui chanterait. D'autant plus qu'André allait les rejoindre bientôt, dans deux heures tout au plus, avec de la « réveillante », mot qu'il avait trouvé pour nommer la cocaïne, chipie blanche qui lui redonnerait un second souffle.

Et Rose, toujours sur ses souliers plates-formes, jouait son nouveau personnage ; elle a changé, avaient observé en chœur Julie et Charles sans se concerter, en se jetant de temps à autre des coups d'œil quand Rose, qui dépassait les bornes, en devenait presque comique, tant elle y mettait du sérieux. Elle avait dégrafé le haut de sa robe avant de la baisser sous son nombril qu'elle s'était fait percer, d'où pendait un petit diamant blanc. Elle s'enduisait le corps de crème non pas pour se protéger du soleil mais pour le geste de s'enduire, usant du prétexte de la crème pour se caresser devant Charles. Non seulement il n'en était pas amusé mais il attendait qu'elle cesse de se crémer pour photographier le moment où elle perdait patience, manège qui la mettait hors d'elle.

« Tu es un mauvais modèle », avait-il laissé tomber.

Aucune parole n'aurait pu la vexer davantage et, à cause de cette parole, à cause de sa résistance devant ses manœuvres, se souviendrait-elle par la suite, elle avait pris la décision fatale de chercher à l'humilier publiquement, de le mettre au pied du mur.

« Regard qui parle ! Tu penses que je ne sais pas ce que tu demandes de tes modèles d'habitude ?!

– Ce n'est pas ce que je voulais dire. Être un bon modèle c'est se plier à la consigne, et la consigne est d'accepter d'être photographiée hors de la pose. C'est ta contrariété qui est intéressante, il faut l'exploiter.

– Je plie plus que tu penses. Et la contrariété ne peut pas être exploitée, comme tu dis. Si oui, ça reste du jeu, c'est encore de la pose. »

Rose s'était levée pour attraper une bouteille de champagne que Julie venait de déposer dans le bac à glaçons. Trop pressée de l'ouvrir elle n'avait pas pris le temps de bien déchirer le papier doré qui recouvrait le goulot et n'avait pas su faire sauter le bouchon, qui restait coincé. À force de le presser elle s'était fait mal au pouce, au bout duquel un ongle s'était cassé.

« Fuck ! Fuck ! »

Charles qui, pour la première fois de la journée, prenait un vrai plaisir à la regarder, avait profité de sa colère pour la mitrailler de son appareil photo en des plans de plus en plus serrés.

« Arrête ! Arrête, merde !

– T'es trop sérieuse, Rose. Amuse-toi donc un peu, avait-il dit en la visant encore, avant qu'elle ne lui arrache l'appareil des mains d'un mouvement sec, comme un enfant s'accapare le jouet d'un autre enfant, non pour jouer mais pour priver.

– C'est pas drôle. Pourquoi tu me fais ça ? Aucune femme ne peut se prêter à ça parce que aucune femme n'aime perdre le contrôle de son image. Tu devrais le savoir, toi, le photographe, le faiseur de chiennes. »

Charles n'en revenait pas, jamais Rose ne lui avait parlé de cette façon, ni en ces termes-là. *Perdre le contrôle. Faiseur de chiennes*. À ces mots les photos pornos qu'il avait reçues, celles du sexe envoyées via une adresse inconnue, s'étaient pressées en lui, encore chargées de cette angoisse de viande, celle de la séquestration devant la folie du père. Mais l'angoisse s'était évanouie aussitôt car il venait d'être frappé d'une sorte d'évidence, que tout cela, ce qui s'était passé et ce qui allait se passer, ce que sa vie avait été jusqu'à ce jour avec ses épreuves, était indispensable. Rose l'avait comme illuminé, tout de sa vie faisait partie d'un projet plus grand que lui, un projet nécessaire où il tenait le rôle central. Ce projet était celui de la Volonté.

C'est elle, avait-il compris, la Volonté l'a mise sur mon chemin.

Il revoyait le sexe sur l'écran en même temps qu'il se revoyait lui-même dans la maison de Pierre, son père, assis devant une assiette débordante de viande et de pommes de terre qui lui soulevait le cœur, tandis que Pierre lui racontait l'histoire de créatures femelles à l'œil au lieu du sexe. Tout cela, les photos du sexe qu'à présent il attribuait à Rose, sa vision qui perçait la peau, et le récit du père sur l'œil-sexe et les Amazones, commençait à prendre une forme dans sa tête, à déployer son sens narratif. Les idées sortaient de l'obscurité pour se montrer en plein jour et s'imposer comme une révélation : on s'adressait à lui par le biais de signes, qui portaient un message important, tombé d'un autre monde, celui des morts, des âmes errantes. Son père, peut-être, tentait de le joindre.

Rose, qui avait remarqué le trouble de Charles, s'était d'un coup calmée et lui avait rendu son appareil photo.

« Julie m'a dit que tu n'allais pas bien. Tu peux m'en parler si tu veux. Elle m'a laissée entendre qu'elle t'avait fait du tort.

– Vous, les filles. Paniers percés. »

Il avait rangé son appareil dans une boîte puis s'était installé à l'ombre d'un parasol, pour fumer une cigarette et se calmer, mais le bourdonnement qui lui avait empli la tête en sortant du studio l'emplissait à nouveau et ne faisait que gagner en intensité à chaque seconde, se changeant en une frénésie liquide, comme s'il était au bord d'une mer enragée. Bientôt Charles entendit battre des flots, sa tête était secouée par des masses d'eau qui allaient se jeter sur des falaises au pied desquelles elles se fendaient, explosions blanches sur gris acier dans lesquelles s'éboulaient encore, et encore, les falaises. Il voyait Rose et Julie à travers ce vacarme du retour des flots fendus par les falaises éboulées, il les observait sans appartenir à ce qu'elles étaient, ni au lieu d'où il les voyait, elles évoluaient désormais dans un monde dont il ne faisait plus partie.

« Je m'arrête un peu, j'ai besoin de reprendre mon souffle.

– Si tu veux on peut télécharger sur ton portable les photos que tu as déjà, avait suggéré Julie.

– Je préfère le faire chez moi, en bas, seul, tranquille. »

Charles était sorti de la terrasse. Julie, qui continuait à manger, à boire et fumer, avait passé un point de non-retour, elle sentait la joie lui monter au cœur, comme une fête, de l'amour à donner, elle tentait en vain d'engager des conversations avec une Rose écœurée qui commençait aussi à être saoule, qui devait s'accrocher à sa conviction, à son trésor resté dans l'ombre. Elle ne prenait même plus la peine de rabaisser sa robe qui lui montait sur les fesses, deux fesses rondes et bronzées entre lesquelles se perdait un string qu'on devinait en satin blanc, et qu'Olivier avait du mal à ne pas filmer.

« J'ai un ami à te présenter, avait suggéré Julie. Il arrive bientôt.

– Il est aux femmes, au moins ?

– Oui. En général elles ne lui résistent pas. »

Rose souriait, une pointe de tristesse au front.

« En passant, avait poursuivi Julie, j'ai vérifié les statistiques des naissances par sexe. Tu es dans le champ.

– Je m'en fous.

– Pourquoi raconter ce que tu m'as raconté ? »

Julie et Rose se regardaient et se souriaient à travers des vapeurs d'alcool où dansaient confusément les souvenirs des derniers mois, à la fois dérisoires et terribles. Tout cela avait été bien sévère, bien cérémonieux, pour rien, pensait Julie, alors que Rose, qui avait mis une main sur son sexe, à l'abri sous une table, faisait monter en elle un début d'excitation qu'Olivier filmait en douce, mine de rien, en retrait ; il filmait Rose qui se savait filmée et qui s'était arrêtée juste avant l'orgasme. Ça marche, ça marche, se rassurait-elle. C'est bientôt le temps.

Charles était chez lui, les rideaux fermés sur le grand jour qui chauffait la ville, maintenant surexposée, livrée aux rayons implacables du soleil.

Les flots s'étaient mués en un fond sourd, et lancinant, de lignes à haute tension. Il examinait à l'écran de son ordinateur les résultats du shooting devant lesquels sa voyance s'était réactivée. Quelque chose avait changé depuis le studio : le mouvement s'était accentué, les images avaient gagné en texture, en épaisseur, les corps bougeaient, amples, presque suaves, comme s'ils étaient travaillés par des vers qui se confondaient avec la peau, se tordaient en une vie frémissante et autorégulée. Mais cette fois, il le savait, cette voyance n'était pas accidentelle ou provisoire, elle n'était pas une menace non plus, au contraire, elle était une porte ouverte sur la Vérité, elle était un cadeau de la Volonté qui le transportait bien au-delà des autres, aveugles, sans son don. Il les dépassait d'une supériorité qui n'avait pas encore de nom, qui faisait de lui l'homme le plus important du monde, le plus seul aussi. Ce prix à payer de solitude et d'incompréhension des autres, il devait l'accepter.

Sur Terre il était le premier, ou plutôt le deuxième après son propre père, à être en mesure de voir ce qu'il voyait. Cette chair n'était plus ni excitante ni angoissante, elle était réelle, juste réelle, et elle habitait le monde, côtoyait les humains, elle les débordait aussi en une sorte d'au-delà. Sauf que personne ne s'en apercevait, à part lui. Il commençait à lire, à travers les photos, des messages encodés qui libéraient leurs clés, et ces messages parlaient d'une menace globale, obscure, dont la nature qui restait à définir concernait une force étrangère qui ferait périr les hommes.

Il voyageait à travers les photos. Plus il les faisait défiler, plus Rose, qui tentait de se déshabiller, de lui dévoiler quelque chose, un secret, sa mission, affichait sa colère. Son visage qui se découpait sur un ciel mouvementé à l'égal des ciels de Van Gogh, envahi de formes longues, sinueuses, serpentins roulés en boules, exprimait une fureur qui n'était pas seulement la sienne mais aussi celle de la Volonté. Sur quelques photos, trop peu nombreuses, on pouvait voir ses fesses à moitié découvertes qui appelaient l'ouverture, qui ondulaient dans le mouvement qui les renvoyait, pour les ravaler, des fesses bronzées qui invitaient au forçage à travers le tissu blanc du string où se reflétait la lumière, comme une étoile dans un sourire, invitation à laquelle il ne s'était pas soumis, en aveugle qu'il était encore.

Puis une voix dans sa tête, sans doute celle de son père, premier messager de la Volonté, avait parlé :

« Elle t'a fait signe, et tu ne l'as pas suivie. »

Charles n'avait pas peur, il était déjà prêt. La voix tombait à point, confirmait ses intuitions, venait encercler d'un sens logique, et salutaire, l'effroyable transformation du monde qui s'était opérée pendant les dernières semaines. Jamais les choses n'avaient été si claires : il était entré dans un autre monde qui s'était ouvert devant lui pour qu'il en saisisse la Vérité, un monde qui l'avait choisi.

« Quand elle reviendra, laisse-toi guider par ma voix. »

Charles avait ensuite ouvert en grand les photos du sexe de Rose. Elles ne lui inspiraient plus rien d'autre que de l'émerveillement et un incomparable respect, un urgent besoin de les lire aussi, de les décoder, d'attendre alerte et concentré qu'elles lui livrent leur sens complet. Sa vie entière, il le savait maintenant, avait convergé vers ce sexe, toute sa vie il n'avait attendu que lui. Le mouvement des vers sur le sexe était plus lent et plus profond encore, et tout cela bougeait en un recommencement circulaire et hypnotique.

Le temps qui passait lui semblait une éternité, rien ne pressait. Il découvrait Dieu, et Dieu était son Père. Sa boucherie, sa viande, n'avaient été qu'une façade devant la Vérité, que Pierre avait pourtant voulu lui transmettre, alors qu'il n'était pas prêt, sans doute, pour l'entendre.

Le mouvement traçait des motifs, qui se précisaient. Au centre de la chair s'ouvrait un œil, non pas l'image d'un œil, non pas un œil photographié, mais un vrai, un œil vivant, qui bougeait lui aussi, jetait sa pupille dans toutes les directions comme pour s'assurer que personne, en dehors de Charles, ne se trouvait dans la pièce. Après un temps l'œil l'avait regardé droit dans son œil à lui, intentionné, prêt à lui parler, sans malice. Il voyait Dieu, le Père Boucher, qui le voyait en retour.

« Quand elle viendra, suis-la. Elle te montrera le chemin. »

La voix sortie de l'œil était rassurante.

« Mon fils, je m'étais trompé. Les femmes ne sont pas nos ennemies. Rose, leur chef, est l'Amazone, la voie. »

Charles regardait l'œil dans le sexe que le mouvement avalait, recrachait, il fixait l'œil qui le fixait aussi, et le temps filait, et rien ne pressait. Il était bien, il attendait.

Olivier, Bertrand et André étaient arrivés. Ils avaient été accueillis avec du champagne par Julie au sommet de la gaieté et une Rose à moitié nue, dont la beauté et la minauderie avaient plongé dans l'émoi André, qui la voyait pour la première fois, et consterné Bertrand, qui la voyait aussi pour la première fois, façon de parler, puisque jamais elle n'avait agi devant lui de cette manière. Rose commençait une nouvelle carrière et allait tester sur eux ses talents, c'est ce qu'elle se disait en tirant une généreuse ligne de cocaïne, offerte par André.

« De la réveillante, bella. »

Rose se le taperait, ce Géant Tombeur, ce grand brun, se le taper comme se le faire, se le faire comme le jeter ensuite, c'est ce qu'elle se promettait aussi, mais avant elle devait aller au bout de ses plans.

De gros nuages blancs voyageaient dans le ciel entre lesquels le soleil faisait ici et là irruption comme un projecteur lancé sur eux, les balayant, eux et la ville, de sa puissance d'éraflure.

Julie, survoltée par la cocaïne, allait frapper aux portes des locataires de l'immeuble pour les inviter sur le toit. « Plus on est de fous ! » leur lançait-elle en les rassurant ensuite, la parole précipitée, mots agglutinés, que ce n'était là qu'une expression, que bien sûr ils n'étaient pas vraiment fous mais qu'ils étaient toutefois attendus, là-haut, avec leur alcool, pour contribuer à la fête de leur grain de folie. Devant la porte de Charles elle avait cogné sans obtenir de réponse, mais elle ne s'en était pas inquiétée. Avant d'aller de l'avant en faisant claquer ses gougounes par les couloirs, elle avait crié à travers la porte :

« Hey toi, le photographe ! On t'attend ! Dépêche-toi ! »

Mais derrière la porte il n'y avait eu aucun bruit. Tant pis.

Olivier Blanchette la suivait avec sa caméra, il avait été établi que l'improvisation serait la seule règle du tournage, que le chaos pourrait ultérieurement être utilisé, d'une manière qui restait à déterminer.

Le tapage de Julie dans le voisinage avait porté ses fruits. Une vingtaine de locataires désœuvrés avaient accepté l'invitation, ils avaient fait irruption à tour de rôle sur le toit, appelant des amis avec leurs cellulaires, flairant l'électricité dans l'air comme une promesse d'action. Ils avaient décidé de disperser les tables sur toute la surface de la terrasse. Que la rambarde tangue un peu ne présentait pas de danger, puisque tout le monde en était informé, d'ailleurs il avait été collectivement décrété que, pour tomber, il fallait d'abord le vouloir.

Rose se tenait debout devant Charles qui la regardait, les yeux exorbités, la bouche entrouverte, comme un enfant devant un tour de magie. Comme Charles, Rose était exaltée et plus convaincue que jamais, la réaction de Charles dépassait ses espoirs les plus fous. Elle avait remonté de ses deux mains sa robe vert bleuté sur ses hanches, le string en satin blanc brillait dans la pièce obscure, présence phosphorescente qui parlait à Charles, indiquait la voie à suivre, et la voix du Père Boucher commentait chaque geste, approbateur. Dans l'obscurité brillait aussi l'écran de l'ordinateur où Rose pouvait voir son propre sexe en photo. Il se branlait en secret au lieu de venir vers moi, avait-elle pensé, contentée.

« Je t'attendais, avait dit Charles.

– Tu veux faire un peu de lumière ? » avait-elle demandé.

Et simultanément : « Fais de la lumière. Fais ce qu'elle te demande », avait commenté le Boucher.

Charles avait allumé une lampe à proximité, avant de s'agenouiller devant Rose, tel un prieur.

« Vas-y, je suis prêt, avait-il dit.

– C'est pour toi. Je l'ai fait pour toi, un cadeau, avait répondu Rose, la voix affectée d'un trémolo, tout à coup émue.

– Je sais. Je sais », avait-il murmuré, en baissant un peu la tête, en signe de respect.

Rose avait enlevé son string avec cette lenteur calculée des strip-teaseuses, l'avait d'un geste délicat posé sur le bureau de Charles, puis s'était cambrée vers l'arrière, toujours debout, les jambes écartées, les doigts ouvrant ses petites lèvres rapetissées, disparues, le clitoris déjà gonflé, énorme sans son chapeau. Elle attendait, les yeux fermés, des attouchements, du bruit, une précipitation animale, qui ne venait pas. « Est-il déjà en train de jouir ? » C'était une possibilité.

Après une minute sans mouvement ni halètement elle s'était redressée, avait ouvert les yeux sur un Charles toujours prosterné, fixant son sexe la bouche ouverte, halluciné, grave. Contre toute attente ses pantalons n'étaient pas détachés et il ne se touchait pas, ses mains étaient posées à plat sur ses jambes, sages.

« Regarde, et vois, avait dit le Père. C'est le sexe sacré, qui mène à l'au-delà. »

Charles regardait le sexe presque guéri, épilé et offert, de Rose, il s'abîmait dans sa vulve de fillette au centre de laquelle le regardait un œil, le même que sur l'écran. Puis, lentement, le mouvement des vers s'était emparé de la chair de Rose, dans laquelle l'œil lançait sa pupille de gauche à droite.

« Merci Rose, merci. Je savais pas. J'étais aveugle.

– Mais qu'est-ce que tu as ? Qu'est-ce que tu fais ? » avait-elle crié, provoquant un recul de Charles dont les yeux s'étaient détournés du sexe pour la regarder en face.

Rose, encore une fois dépassée, une fois de plus blessée, s'était penchée pour empoigner la main droite de Charles et la diriger entre ses jambes.

« Non !

– Mais qu'est-ce que tu as ? Qu'est-ce que t'es devenu ?

– C'est interdit ! C'est sacré ! »

Charles continuerait de la priver de ce qu'elle voulait. Rose, qui venait de le comprendre, avait rabaissé sec sa robe avant de reprendre aussi sec son string pour le brandir à la face de Charles qui, épouvanté, restait agenouillé comme devant le Jugement Dernier.

« Tu vois cette petite culotte ? Ce string de satin ? Tu le vois ? Hein ?! Je l'ai acheté pour toi ! Pour toi ! »

Rose agitait violemment le string sous le nez de Charles, en pointant son entrejambe du doigt.

« Tu as vu l'opération ? Bien sûr que tu l'as vue ! C'était pour toi aussi ! Tout le temps j'ai pensé à toi ! Tu te rends compte de ce que ça représente ? Non ! Tu t'en rends pas compte ! »

Elle était maintenant au bord des larmes, et c'étaient des larmes de rage.

« Tu ne veux même pas me toucher ! Après tout ce que j'ai fait, tu daignes même pas, toi monsieur Propre, me toucher ! »

La voix du Boucher, soudain agressive, s'était transformée en une voix de femme qui se faisait entendre à travers la colère de Rose. La voix semblait sortir de Rose comme si Rose était elle-même dématérialisée en une présence fantomatique, mais combien importante, qui s'en allait vers la porte.

« Qu'est-ce que tu attends ? Touche là ! Touche là ! »

Charles s'était levé, avait tendu les bras vers Rose qui déjà passait la porte pour courir dans le couloir, rejoignant les escaliers dont elle grimpait les marches à toute vitesse. Charles était à la merci de la voix qui montait vers les aigus, et qui, à bien entendre, était celle de sa mère, oui, c'était la voix de Diane qui venait de se joindre au plan selon une logique insaisissable qui s'imposait à lui, c'était Diane qui maintenant le menaçait.

« Mais qu'est-ce que tu as fait ? Tu ne l'as pas écoutée ! Tu ne l'as pas suivie ! Tu vas le payer ! »

Charles s'était agenouillé au sol, avait recouvert ses oreilles de ses mains pour faire taire la voix, qui continuait à le menacer. Puis, d'autres voix, connues et inconnues, s'étaient superposées à celle de Diane, une douzaine au moins, cacophonie d'imprécations, d'oiseaux de malheur.

« Non ! Pardon ! Je ferai tout ce qu'elle voudra. Tout ! »

Mais Charles était incapable de se lever, il pleurait, il gémissait, il avait froid. Avoir des pensées propres n'était plus possible parce qu'On les lui avait volées, et qu'On les avait remplacées par celles de la Volonté. En se retournant vers son ordinateur, il avait découvert que l'écran, qui était passé en mode économie, déversait des motifs qui étaient autant de messages à déchiffrer, et qui indiquaient tous la même direction : le toit.

Sur le toit il y avait bien cinquante personnes, des locataires de l'immeuble et leurs amis, et les amis de leurs amis. « Plus on est de fous ! » s'emportait Julie qui pétait le feu, en devenait lourde.

Rose venait d'y remonter avec ses promesses de vengeance. Jamais, jamais, elle ne s'était sentie si humiliée. Elle s'était sacrifiée pour Charles en vain, se retrouvait dans la dèche. Elle se promenait parmi les gens qui la regardaient, elle si jolie et provocante avec sa robe trop courte, montée sur des souliers plates-formes, boire du champagne en se parlant à elle-même, poursuivie par André qui voulait l'attirer dans un coin de la terrasse, à l'abri des regards derrière la cage d'escalier, pour lui offrir de la cocaïne et toucher au passage son corps menu fait pour l'amour. Olivier Blanchette suivait tantôt Rose qui était en soi un spectacle, tantôt Julie qui parlait de ses visions du monde, se répandait en digressions.

Julie se promenait comme Rose parmi les gens, maîtresse des lieux, pour s'assurer qu'ils ne manquaient de rien, buvaient de tout leur saoul. Elle s'était maquillée et coiffée chez elle en vitesse, avait enfilé des shorts et des talons hauts, pourquoi être en reste par rapport à Rose, s'était-elle demandé, et Bertrand tentait de la séduire, encore une fois sans succès – ses chemises hawaïennes qu'il s'obstinait à porter, elle ne savait pourquoi, décourageaient la séduction, peut-être parce qu'elles lui faisaient trop penser à son grand-père O'Brien qui passait, depuis les vingt dernières années, tous ses hivers en Floride. Elle jacassait dans toutes les directions, surtout il fallait penser à la crème solaire et bien s'hydrater, elle parlait et parlait à qui voulait l'entendre de son projet, du shooting, de Charles le photographe qui tardait à se présenter sur la terrasse mais qui y serait bientôt, elle était justement sur le point de descendre le chercher. Les sandwiches, les salades, étalés à l'ombre sur une table de pique-nique, avaient presque tous été mangés, et des invités quittaient la terrasse pour revenir avec plus d'eau, des jus de fruits, du vin et du fort, des caisses de bière, des sacs de glaçons et des amuse-gueules, de la musique aussi, de la techno et d'autres genres moins populaires que Julie ne connaissait pas, qu'elle n'entendait pas non plus, trop emballée par ses propres paroles, qu'elle avait du mal à contrôler.

« Où est Charles ? »

Rose qui regardait Julie avait envoyé de la fumée de cigarette au-dessus de sa tête, par bravade, l'air de s'en foutre.

« Je sais pas. Toujours à se débattre devant son écran, j'imagine. »

Julie avait accepté l'humeur acerbe de Rose comme un prix à payer, un passage obligé vers l'annulation de sa dette envers elle, après tout que Rose soit jetée à la rue ne leur avait pas, ni à elle ni à Charles, apporté grand-chose.

« Tiens, en parlant du loup, avait fait Rose levant le menton vers Charles qui venait d'apparaître sur la terrasse, les yeux fuyants, craintifs.

– Charles ! »

Julie s'était avancée vers Charles alors que Rose déguerpissait dans la direction d'André, qui ne l'avait pas quittée des yeux, qui dépassait tout le monde de deux têtes.

« Tout va bien ? Les photos ont l'air de quoi ? J'espère qu'elles sont bonnes, surtout celles de Rose ! Tu n'as pas eu de mal à les transférer, au moins ? Ah, ici c'est la fête, comme tu peux voir, entre voisins ! »

Charles suivait Rose du regard, il n'avait pas écouté Julie, qui se plaçait devant lui pour le forcer à la considérer, obstruction intentionnelle et harassante, une mouche, un bourdon. Il avait cet air effaré, métallisé, des gens dont la vie est en danger. Tout de lui était hérissé, tendu, ses yeux se posaient sur les invités, les objets, en sautant de l'un à l'autre sans s'attarder, comme s'il cherchait la sortie de secours. Il venait de s'apercevoir que la terrasse était bondée, que tout bougeait, que le ciel bougeait aussi en lâchant ses nuages comme une cheminée d'usine et que ces nuages tombaient sur la terrasse, sur lui : il était pris au piège, dans l'ampleur de son monde transformé, saturé, prêt à éclater, l'envers du vide, plénitude infernale, un monde qui contenait trop de choses, et il pressentait que c'était ce trop-plein qui déclenchait les voix qui explosaient en persiflages, en sarcasmes. Que s'était-il passé ? « Ils sont là pour Rose aussi », psalmodiaient les voix. « Rose, répétait Diane, s'est vengée de toi, le raté ! »

Les images, les photos, les voix, le ciel et ses nuages, les gens qui bougeaient, tout cela formait une seule matière sans limites franches, ni contours fiables. La distance entre les êtres avait disparu. La peau comme surface des choses s'était résorbée. Charles lui-même se déversait au-dehors, craché de lui-même, excavé, et le dehors se renversait en lui, dans un même élan qui arrachait au-monde ses définitions.

« Charles, réponds-moi. Qu'est-ce que tu as ? Je vois bien que ça va pas. Ce sont les photos ? Tu as reçu d'autres photos qui t'ont remué ?

– Non, non, ça va. Ça va. Il faut que je parle à Rose. »

Charles qui avait du mal à reconnaître sa propre voix voulait se dégager de Julie mais elle l'avait retenu du bras, geste qui l'avait piqué.

« Reste, avait-elle dit en baissant le ton, sentant qu'elle devait utiliser la douceur. Reste un peu et parle-moi.

– Je devais faire quelque chose que je n'ai pas fait. Je dois le faire maintenant.

– Calme-toi. Calme-toi. Raconte-moi, viens ici. Rose ne s'en ira pas, elle t'attendra. »

C'était vrai, Rose était là pour rester, elle ne partirait pas, c'était elle qui devait lui faire signe et non l'inverse, avait-il entendu dans sa tête, par la bouche des voix qui le tenaient au fait de tout. Julie et Charles s'étaient retirés sous un parasol, pour s'asseoir l'un en face de l'autre. Il est devenu fou, avait compris Julie. Puis elle s'était souvenue de la rambarde.

« Écoute-moi bien. C'est très important ce que je vais te dire. La rambarde, là-bas, a été explosée par la foudre et mal réparée, avait dit Julie le doigt levé. Surtout, surtout ne t'en approche pas. Compris ?

– Compris. »

« La rambarde ! La rambarde ! Explosée par la foudre ! La rambarde ! » gueulaient les voix qui avaient entrepris de répéter tout ce qu'elles entendaient.

« Reste ici, je reviens, ne bouge pas. »

Julie était allée droit à Rose, qui parlait à André, le Géant Tombeur, dépité de sentir Rose contrariée par quelque chose qu'elle ne voulait pas partager.

« Charles ne va pas bien. Il faut le tenir à l'œil. Je crois qu'il délire. »

André, qui avait tout entendu, s'était reculé, par politesse.

« M'en torche », avait fait Rose.

Rose non plus n'allait pas bien, constatait Julie ; aller mal était une véritable obsession dans son entourage et c'était bien dommage, cela faisait des années, lui semblait-il, qu'elle ne s'était pas tant amusée. Puis, comme un vieux drap jeté sur elle, l'humidité avait commencé à l'écraser, à l'encrasser, et la fatigue subite était aussi devenue une charge à porter, à présent la pesanteur du monde se faisait sentir partout sur elle, doublée d'une grande lassitude dans ses idées qui refusaient de prendre forme, tombaient en désuétude avant même d'être formulées. La cocaïne, la menteuse, se retirait d'elle, sortait d'elle en voleuse, par la porte de derrière, sa bonne humeur dans un sac, s'échappant avec une énergie qu'elle ne lui avait donnée que pour mieux la lui ravir.

Julie avait observé Charles pendant quelques minutes pour le jauger. Il se tenait en retrait, toujours assis, mais il semblait calmé, donnait tout au plus l'impression d'être en lutte avec lui-même – mais qui, de nos jours, ne l'était pas ? Tant pis, tant pis, elle n'aurait qu'à se pencher sur son cas demain ou après-demain, après tout qu'est-ce que cela changerait, rien du tout, demain ou après-demain il serait encore temps d'agir, il ne serait pas trop tard, d'ailleurs Bertrand s'avançait dans sa direction pour lui parler, Charles était entre de bonnes mains.

Julie avait couru chez elle pour se refaire, avait sniffé, s'était vérifiée dans le miroir, puis était remontée sur le toit pour se rendre compte qu'Olivier Blanchette tenait sa caméra braquée sur Rose, qui s'était allongée sur une table de pique-nique, à la manière d'une femme étendue sur une plage, une serviette de bain sous elle, les jambes croisées aux chevilles, les pieds toujours chaussés, ses immenses lunettes de soleil posées sur le nez, qui lui mangeaient la moitié du visage. Puis, tout près de Rose, elle l'avait vu, lui, qu'elle n'attendait pas, dont elle ne s'expliquait pas la présence, mais qui était pourtant là, discutant avec un locataire de l'immeuble : Steve Grondin.

« Attention à tous ! Attention à tous ! avait claironné Rose en voyant Julie arriver sur le toit. Venez voir le clou du documentaire de Julie O'Brien ! Jetez un œil sur le destin de la Femme-Vulve ! Venez en admirer la tenue ! »

Pour la première fois de sa vie, Rose faisait un scandale, et elle avait un public. Jamais elle ne s'était sentie aussi sûre d'elle, enfin elle allait poser un geste, le premier d'une longue suite, espérait-elle, par laquelle elle se ferait exister en images, ensuite dispersées à travers le monde entier, par le biais d'Internet.

« Olivier, viens plus près encore ! Et vous tous, approchez ! »

Julie, qui s'était avancée vers Rose sans la regarder, ne comprenait rien, elle n'était plus dans son corps, elle regardait Steve qui regardait à la ronde mais qui ne la voyait pas, et Charles s'en était au contraire éloigné, de Rose, devinant d'instinct qu'il devait se protéger de sa vue. Les choses ne se déroulaient pas selon le plan divin, c'était sa faute à lui, déjà on le punissait.

« Toi aussi Charles ! Viens voir encore plus près l'endroit où les hommes comme toi poussent les femmes ! Et toi Julie, allez, viens donc juger par toi-même cette toute nouvelle burqa fraîche sortie d'une opération ! Viens juger par toi-même des résultats à couper le souffle ! »

Sur le toit tous les gens s'étaient arrêtés de parler, regardaient Rose, se consultaient des yeux sans bouger, tandis que Julie vivait un cauchemar : tout ce qui s'était détaché dans le travail de l'oubli se rabattait sur elle, d'un coup ; l'homme par qui elle avait rencontré la mort se tenait devant elle, et elle en était, après tout ce temps, tirée hors d'elle-même, rejetée en terre.

Les uns avaient commencé à entourer Rose, créant un mouvement qui avait incité, par effet de groupe, tous les autres à s'agglutiner autour d'elle aussi, chacun convainquant l'autre que l'appel faisait partie du shooting, comme si c'était un *making of* du documentaire, une mise en scène à laquelle ils étaient invités à se prêter, comme s'il s'agissait d'un jeu dont ils seraient les figurants. Olivier tenait toujours sa caméra sur Rose, qui se caressait une jambe du bout des doigts, de la cheville à l'aine puis de l'aine à la cheville, remontant chaque fois d'un centimètre sa jupe, dévoilant bientôt le satin blanc de son string.

« Allez, Julie ! Allez, Charles ! C'est dans notre métier à tous de se jeter à la face des autres, non ? »

Charles entendait Rose mais il ne comprenait pas le sens de ses paroles, ou plutôt l'unique sens qu'il en tirait était celui de son exclusion : Rose, qui était la voie, chef des Amazones, le congédiait du projet. Il avait échoué, elle allait montrer son œil, montrer cet au-delà auquel il devait, lui seul, avoir accès. Toute sa vie il lui faudrait vivre un pied dans l'ancien monde et un autre dans le nouveau, le fabuleux, et il ne serait bien nulle part. La voix du Père, qui n'était plus agressive mais infiniment déçue, avait fait entendre sa sentence :

« Elle était là, tu es passé à côté. »

Puis celle de Diane :

« Maintenant un autre que toi deviendra le messager. »

Tout le monde regardait Rose, sauf Julie, qui s'était éloignée du cercle, sauf Charles, qui se savait perdu, et qui s'était retiré lui aussi dans un coin de la terrasse. Il avait posé une main sur la rambarde fendue contre laquelle Julie l'avait mis en garde, à l'endroit éclaté, justement. « La rambarde explosée par la foudre ! La rambarde ! L'endroit où aller ! » lui répétait-on, d'une seule voix. Rose était le centre de l'attention de cinquante personnes qui s'étaient tournées vers elle, dos à Charles qui, de son côté, ne voyait que des dos, et qui savait que derrière eux il y avait des visages qui regardaient Rose, qui allaient voir ce que lui avait vu, ce qui lui était destiné et qu'il n'avait pas su prendre.

Puis une rumeur était partie de la petite foule amassée autour de Rose, un murmure où se mêlaient la sidération et la consternation, comme une onde, que le ciel changeant surplombait, dans lequel un vent se levait pour tout bousculer, pour enrouler les éléments du monde qui continuaient de rentrer les uns dans les autres, en un large mouvement circulaire.

La formation de nuages s'était accélérée, des nuages blanc et gris s'approchaient de la terrasse, en serpentins, leurs têtes poussées vers le bas, vers Charles qui les voyait arriver sur lui, le ciel descendait pour l'enrober, l'aider à tomber, en douceur. Les voix ne criaient ni ne l'injuriaient, la menace n'était plus dans l'air, tout était fini, les voix murmuraient avec la foule, les voix s'étonnaient de voir ce que la foule voyait, et il y avait la voix du Père qui murmurait pour Rose aussi : « C'est bien, c'est bien, c'est bien. » Charles regardait toujours les nuages descendre sur lui, il voyait le ciel à marée haute le prendre avec lui, la rumeur de la foule et les voix étaient à présent dans les nuages qui prenaient Charles, les voix le ramenaient à elles, elles lui tendaient la main, le temps était venu de prendre la route qui s'ouvrait à lui, surtout il ne devait pas passer à côté une seconde fois.

La rambarde avait cédé sous la force de sa main, il s'était laissé tomber sans crier, sans résistance, il s'était laissé tomber comme on se laisse couler dans l'eau d'un lac, sans bruit, son corps partant à la renverse, le visage encore tourné vers les nuages qui l'enveloppaient, face à la foule qui lui tournait toujours le dos, qui ne le regardait pas, qui n'en finissait pas d'être sidérée, consternée, troublée, de ressentir le sexe de Rose comme une merveille, ou une honte, ou une folie, mais quelque chose de fort et de captivant, dans tous les sens, la foule qui n'en finissait pas de le regarder, ce sexe à ciel ouvert qui répandait au-dessus de lui une rumeur que Charles croyait toujours entendre en tombant, poursuivi par la rumeur nourrie par les voix qui occupaient l'espace du ciel, qui priaient pour lui, celle de son père aussi qui le prenait toujours sous son aile, au moment où son corps avait touché le sol.

Sur l'avenue Coloniale il n'y avait personne, les environs étaient déserts, sur le toit la foule se dispersait en hésitant, certains voulaient partir et les autres rester. Tout le monde était sonné, Julie s'était réfugiée de l'autre côté de la terrasse, le regard tourné au loin, vers le pont Jacques-Cartier, et Rose n'avait pas pensé à ce qu'elle devait faire après, c'était trop bête d'avoir un air égaré après avoir posé un tel geste, épique, le clou. Olivier ne filmait plus depuis un temps, il ne savait pas quoi penser, ni André le Géant Tombeur, ni Bertrand qui avait envie de pleurer. Dans la dispersion des gens sur le toit personne n'avait remarqué la rambarde qui n'était guère différente de ce qu'elle était avant la performance de Rose, et personne ne s'était posé la question de l'absence de Charles le photographe, pas même Julie qui n'était toujours pas revenue de la présence de Steve, qui venait de partir. La fête était finie.

Une femme qui marchait sur l'avenue Mont-Royal avait vu le corps s'écraser, et cet événement n'avait pas pris tout de suite de sens pour elle, les corps qui tombaient du ciel, cela n'existait pas, et elle s'en était approchée pour en constater les dégâts, du corps de Charles vautré au sol en angles impossibles, les deux bras sur le même côté, une jambe plus longue que l'autre et pliée dans le mauvais sens, et elle s'en était éloignée avec crainte, sur la pointe des pieds, en levant les yeux au ciel, fouillant son sac à main pour en sortir son cellulaire.

Dans le ciel couvert de nuages le mouvement s'intensifiait, le vent bousculait les parasols sur le toit, un vent chaud cependant, qui annonçait peut-être un orage. Montréal n'avait pas fini de s'éveiller à l'été, aux festivités qui poussaient sa population dans les rues, pour faire battre son cœur, jusqu'en octobre.

Table

Table